從王土到共和

「清末一代」古典詩人淺談

陳煒舜 著

目次

序一：李學銘教授序

一

　　本書是一部以「詩」為中心的著作，所述論的，都是古典詩人和他們的詩作，時代斷限，則是「清末一代」，即「從王土到共和」。所謂「王土」，不但指清末二十年間（1890-1911）這段時期，更包括古典時代、傳統生活的文化本體；而所謂「共和」，則指民國初年三、四十年代。因為聚焦於古典詩人及詩作，內容自然涉及古典詩壇的掌故和社會背景，其中所蘊含的時代、社會文化元素，是值得留意的。可強調的是：本書作者是學人，也是詩人，他在取材、組織、裁斷等方面，固然顯示了學人的本質，同時在評說詩作方面，也表現詩人才有的感覺和見地。

　　為了方便讀者，我姑且就自己讀後所見，選幾項內容談談，目的不過是引發大家閱讀的興趣。

二

　　本書既然以「詩」為中心，對詩作的評說，顯然佔了重要的部分。其中有些意見，不但可益人智，而且可啟人思。例如本書「導言」提到徐志摩為陸小曼作題畫詩七絕，意見是：

　　　　可謂頗有韻致。只是「混茫」的「混」，要讀作陽平，如「渾然天成」之「渾」，徐詩此處只讀成「混合」之「混」，才合乎格律。可見徐的舊詩根基是有的，只是大概不多作，所以對讀音沒有太注意分辨。

評語中的，但措詞平和而恕，可見寬厚。

　　又如談到周鍊霞的〈鹹蛋詩〉七絕，本書這樣說：

　　　　首聯「春江水暖」固然謂鴨，「鹽海泥塗」則指製作鹹蛋之法，此為鋪墊之筆。尾聯謂將蛋剖半時，蛋黃之色一如夕陽，而殼外黑泥撥開則彷彿滿山烏雲退去。區區鹹蛋微俗之物，卻被鍊霞賦予如斯畫意詩情，教人既驚且悅。（見〈金閨國士周鍊霞〉）

上述評說，可謂善於形容。以微俗之物入詩而不俗，的確需要超卓的詩才。先師曾克耑先生亦擅長以微俗之物入詩，堂上詩課，也常以〈雪花膏〉、〈暖水壺〉、〈粉筆〉等等命題。

　　又如談到蘇雪林的〈雙十節夜遊天安門〉七律，本書的

意見是：

> 　　此詩前兩聯，不難令人想起唐人名句「九天閶闔開宮
> 殿」、「禁城春色曉蒼蒼」，以及古詩「阿閣三重階」等語，
> 而「澹」字以形容詞作動詞用，謂十里長安街的華燈遍照，
> 令月光都顯得黯淡，措詞新穎而熨貼。然而這四句的恢宏
> 氣象，不過為了鋪墊後文，對北洋當局作出譏刺，謂民國
> 建國八年，卻依然內憂外患，生靈塗炭。此詩唯一美中不
> 足者在於「猶守府」、「遍兵屯」屬對未算工穩，殆真「應付」
> 之作耳。（見〈世紀才女蘇雪林〉）

說明既聯繫前人名句，又點出詩中優點和諷意所在，最後略
提「未算工穩」之處。評語以褒為主，言有所據，並非泛泛
而論。

三

　　本書正文共收錄四十位詩人，每位一篇述論。而每篇的
開端，都附七絕一首，以「論詩絕句」的形式，對述論對象
作相關的吟詠。這些絕句，概括性強，文采富贍。下面試舉
三兩例子。

　　如詠「寒玉王孫」溥儒，云：

> 勝朝靈氣此相鍾。筆底河山憶九重。
> 詩譽久為書畫掩，歲寒誰識後凋松。

這說明溥儒雖以前清遺少自居，有心為清朝守節，但日軍入侵時，他卻能拒絕與日軍合作，不加入偽滿洲國，志節高尚，有如歲寒中的松樹。

又如詠「亂世能臣」陳公博，云：

漫詡東南半壁存。因情就戮不憐身。
已虧大節百事已，焉用區區耿小恩。

一首絕句，總結了陳公博的一生。陳氏本不相信日軍所宣傳的東亞共榮之說，但卻相信汪政權可保東南半壁的中國民生，因而甘心情願屈從汪政權的招攬，最後落得虧大節而被處以死刑。本書作者所顯示的，有知人論世的裁斷。

又如詠「滑稽自偉」聶紺弩，云：

悲劇如狼喜劇狗。惟才是用吾何有。
心靈圖像在詞章，堪繼史公牛馬走。

聶氏是一位屢受政治事件牽連而被判罪的知識分子，遭際坎坷。詩中提到聶氏誤野狼為狗的趣事，並作詩自嘲，顯示在困阨環境中的幽默。而類似幽默中帶苦澀味的詩作，在聶氏詩集中就有不少，其中既有自嘲的成分，更委婉地反映了當時社會的一些情況，有司馬遷撰述史書的功能，也就是詩句所謂「堪繼史公牛馬走」。

四

　　本書內容，除以上所舉外，我們還該留意的，是它所提供的詩壇掌故、社會文化、歷史事實；其中介紹的女詩人，更多達十二位，有好幾位的詩作成就，或許是大家所未留意的。讀者要從中獲益更多，得要自己直接閱讀，所謂「如人飲水」。為省篇幅，我就不一一說明了。至於本書所附錄的三篇文章，內容堅實，提示性強，讀者也不宜忽略。

　　陳煒舜教授與我可說是忘年交。與我相比，他年紀較輕，但學問早有所成，而且才思敏捷，詩作、論著不少。他這部著作，雖與他以前已出版的學術論著形式不盡相同，但真能深入淺出，舉重若輕，可讀性高，兼涵學術性和趣味性，值得向廣大讀者大力推薦。是為序。

李學銘

於新亞研究所

2023 年 10 月

序二：張灼祥校長序

這幾天在看陳煒舜與李萌對談「楚辭與楚歌」，聽得清楚明白。原來古典文學講者準備功夫做足，遂可深入淺出，向聽眾／讀者介紹其中內涵。過了幾天，煒舜談沒有錄在《詩經》與《楚辭》的遺珠，是為「繽紛古逸詩」，而〈彈歌〉乃洪荒年代的狩獵歌，由現代人吟唱出來，扣動人心。遠古時代的詩詞經過詮釋，有了新意，這可是「說書人」的功勞了。

當煒舜希望為他的最新著《從王土到共和：「清末一代」古典詩人淺談》寫點什麼，我膽粗粗答應了。只因看了幾篇他寫清末民初的人物，本是一無所知的，看過文章導讀，有點認識了，希望再讀煒舜所寫的其他介紹文字，先睹為快。

古典·現代

寫於百年前的古典詩詞，一點不過時。當年的人物，有過風華正茂時刻，他／她們並不古板守舊。就像末代皇帝溥儀，在意大利導演貝托魯奇攝影機下亮相的溥儀（由尊龍扮

演），是一名花花公子，思想前衛，與後來他撰寫的《我的前半生》判若兩人。

煒舜説溥儀的詩很一般，乏善可陳。「溥儀把清朝歷代皇帝的文化平均值拉低」。末代皇帝，在宮中「冇王管」。與康熙年幼即位不同，他有孝莊太皇太后管教。後來溥儀也有學寫新詩（1922年他與胡適在宮中見面，《嘗試集》的新詩已很一般，溥儀的更不用説了）。

溥傑乃溥儀之弟，卻有較大自由發展空間（大多數時候仍是活得身不由己）。他1964年寫的〈浣溪沙・江南秋〉，其中兩句「夕陽吞吐采蓮舟，何處漁歌風兩岸」，他的哥哥已寫不出來。1962年的〈南樓對酌〉（南樓乃溥傑出生之處，在醇王府內），知道日後再難回去，遂有結尾這一句：「雲樹天涯會面難。」

做人難，做末代皇孫更難。

自主意識

相對皇弟溥傑，唐怡瑩敢作敢為，這位元配及時與溥傑離婚，開展自己的新生活。煒舜介紹唐怡瑩，説她是「滿族新女性」，這位貌似姑母珍妃的唐怡瑩，「連性格也與珍妃相似。就不難想像當年慈禧太后對珍妃態度如何了。」隔了一代，唐怡瑩既不用受到皇室逼害，反而可以與有名無實的丈夫溥傑分手。

唐怡瑩的感情生活豐富，差點就成了張學良夫人，她太有主見了，不是少帥的一杯茶。但她把醇府屬於自己的家當

搬走（那時她仍未與溥傑離婚）、變賣。「這筆錢就是她應得的贍養費或『青春補償費』吧。」

1949年唐怡瑩移居香港，得香港大學中文系主任林仰山引薦，在「東方語言學校」講授國語。其中一位學生魏德巍（David Wilson），多年後成為香港總督：衛奕信。

唐怡瑩的七律〈題瓊樓圖〉道出末代皇族的無奈：「當年已覺不勝寒，別後瓊樓更上難。」其後（1948年）到香港參加畫展，她對前景充滿信心：「今朝遠別江南去，小試青雲萬里程。」

唐怡瑩一生，活得灑脫。

另一位畫家與唐怡瑩齊名，乃「金閨國士周鍊霞」。在抗戰期間，上海成了孤島，繼而淪陷。「如此江山難下筆」，周鍊霞改寫詩詞、短篇小說。

面對燈火管制，生活困難，她與丈夫徐晚蘋互相扶持，寫下這兩句：「但使兩心相照，無燈無月何妨。」

文革期間，周鍊霞因為丈夫在臺灣電報局工作，她亦因寫過「無燈無月何妨」而關進「牛棚」，遭受毆打，一目差點失明。她請來金石家刻了圖章「一目了然」。

周鍊霞過的，是看得通透的人生。

合照・獨照

煒舜談及傳來的照片：「都是老照片，沒有版權問題，請放心。袁克權的照片很少，只有一張夫婦的解像度比較高。蕭軍可以找到單人照。」

儘管年代久遠，在影樓（或找專業攝影師）拍攝出來的個人照、合照，造型俱佳。

　　袁克權乃袁世凱五子，父稱帝時，他年十八，與大哥克定、二哥克文同穿太子服（袁家只有這三人穿太子服，克定殘疾，克文「假名士」，克權可穿太子服，或有深意？）

　　1914 年袁克權留學歸來，明白父親的皇帝該當不了，他更無意當「太子」。他的〈延慶樓晚坐〉，提到「長安多月色，更上最高層」。可惜的是來的風雨，哪見月色。

　　往後歲月，袁克權專心寫詩，與妻子陶雍相親相愛，「一生中沒有紅過臉」。袁家男子沒有納妾者，只他一人。夫唱婦隨，遂有「病眼逢春猶自得，花枝醉折雜觥籌」。

　　袁世凱離世一年，20 歲的袁克權在〈二十自壽詩〉有這兩句：「差喜簪纓拋得淨，滄浪還我自由身。」他終於「自由」了。

　　同樣是寫小說，蕭軍有大量小說創作，卻是比不上他的短命妻子蕭紅。看過一些蕭軍的作品，看不下去。他的「主題先行」，讓他沒能好好發展他的小說人物。來到文化大革命，這位「草莽英雄」吃盡苦頭，小說不能寫了，有舊文學底的蕭軍仍能詠唱出：「蟬聲日永聽殘夢，鷗影孤帆送遠人。」

　　蕭軍說詩是寫給自己看的。這道理，蕭紅一早就懂，她寫小說「是給自己看」，人物隨著狀態走，因而好看。

　　蕭紅與蕭軍合照，兩人神采飛揚。那時候的蕭紅仍未知道：苦難歲月正等著她呢。

2023 年 8 月 24 日

導言

「清末一代」古典詩人及
詩作淺說

　　五四新文學運動以後，新詩取得文壇的正宗地位，發展出各種流派。這些流派底定了新詩各種風格的基調，也令創作者更加職業化。而舊體詩人則因繼承傳統士大夫「公餘操翰」的模式，多僅被視為非專業者，乃至其作品可能自娛有餘而創新不足。

　　其次，此時舊體詩壇的規模雖大不如五四以前，卻依然紛繁活潑。舊體詩人不再是傳統士大夫，而往往是術業各有專攻的現代知識分子，正與金耀基所言「結構分殊性」（structural differentiation）相印證。他們兒時多接受過傳統教育，打下了古典文學的基礎。而失去主導地位的舊體詩壇上，作者們或有師承，或自學成材，但因不墨守流派，故能博采眾長。當然，流派的不明顯令舊體詩壇的生態呈現碎片化（fragmentation）的面貌。如此面貌無疑大大增加了研究者尋繹詩壇脈絡的難度，卻也足見眾聲喧嘩的態勢。

　　民初舊體詩壇中，固然有王闓運（1833-1916）、柯劭忞（1850-1933）、沈曾植（1850-1922）、樊增祥（1853-1937）、陳三立（1853-1937）、鄭孝胥（1860-1938）、康有為（1858-1927）、易順鼎（1875-1920）等在清末已經成名的耆宿，也有章太炎（1869-1936）、梁啟超（1873-1929）、于右任（1879-1964）、胡

漢民（1879-1936）、譚延闓（1880-1930）、汪精衛（1883-1944）等新派人物。這些詩人早已為學界所關注。但我所關注的，則是更為年紀更輕的一輩，我姑且稱之為「清末一代」。所謂「清末一代」，乃是指在清末二十年間（1890-1911）出生、成長於漢語文化圈（sinophone world），以漢語為母語的社會世代。這個世代恰好出生於十九、二十世紀之交，時間跨越清末民初。

「清末一代」詩人與其詩壇前輩一樣經歷過辛亥鼎革，但據筆者統計，他們之中在辛亥前夕便已投入社會、參加工作者，尚不多見。換言之，他們最顯著的共同特徵，乃是「生於王土，走向共和」。所謂「王土」，不唯指遜清，更指涉著古典時光、傳統生活的文化本體。而與「共和」如影隨形的，則是人們念茲在茲、千呼萬喚的「現代」經驗。曼昭《南社詩話》論胡適（1891-1962），謂其攻擊國民黨提倡復古，並對於國學保存會、《國粹學報》、神州國光社、南社等表示不滿，以致「無數南社同志，見而不平，余則以為無怪其然」。而理由為：「蓋適之乃民國以後之人物，並未參加民國以前之革命運動，對於民國以前之革命運動，期間難險阻之經過，絕無所知，宜其漠然不關痛癢。」（按：一云曼昭為汪精衛筆名）胡適於辛亥鼎革之際尚在美國留學，準此可知，「清末一代」中絕大多數都是曼昭所言「民國以後之人物」。民元以前，他們之中較年長者如胡適等都尚未踏入社會，較年幼者尚在襁褓。因此他們對清末二十年間之事縱然未必「絕無所知」，更非全部「漠然不關痛癢」，甚或抱有感性之回憶與認知，卻畢竟缺乏理性之經驗與觀察。此外，這個社會世代的舊體詩人，思想之多元、遭遇之不一、行業之各異，皆可謂空前絕後。一如胡迎建所說：

儘管在新文學運動中舊體詩受到冷遇，跌入低谷，但仍有一大批詩人堅持創作，更多一批新生代學人起而做詩。詩人隊伍已擴散到社會各個階層，不再如封建社會那樣，以官吏與布衣隱士為主，而是隨著社會階層的變化，既有黨派、政界人員，也有受過新式教育的軍人，還有新興工商業者。隨著現代教育的興起、大學的逐漸建立，一大批知識分子進入高教部門，並成為詩作者的主體。（《民國舊體詩史稿》）

這一代人成長於清朝，有的在清亡的時候已經弱冠，但他們主要活動的年代還在民國，不少人還跨越了 1949 年。1949 年後，這一世代的詩人有的留在大陸，有的去了臺灣、香港或海外，經歷遠較前輩為不同。近二十年來，學界對「清末一代」舊體詩人如陳寅恪（1890-1969）、吳宓（1894-1978）、郁達夫（1896-1945）、蕭公權（1897-1981）、蘇雪林（1897-1999）、盧前（1905-1951）、錢鍾書（1910-1998）等人的關注日甚。若把他們視為一個整體，並逐一探討、比較其作品，不僅能深入了解現代文學史中舊體文學這一長期缺席的類別，還可掌握晚清以來文化界的生態變化以及一代知識人的心路歷程，是極具意義的。

　　2015 年夏天，香港中文大學舉辦了「風雅傳承：民初以來舊體文學國際學術研討會」，我們邀請的四位主講嘉賓，包括吳宏一、陳永正、楊松年、龔鵬程四位教授。吳老師的講題為〈民初舊體詩詞的傳承〉，他指出：清末民初傳統詩歌的演進過程中，風雅觀念遭受衝擊，以及格律聲韻、文白替代、中外交流等等形式體製上所衍生的問題，就是一些反應時代思潮的浪

花波瀾。而龔校長的演講題目為〈關於民初以來舊體文學的思考〉。他說：新文學運動和五四運動提倡白話文，「指責傳統文學為貴族的、山林的、死的文學，使傳統文學喪失了存在的合理性」，各種教學、媒介體系、組織體系都以新文學為尚，傳統文學慢慢淡出舞臺，其受眾也日益減少。龔老師還指出舊體文學發展的難題，在於「新時代寫舊體文」，包括舊體詩在內，創作難度大於古人，「舊體裁的生命力已被古人發揮盡了」，我們現在想後出轉精、超出古人，那是很困難的。而且我們在舊體詩的理論進展上，看不到什麼新的突破，因此「難怪舊體文學之美，反而有賴於新文學家之闡發」。就如余光中先生，我們也常說他的新詩裡有一種古典文學的美，即「師其意而不師其辭」。

那麼在二十世紀，尤其是五四運動之後，舊體文學的意義又何在？陳平原教授就舉過一個例子：抗戰的時候，西南聯大的教授們常常在一起創作舊體詩，「要說壓在紙背的心情，除了在著述序跋中偶爾流露，更多且更直接的表現，其實是日常吟詠的舊體詩作……這些詩作不僅僅記錄下當事人在特定歲月的艱辛生活，更是那個時代中國讀書人的心靈史」。（《抗戰烽火中的中國大學》）很多學者、作家縱然白話散文白話詩都寫得很好，但當他們表達個人感悟的時候，卻往往會選擇舊詩。這些舊詩在他們生前往往不太會結集出版，有的甚至是隨寫隨棄，只是表達當下的感悟，因此也不太會像正式發佈的一首新詩、一篇白話散文那般字斟句酌，反而更加隨興。所以我認為，五四以後的學者作家所寫的舊詩，有些像北宋晏殊、歐陽修這些文壇大老的詞作：北宋時詩是正統，而詞是「小道」，像歐陽修就不會將詞收入自編的文集。但正因是「小道」，故更能表達私人的心情。當然，五四之後的舊體詩不像北宋詞之

新興，似乎更是一種「過時」的體裁，但它的功能卻和詞非常接近。

我們界定了所謂「清末一代」，並將這個社會世代詩人的特殊性作了介紹。現在且將「清末一代」舊體詩人的身分背景進行粗略分類，列表觀之：

歸類	舉例	歸類	舉例
皇族遺少	溥儒、溥傑等	新派文人	聞一多、郁達夫等
貴冑子弟	袁克文、張伯駒等	音樂界	韋瀚章、陳蝶衣等
北洋人物	曹經沅、陳孝威等	書畫界	張大千、劉海粟等
國民黨人	易君左、梁寒操等	宗教界	太虛、李炳南等
外交界	王家鴻、金問泗等	中醫界	賴少魂、鄭曼青等
軍界	羅卓英、李則芬等	學術界 文學	俞平伯、臺靜農等
汪系人物	陳公博、胡蘭成等	史學	陳寅恪、勞榦等
共產黨人	郭沫若、田漢等	哲學	方東美、馮友蘭等
第三黨派	黎錦熙、黃萬里等	社會科學	蕭公權、潘光旦等
舊派文人	陳定山、瞿兌之等	自然科學	蘇步青、顧毓琇等

我們可進一步瀏覽一下表中的人物。如皇族溥儒（1896-1963），也就是與張大千（1899-1983）齊名、號稱「南張北溥」的畫家溥心畬，溥儒和末代皇帝溥儀的同母弟溥傑（1907-1994）都是皇族遺少。袁克文（1890-1931）、張伯駒（1898-1982）是貴冑子弟；克文是袁世凱的次公子，張伯駒是著名文物鑑賞家，也是袁世凱的遠房姪兒，前幾年在北京出版了全集，今年又在香港出版了年譜。北洋時期還有青年得志的曹經沅（1891-1946），身居要職。陳孝威（1893-1974）也是北洋軍人，來香港之後創辦了《天文臺報》，邀約了一些前朝遺老撰文，其中被

指責為「五四時期三大賣國賊」之一的曹汝霖，就是應陳孝威之邀，在《天文臺報》連載回憶錄，後來結集出版，題為《曹汝霖一生之回憶》。

此後，國共兩黨中的舊體詩人就更多了。中共方面，除了郭沫若（1892-1978）、田漢（1898-1968）等，毛澤東（1893-1976）、葉劍英（1897-1986）和陳毅（1901-1972）也屬「清末一代」的人物。國民政府僅在外交界中，有舊詩留存者就有金問泗（1892-1968）、王家鴻（1896-1997）、吳南如（1898-1975）、胡慶育（1905-1970）等。國軍軍界方面如羅卓英（1896-1961）為陳誠在保定軍校的同窗，有《呼江吸海樓詩集》，有「國軍第一儒將」的美譽。李則芬（1909-2002）早年畢業於黃埔軍校，參加抗戰，去臺灣後致力於歷史研究，寫了多部著作。另外如陳公博（1892-1946）、胡蘭成（1906-1981），以及瞿蛻園（即瞿兌之，1894-1973，不少著作近來有重印）、錢仲聯（1908-2003）、冒效魯（1909-1988）諸人，都和汪偽政府有關（周作人年歲較大，不屬於「清末一代」）。

再看舊派文人，例如陳定山（1897-1987），詩文書畫皆佳，著作等身，他妹妹陳小翠（1907-1968）的詩文集幾年前也整理出版了。又如瞿兌之是清末大學士瞿鴻機的公子，如前所言和汪系政府有些關係，雖接受的是新式教育，也算得上舊派文人。新派文人中，除聞一多（1899-1946）、郁達夫以外，如葉聖陶（1894-1988）、茅盾（1896-1981）、聶紺弩（1903-1986）、臧克家（1905-2004）、沈從文（1902-1988）、廖沫沙（1907-1990）等晚年皆好寫舊詩。

像徐志摩（1897-1931）、陸小曼（1903-1965）也有舊體詩傳世，唯現存甚少。如徐志摩為陸小曼作題畫詩：

蠻姑老筆氣清蒼。無限江山入混茫。
曾向鷗波窺畫訣，毫端裁取郭河陽。

可謂頗有韻致。只是「混茫」的「混」要讀作陽平，如「渾然天成」之「渾」，徐詩此處卻只有讀成「混合」之「混」，才合乎格律。可見徐的舊詩根基是有的，只是大概不多作，所以對讀音沒有太注意分辨。陸小曼繪畫師從劉海粟（1896-1994），劉也是舊體詩人，曾稱許陸小曼：「她的古文基礎很好，寫舊詩的絕句，清新俏麗，頗有明清詩的特色。」1933 年，陸小曼為徐志摩掃墓後，曾作七絕一首，題為〈癸酉清明回硤掃墓有感〉：

腸斷人琴感未消。此心久已寄雲嶠。
年來更識荒寒味，寫到湖山總寂寥。

別有意趣。尤其是末句，點出自己在志摩死後，只有把胸中的荒寂蒼涼寄託於畫筆的心情，可謂警語。

音樂界的韋瀚章（1906-1993），早年供職於上海音專（上海音樂學院前身），學聲樂的朋友對他應該比較熟悉。他和黃自是最佳拍檔，黃自作曲，韋瀚章作詞，其中較著名的作品有中國最早的清唱劇《長恨歌》，還有藝術歌曲〈思鄉〉、〈旗正飄飄〉、〈白雲故鄉〉等。韋瀚章後來定居香港，長期執教於香港音專，香港中小學至今還會唱他的歌。韋瀚章的歌詞集叫做《野草集》，其中有不少長短句，也有富於古典韻味的自由體作品。陳蝶衣（1907-2007）和韋瀚章一樣，是 1949 年後定居香港的詞人；但不同的是他一生所結緣的並非學院派音樂，而是海派時代曲和電影歌曲。很多著名的流行曲詞都是他寫的，由

周璇、白光、姚莉、葛蘭等演唱，如〈鳳凰于飛〉、〈愛神的箭〉、〈春風吻上我的臉〉、〈我有一段情〉、〈南屏晚鐘〉、〈情人的眼淚〉、〈我的心裡沒有他〉等。陳蝶衣除了寫歌詞、寫劇本，也畢生創作舊體詩，詩集在香港藝發局資助下出版了三大冊，題為《花窠詩葉》。

書畫界方面，張大千往赴臺灣，劉海粟留在大陸，還有鮑少游（1892-1985）定居香港。學術界方面，如留在大陸的蘇步青（1902-2003）、顧毓琇（1902-2002）都是著名的自然科學家。政治學家如蕭公權，這些年來在大陸重新獲得關注，他的全集也在幾年前出版了。1960-70年代，晚年的蕭先生就請門人汪榮祖替自己將詩集、詞集編輯出版。社會學家潘光旦（1899-1967）也有詩集留存。哲學家方面，方東美（1899-1977）的文集近年由北京中華書局再版，其中所收《堅白精舍詩集》仍是影印本，所幸這部詩集也得到安徽黃山書社注意，排印出版。歷史界方面，陳寅恪先生他恰好是1890年出生的，在晚清一代中年紀最長，余英時先生有《陳寅恪晚年詩文釋證》。勞榦（1907-2003）是勞思光先生（1927-2012）的堂兄，兩兄弟皆有詩集傳世。中文學界的舊體詩人就更多了，僅觀香港的前輩教授中，善詩者就有夏書枚（1892-1984）、錢穆（1895-1990）、伍俶（1896-1966）、梁寒操（1899-1975）、曾克耑（1900-1975）、何敬群（1903-1994）、鍾應梅（1903-1985）、熊潤桐（1903-1974）、王韶生（1904-1998）、涂公遂（1905-1991）、潘重規（1907-2003）、林汝珩（1907-1959）、佘雪曼（1908-1993）、翁一鶴（1911-1993）等皆是，茲不一一列舉。

宗教界方面，如倡導人間佛教的太虛法師（1890-1947）有《海潮音舍詩集》，太虛法師著作宏富，文集中有很多宣揚佛法的文章，都以一個高僧、智者的形象出現，但讀他的詩集會發

現，這位高僧並非只寫一些恬淡的佛理詩，卻也是一個有血有肉的人物，他在清末是參加過革命黨的。太虛的師兄圓瑛老人的高足趙樸初（1907-2000），韻文集也有三大冊，由上海古籍出版社出版。趙先生悼念太虛的詩，小序回憶到太虛法師在1947年圓寂前的十天，把自己關於人間佛教的著作送給自己。所以1979年之後，環境寬鬆了，趙樸初就開始繼承師叔遺志，在大陸推廣人間佛教，倡導「利樂有情，莊嚴國土」。這兩位都是清末二十年間出生的人物。

香港和大陸的朋友或許不太熟悉李炳南先生（1891-1986），他是末代衍聖公（北伐後改稱「大成至聖先師奉祀官」）孔德成老師的主任秘書。1949年時，孔老師在美國耶魯大學訪問，奉祀官府從山東曲阜遷到臺中，就是由李先生主事。李先生的儒學根柢非常深厚，又是印光法師的高足，信奉淨土宗，成為在家居士。他居臺期間在幫孔老師處理奉祀官府事務之餘，在臺中辦了蓮社。在臺中蓮社講學時，李先生不僅講佛法，也講《禮記》、《論語》，以及舊詩寫作。後來臺中中興大學成立，詩選及習作課就特別邀請李炳南先生講授。李先生除詩集外，還有一本詩話叫《詩階述唐》，是任教中興大學中文系詩選課的講義，教大學生如何欣賞、寫作舊詩。我在「詩選及習作」課中，就把《詩階述唐》列在參考書目中。

至於中醫界，喜愛民國史的朋友大概聽過賴少魂（1905-1971）其人。賴少魂是著名的中醫師，1940年代擔任過國大代表，為中醫界貢獻良多。但是民間傳聞，說蔣介石在臺灣時想謀害白崇禧，於是派賴少魂下藥。真耶假耶，撲朔迷離——至少白先勇先生並不認為如此。賴先生擅長繪畫，又有《長嘯齋吟草》。鄭曼青（1902-1975）不僅是中醫、書畫家，還是鄭氏太極拳的創始人，最後去了臺灣。大陸近年出版了他的散文

選。大陸方面，如唐玉虯（1894-1988）、王敬身（1905-1992）都兼有著名中醫與詩人的雙重身分。

表中開列了不少學界的人物，中文系師生的舊詩創作是不待多言的。而其他各系的教授，乃至學院以外的學者，都參與了舊詩創作，因為那一代的人早年即使入了民國，畢竟還受過幼學書塾的教育，有這樣的文學根底，他們在後來的日子裡會繼續寫作舊詩。比「清末一代」年幼、在民國建立頭二十年的世代中，雖然也有啟功、張紉詩、饒宗頤、周策縱、楊憲益、龔維英、余英時等舊體詩人，但縱目觀之，善於此道者的整體比例視「清末一代」就頗為不及了。

如果按照群體劃分的話，留在大陸的詩人非常多，定居臺港海外者也不少，另外還有南洋華僑。從民族和族群來看，滿族、蒙族等都有，臺灣、香港則本土、外省背景者兼具。從性別來看，女性詩人為數不少，港臺大陸及海外都有。下文中，我們會拈出若干詩人及其作品，與各位再作探討。每篇談一人，開端皆附拙作一首，權充論詩絕句爾。

* 本文連載於「橙新聞‧文化本事」之「伯爵茶跡」專欄（2022.07.29-08.05），題為〈現代舊體詩淺說〉。其內容摘自 2016 年 2 月 18 日承乏上海師範大學「古典學家專場講座」第二場〈生於王土，走向共和：清末一代舊體詩人及詩作管窺〉之講稿。

寒玉王孫溥儒

勝朝靈氣此相鍾。

筆底河山憶九重。

詩譽久為書畫掩，

歲寒誰識後凋松。

　　根據導言，我們在「清末一代」詩人中首先列出的就是皇族遺少溥儒。先介紹一下他的背景。溥儒（1896-1963）姓愛新覺羅氏，字心畬，齋號寒玉堂，滿洲鑲藍旗人。他是道光皇帝曾孫、恭忠親王奕訢次孫、小恭王溥偉之弟，家世顯赫。在辛亥革命之際，溥心畬已經十六歲，家世、國族的認同感已經形成了，對於西太后還有特殊的好感。作為皇室子弟，他自然對已經滅亡的清朝有依戀和懷舊之情。在這裡，容我先轉述一則聽自孔德成老師的故事。

　　老師說，溥心畬的詩書畫造詣非凡，他一邊畫畫一邊構想詩作，畫畫好了，詩也成了，可見他的捷才。現在很多人要用現成的句子題畫，而溥心畬的題詩一定是原創。（近人李猷《近代詩選介》也記載：「其作詩尤迅捷而有才華，嘗比賽作題畫詩，先生每二分鐘成七絕一首。而余則需五六分鐘，惟有拜

佩。」）1894年甲午戰後，北洋海軍全軍覆沒，李鴻章失勢，中樞乏人，朝堂上下十分惶恐，孔老師的父親，也就是老衍聖公孔令貽（1872-1919，孔子七十六代嫡長孫）在西太后面前力薦老恭王奕訢出山，衍聖公府因此和恭王府成為了世交。

為什麼當時朝堂一眾大臣不敢推薦老恭王呢？原因要回溯至1861年咸豐皇帝去世之際。當時老恭王身為咸豐之弟，與兩宮太后一起扳倒了八顧命大臣，從此兩宮垂簾，老恭王輔政。後來老恭王和慈禧鬧矛盾，下臺了，史稱「甲申易樞」。老恭王因此閉門隱居，絕交息遊十年之久。甲午後，敢推薦他出山的竟只有從前並無深交的一品大員衍聖公，足見世態炎涼、患難真情。因此，孔老師和溥心畬雖然年齡相差近三十歲，卻也成為世交好友。有次孔老師對溥心畬說：「你的詩寫得又快又好，不如作一首來敍一敍我們兩家的世誼吧。」但溥心畬回答道：「此詩不能寫。我們兩家是因為老恭王復出才成為世交的。如果詩中稱頌先祖，就對太后不敬；如果稱頌太后，又委屈了先祖。」所謂「忠孝兩難全」，最終一字未寫。

溥心畬有一個別號叫「西山逸士」，而西山就是北京的香山。清亡後，溥心畬隱居西山多年，觀摩家藏書畫，無師自通，成為大家。「西山逸士」的典故，同時也出自《史記·伯夷列傳》。武王伐紂之後，伯夷、叔齊義不食周粟，隱居西山，時常唱一首〈采薇歌〉：「登彼西山兮，采其薇矣。以暴易暴兮，不知其非矣。神農虞夏忽焉沒兮，吾適安歸矣？吁嗟徂兮，命之衰矣。」所以溥心畬以前清遺少自居，是很明顯的。有傳聞説，1949年之後國府遷臺，宋美齡要學國畫，想拜溥心畬為師。溥心畬拒絕道：「你是新朝元首夫人，我是前朝王孫，怎麼可以成為師徒呢？」後來宋美齡只好隨黃君璧學畫。

李猷先生論溥心畬詩：「五言全然唐音，而自具蕭逸之致。……神似王、韋，加以身世關係，低徊故國，身遭亂離，

亦有傷感與蒼老成分也。」(《近代詩選介》)我們可以把溥心畬的詩作分為大陸、臺灣兩個時期，聊舉一二看看。他在北京隱居的時候，看到玉泉山靜明園裡乾隆御題詩的詩碣，於是寫了一首七言絕句：

> 玉階青瑣散斜陽。破壁秋風草木黃。
> 只有西山終不改，尚分蒼翠入空廊。

此詩表面上寫景，但西山就意味著逸民、不與新朝合作。「西山終不改」，一方面指西山的山色蒼蒼、依然不變，另一方面也是講自己的志節不變。西山蒼翠的山色映入空蕩蕩的走廊，照在乾隆的御碑上，這不是相映成趣嗎？所以這首詩顯然表達了替清朝守節的心志。

又如 1918 年秋，溥心畬到濟南大明湖遊覽。他在歷山──亦即千佛山參觀舜祠，作過一首七絕：

> 濟南城下明湖水，取薦重華廟裡神。
> 寂寞空祠叢竹淚，九嶷深處望何人。

歷山相傳為虞舜早年躬耕之處，也就是所謂的「龍興之地」吧。而根據劉向《列女傳》、張華《博物志》等書的記載，虞舜在禪位予大禹之後南巡，考察民風，結果在湖南一帶染上時疫而病故，就地安葬九嶷山。娥皇、女英二妃得知噩耗，前往尋找亡夫的墳墓，流下的眼淚揮到竹子上，令當地的竹子都成了特殊的斑竹。後來她們在途經洞庭湖時恰好遭逢風暴，遇溺身亡，成為了湘妃。當時的溥心畬從未去過湖南，但他身處大明湖這個「龍興之地」，卻聯想起千里以外虞舜二妃的葬所。大明湖、洞庭湖，分別是虞舜起家與駕崩之處，可以說象徵著有虞一朝的起點與終

點。溥心畬短短一首七絕，將兩處湖川的影像疊加、融會到一起，言在此而意在彼，透過歌頌二妃之忠貞，來表達對清朝興亡的感慨，以及自己身為宗臣、不改初心的立場。

1930 年代，溥心畬應邀南下參與各種美術活動，名聲鵲起。到抗戰之際，他不跟日本合作，不加入偽滿洲國，氣節非常高尚。因此勝利後，蔣介石就邀請他當了國大滿族代表。他這個時期的詩，依然在講述遺民情懷，對於民國雖然不能說認同，但態度卻也軟化了一些。他不苟同蔣介石的政見，但蔣畢竟領導了八年抗戰，令溥心畬有所頷首。蔣宋夫婦對溥心畬的生活也一直十分關心。

到了臺灣之後，溥心畬走南闖北，飽覽各地美景，創作了很多詩詞。他這些作品有個共同點：往往會將臺灣的風物比擬成大陸某處。去過臺灣的朋友都知道，慈湖是蔣介石陵寢暫厝之處，因為那裡和他老家溪口的景色非常接近，令他想起亡母，因此被稱為慈湖。這種心態在那批渡海的人士之中是很普遍的，無論政界還是文化界都如此。臺灣青草湖有一座武侯廟，是祭祀諸葛亮的，溥心畬有詩吟詠：

湖光樹色遠涵空。丞相祠堂在此中。
寒食杜鵑啼不盡，春風猶似錦城東。

根據我們考據，溥心畬大概一輩子都沒去過四川，但此詩為什麼會提到四川呢？可以想見，當他還在大陸時，北京是清朝的象徵、故國的象徵，但渡海之後，這個故國的概念就從一個北京城擴展到整個中國大陸。雖然他從未去過四川，但四川此時已屬於他故國版圖的一部分。

再如描寫臺灣原住民（大陸稱為高山族）的詩〈高山番〉：

構木棲巖穴，攀藤上杳冥。

射生循鹿跡，好武冠雕翎。

箭影穿雲白，刀光照水青。

聖朝同化育，嗟爾昔來庭。

前三聯六句對原住民的情態描寫極為生動，末聯引用了《詩經·大雅·常武》的句子：「四方既平，徐方來庭。」所謂「來庭」，指四方蠻夷遠道而來朝覲中央天子。清朝之世，朝廷已在臺灣替平埔族、高山族辦學，移風易俗。這就是「化育來庭」的註腳。不過，王家誠在《溥心畬傳》中論此詩時補充道：「原住民構木棲穴、勇武善戰、以狩獵為主，前清曾被德化，進貢朝廷，也算是一方的藩屏；這就是溥心畬對臺灣原住民最早也是最粗淺的看法。當他旅臺日久，對原住民保鄉衛土，抵抗日本殖民戰爭的忠勇壯烈，所知愈多，他的看法，也大為改觀。」王氏還列舉溥心畬後來所作〈石門銘〉、〈霧社山銘〉、〈太魯閣記〉等篇為例，指出他在文中稱頌原住民的義烈必將光耀史冊，對守義不屈的「高山番」的敬重，以及對甲午之戰喪權割地的深切反省。由此可見溥心畬對於臺灣高山族原住民的認知，還是有一個由淺入深的過程的。

1963 年，溥心畬在臺灣去世，享年六十八。他晚年曾對弟子說：「如果你要稱我為畫家，不如稱我為書家；如果稱我為書家，不如稱我為詩人；如果稱我為詩人，更不如稱我為學者。」近一二十年來，我們對溥心畬的書畫作品已日益珍視，但對他的詩歌創作和學術研究工作依然關注不足，這些無疑都是我們值得努力的探討方向。

2022.08.12.

恭王府與溥儒

裁剪華章成萃錦，
沈吟驟雨釀深秋。
塡篋海外都如夢，
角鼓聲聲動舊愁。

載瀅與溥偉父子

溥儒五歲時入宮覲見西太后，太后命他賦萬壽山詩，隨口便吟出「彩雲生鳳闕，佳氣滿龍池」的句子，令太后讚嘆「本朝靈氣鍾於此童」。清朝皇族於詩文書畫之道多才多藝，而恭親王一系可謂特為尤甚。

老恭王奕訢（1833-1898）文武雙全，惜因道光晚年一念之差，未能繼承皇位；否則清朝國運如何，尚是未知之數。光緒十年（1884）「甲申易樞」後，老恭王下臺閒居，以五年半時間著成《萃錦吟》八卷，其自序云：「光緒甲申，閒居多暇，嘗閱樂天《長慶》等集以自娛……因取唐詩置諸案頭，信手拈吟，以消永日。」這部詩集共有唐人集句詩 833 首，另外十首為口占而成，舉凡名勝古跡、倡和酬酢、感時傷懷、詠史瑣事，無所不包。所謂集句詩，乃是從現成的不同詩篇中選取詩句，再集合成新的詩作，渾然天成，內容須完整、主旨須嶄新，格律

諸和更不在話下。老恭王數年間完成八百餘首集句詩,固是才華橫溢,也可見其如何在寂寞中消耗精力、打發時間。茲舉其贈摯友寶鋆之七律為例,並標示每句出處:

　　紙窗燈焰照殘更。（齊己〈荊渚偶作〉第六句）

　　半硯冷雲吟未成。（殷文圭〈江南秋日〉第四句）

　　往事豈堪容易想,（李珣〈定風波〉上片第三句）

　　光陰催老苦無情。（白居易〈題酒甕呈夢得〉第四句）

　　風含遠思翛翛晚,（高蟾〈秋日北固晚望〉其一第一句）

　　月挂虛弓靄靄明。（陸龜蒙〈江城夜泊〉第二句）

　　千古是非輸蝶夢,（崔塗〈金陵晚眺〉第三句）

　　到頭難與運相爭。（徐夤〈龍蟄〉其二第二句）

今人張建指出:「在這裡,奕訢借唐人詩句,表達的卻是他的真實情緒:奕訢對命運的感歎,是無奈,是悲哀,也是多少有些不甘心。命運使得他無緣當上皇帝,命運又使他從議政王變成了閒散的無用之人,這樣的感慨才是奕訢真實的心境。」(〈從《萃錦吟》走進恭親王奕訢的晚年生活〉)其說可以參酌。當然,作詩採用前人成句,而非言由己出,似乎也帶有免得他人羅織罪名的避禍動機。

　　溥儒之父載瀅(1861-1909)為老恭王次子,八歲時過繼道光皇帝第八子鍾郡王奕詥為嗣,先後襲貝勒、加郡王銜。至光緒二十六年(1900)義和團事變,以罪革爵,仍歸本支,鬱鬱而終。載瀅善於書畫吟詠,有《繼澤堂集》、《雲林書屋詩集》、《補題邸園二十景》。其〈雨夕〉五律云:

　　煙水澹悠悠。蒼茫暮靄浮。

　　萬峰吞落日,一雨釀深秋。

雲黯窗先暝，林陰翠欲流。

湖山觀不足，滿壁畫瀛洲。

此詩頷聯「萬峰吞落日，一雨釀深秋」可謂警語，然亦近於詩讖。此外又有《有一山房集詞》二卷，係集陶淵明詩而成，頗有乃父之風。

　　載瀅與嫡福晉生長子溥偉，又與大側福晉項氏生溥儒、溥佑與溥僡。溥偉（1880-1936）在老恭王去世後，以長孫身分襲爵，人稱小恭王。光緒皇帝去世前夕，年近三旬的溥偉曾被列入繼承人選，最後輸給年僅三歲沖齡的溥儀。辛亥革命爆發，溥偉與肅親王善耆等皇族組織「宗社黨」，拒絕在清帝「退位詔書」上簽字。民國建立後，溥偉避居青島（時為德國殖民地），一直謀求復辟清室。1922 年善耆去世，同年青島交還民國。溥偉移居大連，廣結當地文人，賦詩作畫。如其〈春日〉詩云：

罫井新映綠四圍。餘寒未解舊棉衣。

年年海角愁春去，日日磯頭看鳥飛。

客舍松蘿經宿雨，漁家煙水靜朝暉。

東風處處皆芳草，惆悵天涯恨未歸。

此詩頷、頸聯承自杜甫〈秋興八首〉其三詩意，尾聯則化用《楚辭・招隱士》「王孫遊兮不歸，春草生兮萋萋」之句。結合溥偉自身背景與經歷來看，此詩甚能表達他當時深感復辟無望的心情。1931 年九一八事變後，日軍籌畫成立偽滿洲國，將溥偉迎至瀋陽，揚言要以溥偉為首建立「明光帝國」。溥儀得悉後，隨即趕到旅順，表示願意接受偽滿帝位。溥儀即位後，由於對溥偉心存芥蒂，因此一直未授予這位堂兄溥偉任何職位。溥偉從此變賣祖產維持家計，至 1936 年初在貧病交加中去世。

溥僡（1906-1963）字叔明，溥佑十歲時過繼饒餘親王，因此溥僡從此排行改為第三，人稱為僡三爺。民元以後，隨母親、兄長至西山戒臺寺隱居，讀書習武。溥僡與兄長溥儒一樣，從詩僧海印上人學吟詠，詩作頗具晉唐之風，書法則有二王與文徵明氣象。稍後，在京旗人遺老組織漫社（後改稱賡社），溥儒、溥僡兄弟在詩社中甚為活躍。1927 年，兩兄弟在日本大倉商行邀請下訪問東瀛，與日本文化名流談文論學，賦詩作畫，兩人旅日詩作稍後結集為《瀛海塤篪》，書名自然取自《詩經．小雅．何人斯》：「伯氏吹塤，仲氏吹篪。」足見手足之相得。

據溥僡之子毓峘回憶，溥僡曾於 1934 年前往偽滿考察，但並未謀求任何職位。這與溥儒拒絕溥儀盛邀，並作〈臣篇〉批評其「九廟不立，宗社不續，祭非其鬼，奉非其朔」可謂如出一轍。回京後，溥僡曾短期任教於中國大學，並與傅惜華、張伯駒等人組織詩社。溥僡不僅長於詩畫，且專精經學與文字聲韻之學，著有《周易古誼》等，詩作則裒集為《蕉雪堂詩集》。如其〈雨中登顯通寺閣〉五律云：

> 高閣空濛裡，煙雲四望平。
> 雨中群木暗，天外一峰晴。
> 山翠增寒色，溪流漲遠聲。
> 明朝岩上路，應有蕨芽生。

顯通寺在山西五臺山，始建於東漢永平年間，是五臺山全山寺院之首。溥僡此詩似脱胎自其父載瀅之〈雨夕〉，而色調更為明朗。尤其是頷聯「雨中群木暗，天外一峰晴」，色調對比鮮活，頗具畫意。末句所謂「蕨芽」，即薇蕨的嫩芽，因平仄安排而選用蕨字，亦藉此表明自己作為遺民的采薇之志，與其兄溥

儒別無二致。

溥傯愛好曲藝，在家族影響下致力創作八角鼓岔曲曲詞。
八角鼓於明末起源於遼東，因其有八個角、八面鼓牆，與八旗
相合，因此深受旗人推崇。乾隆年間，八角鼓發展成坐唱形式
的曲藝音樂，旗籍子弟多組織票房，編詞演唱以為自娛。而所
謂岔曲為單絃演唱，是八角鼓中最早的曲種。今人許克指出，
溥傯「自製的岔曲，題材雖不脫流行的節令情景、歸隱雅興、
閨情旅愁，乃至技巧性曲牌集錦，但在情操標格、文學氣韻上
居高超凡，其歡世辭章繼散曲小令餘韻，句式章法則盡合行腔
節律，易為歌者掌握。他將戰國末到晚唐千餘年間的騷賦上品
改寫為岔曲，將五代、兩宋到南明八百年間的詞苑佳作改寫為
岔曲，這些被改寫的古典詩文，因他的博學深情而留象傳神，
經度曲衍聲得擴大欣賞，成為曲藝史上的奇葩」。（〈皇族子弟
溥叔明與《蕉雪堂曲文集》〉）現存溥傯創作的岔曲唱詞，除了
取材於《左傳》、漢魏樂府、明清小說、京劇、民間傳說的作
品外，還有反映北京民俗的《舊都新春》、《鍾馗嫁妹》、《五毒
新傳》、《北京俗語》，以及讚揚新婚姻法的《美滿家庭》、《婚
姻的鬥爭》。這些精巧的曲文皆收錄在《蕉雪堂曲文集》中。

2022.08.17.

恭王府與溥傯

宣統皇帝溥儀

宣宗統緒每龍顏。
簡在帝心嗟石頑。
格致治平焉足道，
空云末世挽狂瀾。

從王土到共和——「清末一代」古典詩人淺談

　　道光皇帝共育有九子，其中著名的有四子咸豐帝奕詝（1831-1861），五子惇王奕誴（1831-1889），六子老恭王奕訢（1833-1898），七子老醇王奕譞（1840-1891）。就文藝造詣而言，前文已經談及恭王祖孫方面。惇王奕誴秉性浮躁不文，不過其孫溥忻（雪齋）、溥僩（毅齋）、溥佺（松窗）、溥佐（庸齋）等皆為著名書畫家。咸豐帝及其子同治帝載淳（1856-1875）也有著作傳世，據臺北故宮盧雪燕女士的資料，館內藏有咸豐御製詩四冊、文二冊，同治御製詩二冊、文十二冊。

　　老醇王有《九思堂詩稿》、《九思堂詩稿續編》、《航海吟草》、《差次吟草》、《窗課存稿》及《蘭陽隨筆》等，可惜現已亡佚不少。據藏書家韋力所言，他早年收得《御賜九思堂詩稿》稿本一冊，所錄詩作起於咸豐二年（1852）春，終於同治十二年（1873）十二月，卷中多處貼有浮籤，以正誤字，凡提抬處

皆有標記。可惜年代久遠，其餘各冊余皆已散佚。(〈奕譞稿本《御賜九思堂詩稿》不分卷〉) 所幸此書依然流傳至今，讀者猶可窺知全貌。民初大總統徐世昌主持編纂《晚晴簃詩匯》，評價奕譞詩云：

> 醇賢親王篤於忠孝。咸豐間，嘗被命題畫，兩首皆用「扶杖」字，文宗為改定。從游福海賦詩，有句云「水樹迎皇幄，雲山入御筵」。文宗笑曰：「此唐韋元旦〈興慶池應制〉詩語，汝顛倒用之耳。」後編詩稿，以此諸篇列咸豐朝詩之首，備記其事。又補作〈紀恩〉四章，辭旨悱惻。穆宗鼎湖，尤多攀援哀咽之語。

查韋元旦〈興慶池侍宴應制〉為七律一首，其頸聯云：「雲峰四起迎宸幄，水樹千重入御筵。」老醇王「奪胎換骨」，易為「水樹迎皇幄，雲山入御筵」。而咸豐帝 (文宗) 一覽便知，亦可見其兄弟之詩學造詣。老醇王有七子，光緒帝載湉 (1871-1908) 為第二子，出繼咸豐而登大統，亦有御製詩文集傳世。五子小醇王載灃 (1883-1951) 生子溥儀 (字耀之，號浩然，1906-1967)、溥傑 (1907-1994)、溥任 (1918-2015)。溥儀三歲時登基，改元宣統，載灃擔任攝政王。

宣統三年 (1911)，辛亥革命爆發。溥儀退位後因民國優待條款仍在紫禁城居住。1924 年，溥儀被馮玉祥驅除出宮，寄居天津，後來更在日本人扶植下成為偽滿洲國皇帝。二戰結束，溥儀遭蘇軍俘獲。1950 年被押解回國，在撫順戰犯管理所接受政治改造。1959 年接受特赦，成為全國政協委員，文革初期去世。平心而論，溥儀的舊詩寫得實在很一般，這大概和他幼年「失學」有關。筆者常半開玩笑說：「溥儀把清朝歷

代皇帝的文化平均值拉低了。」別說和康雍乾、乃至同治、光緒相比，就算和親弟溥傑相比，溥儀的詩作、文化水平以及識見魄力都頗為不如。溥儀登基後，宮內雖有太妃等長輩，卻畢竟並非親生父母，生父載灃又只具有臣下的身分。有人也許會問：「他在宮中那麼多中西名師，何來失學？」關鍵就在於，沒人有資格督促他。我們尋常的大學生、成年人，都不容易自我督促，師長、友儕稍勸一句都可能視作寇讎，何況是宮中無法無天、正處於少年叛逆階段的小皇上？小恭王溥偉之子毓嶦（1923-2016）曾長期追隨溥儀，他對溥儀、溥傑這兩位堂叔的學習經歷有這樣的評價：溥傑八歲進宮當伴讀一直到十七歲，和溥儀一起唸了十年書，要說文化修養上，兩兄弟應該差不多，實際上卻迥然不同。他認為差異源自溥儀不用功而溥傑用功。溥儀學作詩，只是應付式的；而溥傑就不同，伴讀完了回家之後，家中另有漢文老師，還得再上一回學。（《末代皇帝的二十年：愛新覺羅毓嶦回憶錄》）因此，溥儀在少壯之際沒有長輩督促，其學習之缺乏恆心、一曝十寒，不難想像。相較之下，同樣是幼年即位的康熙帝天縱英才、又有孝莊太后的撫育，同治帝、光緒帝也有慈禧太后的監督，就學養而言，溥儀與他們相比自然不可以道里計。

　　溥儀不以詩歌著稱，卻仍留下一些作品。十三四歲起，溥儀閱讀康熙、乾隆詩文集，逐漸對作詩發生興趣。不僅如此，他還於 1922 年 5 月在宮中與胡適會面，自稱受到胡適《嘗試集》的影響，開始試作新詩。但在同一年，他又想出一道捉弄編輯的惡作劇：把明人一首四十字的五言詩〈鸚鵡〉據為己有，以「鄧炯麟」的筆名，投寄上海小報《遊戲日報》，竟然獲得刊登。隨後他又重施故技，將〈浮月〉、〈荷月〉等詩投去，再次見報。報紙編輯部曾多方打聽「鄧炯麟」為何方神聖，卻不得要領。筆者檢核《民生月刊》第 14 期（1922）之〈文人集萃〉專

欄，有〈寄西山鄒耀溪君〉一詩，亦題為鄧炯麟作。其詩曰：

> 秋氣入天輕。空山落照明。
> 白雲低樹影，黃葉絕人聲。
> 之子事巖隱，幽居無世情。
> 松花墮潭水，流不到江城。

核查後，筆者發現此詩乃乾嘉之際粵東三子之一的譚敬昭（1773-1830）之作，題為〈寄西峰草堂李季子〉，內文一字不差。可見「受害者」非止《遊戲日報》一家。唯「鄒耀溪」為何許人，則不得而知矣（溥儀字耀之，可以參考）。

　　1924 年出宮後，溥儀旅居天津，創作了三四十首舊詩，有的談愛情，有的發洩對民國的憤慨，抒發復辟的願望，今已全部亡佚。偽滿建立後，溥儀寫了一些歌頌「日滿親善」之作。如 1935 年 4 月，溥儀出訪日本，日皇裕仁到車站迎接，並為他設宴。溥儀因此即興吟出七絕一首：

> 萬里雄航破飛濤。碧蒼一色天地交。
> 此行豈僅覽山水，兩國中盟日月昭。

首聯頗有氣象，唯「天地交」不合律，疑乃「地天交」之傳鈔訛誤。作為樞紐的第三句卻甚為平庸，乃至第四句欲振乏力。且就韻腳而言，「濤」為豪韻，「交」為肴韻，「昭」為蕭韻，三者皆不相同，畢竟不甚相宜。又如 1942 年 2 月，日軍攻陷新加坡之際，溥儀賦詩云：

> 霹靂呼訇降自天。永掃妖氛開坤乾。
> 黎明初曙光海陸，偉哉皇軍功蓋前。

大義凜然北方鎮，日滿一心同苦甘。

捷報傳來無限喜，翹望東天申慶歡。

據載當年 2 月 15 日，日軍佔領新加坡消息傳來，吉岡安直畫出《山水屏風圖》給溥儀看，並請他題詩祝賀，溥儀遂寫下此詩。姑勿論其內容，僅就格律觀之，此詩各句多有不合平仄之處，頷、頸也不對偶，恐怕難以稱為七律。「呼匐」費解，疑有傳鈔訛誤。「黎明」、「初曙」用字冗贅。雖是即興而作，功力畢竟不足。

　　1940 年代後期，溥儀一行囚禁於蘇聯。他在獄中模仿匈牙利詩人裴多菲名作〈自由與愛情〉而打油一首：

自由誠可貴，面子價更高。

若為性命故，二者皆可拋。

網友說得好：「也許很多行為都並非發自溥儀內心，但是為了活下來，他只能捨棄尊嚴，服從別人的安排。這些道理，很多人可以理解但不一定會經歷。從溥儀的口中說出，因此就顯得尤為真實，也很有分量，其中的辛酸況味和對人性的痛徹領悟，讓人唏噓不已。」（微信公眾號「趣觀歷史」）溥儀遺孀李淑賢則追憶，溥儀在特赦後寫有滿滿一本子詩，但在文革爆發時全部焚毀。1964 年，李文達為溥儀執筆，完成回憶錄《我的前半生》。溥儀贈詩云：

四載精勤如一日，揮毫助我書完成。

為黨事業為人民，贖罪立功愛新生。

就當時環境與心境而言，我們並不能說此詩非出於作者誠意。

且「愛新生」一語不僅點出自身獲得特赦改造，且雙關愛新覺羅之姓氏。但整體觀之，全詩造語畢竟接近所謂「老幹體」，更無所謂平仄格律可言。

倒是溥傑曾於 1984 年撰文提及，溥儀回到闊別已久的北京，深感人間滄桑，恍如隔世，遂作七絕道：

> 京華不是舊京華。莫向東陵問種瓜。
> 三十五年歸故國，春風吹入帝王家。

溥儀自 1924 年遭馮玉祥驅逐而離京，至 1959 年特赦自撫順返京，前後正好三十五年。毓嶦指出此詩第一句點出新中國，第二句反用「東陵瓜」的典故（《史記．蕭相國世家》：秦東陵侯召平，秦亡後為平民，在長安城東種瓜為生，因所種瓜甚美，世稱之為「東陵瓜」），也就是說清朝早已不存在了，皇帝當了老百姓，也不必種瓜。

不過，毓嶦對於這首詩的真偽有所懷疑：溥儀回到北京以後最怕提到的就是什麼帝王、皇上。他自己做詩怎麼會在末句用上了「帝王家」呢？毓嶦的質疑是有道理的。只是筆者以為，溥儀一旦乍回北京，感觸萬千，欲發而為詩，卻不得不乞靈於舊體。此後隨著他逐漸融入新生活，他的詩歌風格才有所變化，逐漸接受當時流行的風格。且「莫向東陵問種瓜」一句若用傳統讀法，似為不堪相問之感——這同樣是舊體詩含蓄宛轉的固有情調，以及「東陵瓜」典故本身的滄桑內涵所導向的。若非作者特意說明，讀者恐怕較難讀出「反用典故」之意。進而言之，溥儀創作當下的心情，到底是樂觀積極的「反用典故」，還是保留著一絲不堪回首之意？已不得而知矣。

2022.08.26.

末代皇弟溥傑

未離故國亦天涯。

舊夢新生寧復差。

出日寅賓何處是，

休因喬木問京華。

　　溥傑（1907-1994）字俊之，號秉藩，為小醇王載灃次子，母為晚清重臣榮祿之女幼蘭。1918 年幼蘭去世時，拉著溥傑的手説：「你哥哥是大清皇帝，你要幫助哥哥恢復祖業。」溥傑從此就成為大哥溥儀的追隨者。溥儀在《我的前半生》中寫道：「我和溥傑，當時真是一對難兄難弟，我們的心情和幻想，比我們的相貌還要相似。」溥傑也説：「在我們兄弟的童年生活中，所受的教育完全是『家天下』的產物。在我們幼小的心靈中很早就已醖釀著恢復祖宗帝業、復辟大清之類的反動想法。」又謂自己覺得中國要富強必須靠外國幫助。因此，兩兄弟成為日本關東軍卵翼下的滿洲國傀儡，就不足為奇了。

　　幼蘭去世同年，溥傑在端康太妃（即光緒之瑾妃，珍妃之姊，1873-1924）指定下與端康姪女唐怡瑩（號石霞，

1904-1993）訂婚，至 1924 年完婚，但婚姻生活並不和睦。
1929 年，溥傑在溥儀安排下赴日本學習軍事。1935 年溥傑回
到東北，任職偽滿。唐怡瑩得知溥傑投靠日軍，隨即劃清界
線，誓死不前往投靠。

　　由於溥儀沒有生育能力，日軍先逼迫溥傑與唐怡瑩正式離
婚，再迎娶日本華族女子嵯峨浩（1914-1987），以求誕下子嗣，
繼承君位。對於這樁政治婚姻，溥儀極具戒心——他擔心嵯峨
浩一旦為溥傑生下具有日本血統的子嗣，不僅自己，連溥傑都
可能性命不保。不過出乎意料的是，嵯峨浩秉性溫和，與溥傑
夫妻恩愛，育有兩女。1938 年，嵯峨浩誕下長女慧生，溥傑
賦五律一首云：

> 卒步三十二，今茲兒始生。
> 馬蹄身半老，蝸角愧浮名。
> 久薄貪嗔障，偏深父女情。
> 親心何處在？呱爾夜啼聲。

此詩為五律體式，平仄穩妥，首聯用罕救格式雙拗，出句「十」
字拗，而對句「兒」字救之。頸聯出句「貪嗔障」接頷聯之「浮
名」，對句開尾聯之「親心」，結構嚴密，表達舐犢之情的同時
也對自身的處境發出感慨，情動於中而形於言。且頷聯「馬蹄」
對「蝸角」極巧，唯「身半老」為主謂結構，「愧浮名」為動賓
結構，不算工整。1940 年，次女嫮生於東京誕生。

　　1945 年二戰勝利，溥儀、溥傑夫婦等人被蘇軍俘獲，稍後
嵯峨浩與兩個女兒幾經周折回到日本。這些經歷後來被嵯峨浩
寫成回憶錄《「流転の王妃」の昭和史：幻の"満州国"》。另一
邊廂，溥傑兄弟在 1950 年被轉交中共，在撫順戰犯管理所進
行改造。此時，在臺北的溥儒得知溥傑一家狀況，寫下了七絕

〈哀嫮生〉一首：

> 鸞鏡分飛玉破環。望夫山下別秦關。
> 自從落日孤帆去，碧海明珠渺不還。

小序云：「從弟女也，從母東歸日本。」就詩意而言，溥儒所哀固不僅嫮生一人，而是溥傑全家的離散。不過，溥傑長女慧生卻頗有膽識，並非嬌柔格格而已。她不久便從日本直接致函周恩來，要求與父親通信。從此，溥傑得以與妻女保持函件往來。不料 1957 年 12 月，慧生被發現與大學同學大久保武道兩人陳屍於靜岡縣天城山。雖然警方與媒體判定為殉情案，但嵯峨家卻相信慧生一直對大久保的追求感到困擾，可能是單方面的情殺。噩耗傳到撫順管理所，溥傑在悲慟中寫下〈哭慧女〉（三首並序），其一云：

> 嗚呼慧女，吾為汝父，負汝實深。死者已矣，生者何堪？有母飄零，有妹無告，罪咸在我，苦汝深矣，負汝深矣。可憐我兒，偏有此父。已矣已矣，恨何有極。

1960 年，溥傑獲得特赦。1961 年，在周恩來幫助下，嵯峨浩、嫮生母女從日本返華探望溥傑，嵯峨浩從此隨夫定居北京，嫮生仍回日本，至 1968 年與福永健治成婚，兩人育有五名子女。

回到北京後，溥傑在政府安排下至全國各地遊覽，留下不少詩詞。如 1962 年重陽，溥傑攜眷遊西山，有〈西山八大處登高〉七律：

> 且喜退公重九日，悠然安步盡情遊。

逕通玉塔千年寺，菊颭金風萬點秋。

列肆待沽新野店，捫碑善辨古徑樓。

妻孥攜得茱萸酒，高酌層欄最上頭。

巧合的是，西山不僅為溥儒早年隱居處，且此時在臺的溥儒亦每有重陽詩，如其作於 1951 年的〈九日登圓山〉云：「佳節年年憶兄弟，烽煙況問首陽薇？」但這時溥傑在思想上早與堂兄溥儒漸行漸遠，不可能更以採薇首陽山的伯夷、叔齊相比擬了。又如作於 1964 年的〈浣溪沙·江南秋〉：

萬樹霜楓碧玉流。蒼茫無際水天秋。夕陽吞吐采蓮舟。◎何處漁歌風兩岸，蘆花如雪斷煙浮。不妨還上一層樓。

一般來說，〈浣溪沙〉下片頭兩句都會對偶，溥傑此首「何處」、「蘆花」兩句並未對偶，卻不影響全篇之佳作水準。尤其「夕陽吞吐采蓮舟」，將紅日、紅蓮融化一處，兼有雄渾與婉麗之致。

值得注意的還有一首七律〈南樓對酌〉，副題為「一九六二年回到北京後路經什剎海」。詩云：

拂面春風料峭寒。南樓晴日倚欄杆。

壺中綠蟻新醅得，雪裡紅梅仔細看。

自有果蔬堪對酌，雖無淆饌亦成歡。

明朝懶折陽關柳，雲樹天涯會面難。

小註：「南樓在醇王府內。」醇王府乃溥傑出生之處，然抗戰時期逐漸荒蕪凋敝，載灃遂於 1949 年售與國家。其後，中共

為宋慶齡籌建住宅，於 1961 年整飭王府花園，宋慶齡於 1963 年入住，直至逝世。[1] 溥傑此詩，正作於整飭工程完成、宋慶齡猶未遷入之時。既然醇王府已收歸國有，溥傑能與親友會飲於此，蓋是官方有意安排。一旦宋慶齡遷入，溥傑及家人就不太容易能登門懷舊了。末聯云「雲樹天涯會面難」，可見溥傑固知此地日後難以重訪，故欲珍惜此夜，在自己的出生地與親友盡歡爾。相對於此時的其他作品，該詩無疑多了幾絲惆悵之情。

文革期間，溥傑夫婦雖曾遭紅衛兵闖入家中搔擾，所幸未有大礙，有驚無險。如其 1970 年有〈喜聞外孫女生寄詩致賀〉，1972 至 73 年間更有哀悼愛犬珍珍、潑奇二詩，足知文革後期，溥傑的生活尚算寧靜，且能與海外親人保持通訊。改革開放之後，政治環境日益寬鬆，溥傑作為遜清皇族的身分再次獲得世人的正面關注。1980 年代以降，不少作家為他撰寫傳記、回憶錄；義大利導演貝托魯奇（Bernardo Bertolucci）拍攝《末代皇帝》時，更邀請溥傑擔任歷史指導……溥傑與生俱來的遜清皇族身分不可能、也從未被抹煞，這重身分只是在不同的歷史時期擔荷不同的功能，應機說法罷了。如是看來，他在大陸的遭際竟與溥儒在臺灣有殊途同歸之勢。

1983 年《溥傑詩詞選》編成，溥傑自序云：「我雖然喜歡作詩，也曾經常不斷地作，但總是在興之所至，隨手寫在紙片上，或是隨身攜帶的小本本上，不但從來未曾作過整理，也未曾加工彙編。……只在最近，王世敏、郭招金兩位同志，多次

---

[1] 按：1962 年，由北京市建築設計院設計、北京市第五建築工程有限公司在醇親王府花園內修建的二層仿古住宅樓正式完工，花園內其餘建築也已翻修完成。見張明義等主編，北京市地方志編纂委員會編；李燕秋卷主編：《北京志·建築卷·建築志》（北京：北京出版社，2003），頁1014。

勸我把從幼年直到現在為止的詩詞匯集編排出來，去粗取精地出版一個詩詞選集。這種出乎好意的建議，卻使我又為了難。因為我青壯年時的作品，由於萍蹤未定，到處為家，隨時隨地零落散失，所致無法回憶，當然更談不上篇篇找到了。現在散亂在身邊的，只有一些六十年代以後的東西，還可以翻箱倒篋，勉強湊得出來。」的確，溥傑各種回憶錄、傳記中，尚有《詩詞選》未收之作。前文所引慶祝慧生誕生的五律，也只見於嵯峨浩《流転の王妃》。此外溥傑晚年，登門求字者甚多，所贈不乏其自作之詩。如果能將這些詩作輯錄起來，無疑能讓我們進一步了解溥傑的文學心路。

2022.09.02.

末代皇弟溥傑

滿族新女性唐怡瑩

莫矜遼瀋說溫柔。
貴戚孤魂孰輕重，
翹首南天滿眼秋。
鳳城一別記瓊樓。

從王土到共和——「清末一代」古典詩人淺談

　　溥傑元配唐怡瑩（1904-1993），字石霞，原姓他塔拉氏，
滿洲鑲紅旗扎庫木世族。其姑母為光緒帝的瑾妃和珍妃，其父
志錡為二妃之幼弟，擔任工部筆帖式，時常偵得宮中密事，告
知維新派。戊戌政變後被革職，逃往上海。辛亥革命後，溥儀
小朝廷因北洋政府的優待條款，繼續深居紫禁城。1913 年隆
裕太后去世後，晉升端康太妃的瑾妃成為光緒帝唯一的遺孀，
在宮中最具影響力。

　　唐怡瑩為瑾妃姪女，性格活潑外向，外表長得很像珍妃。
由於珍妃死於非命，瑾妃出於歉疚與懷念，一直把怡瑩留在宮
中撫養，因此怡瑩得以研習書畫、觀摩歷代名作真跡。長期
薰陶濡染之下，怡瑩在詩詞書畫方面頗有造詣。她自知才貌不
俗，隱隱滋生非溥儀不嫁的心態。不過，怡瑩的活潑外向在瑾
妃眼中卻屬「舉止輕浮」，如此個性並不適合侍奉君上。1922

年 3 月，婉容、文繡分別成為溥儀的后、妃，唐怡瑩皇后夢碎。兩年後，仍由瑾妃作主，將剛滿二十的怡瑩許配給十七歲的皇弟溥傑，人稱「溥二奶奶」、「溥唐石霞」。在同一年，端康去世、溥儀遷出皇宮。

俗語雖云「女大三，抱金磚」，但巾幗鬚眉的唐怡瑩本身或有遷怒溥傑之意，加上當時溥傑不夠成熟，又過於溫良和平，缺乏男子氣概，兩人婚姻並不美滿。1926 年的一個春日，唐怡瑩在北京飯店與張學良邂逅。第二天，怡瑩要溥傑將張學良邀至府中。寒暄未幾，怡瑩就拿出一幅《鴛鴦戲水》圖，以及自己的詩作給張學良看。不僅如此，怡瑩還向他展示一冊剪報簿，裡面全是近年報紙中關於張少帥的新聞。兩人從此一拍即合，款曲暗通。怡瑩甚至勸說溥傑參加東北軍，被載灃、溥儀阻止。後來張、唐二人分手，有次溥傑到東北，張學良向他坦白了這段往事。溥傑卻說：「我不在乎，她不找你，也會去找別人。」

張學良晚年說自己當時差一點娶了唐怡瑩，但後來「發現這個人完全是玩假的……她畫的畫是人家改過的，作的詩也是人嫁替她改的」，又說她「聰明極了，混蛋透了」。就張氏早年私德來看，這番話自然不可全信，唯一可靠處大概只有「聰明」的斷語。再就張的文藝素養來看，哪有資格評騭唐怡瑩詩畫的真假？更何況詩不厭改，「一字之師」自古已然？其次，張氏理想中的女人是于鳳至、趙一荻這種為丈夫單方面徹底奉獻的忘我者，說穿了就是一種頗為自私的父權思維。因此，他所謂「玩假的」，大概就是唐怡瑩有主見，並不對自己唯命是從罷了。

1931 年九一八事變，張學良撤離東北。1990 年時，張氏向日本 NHK 電臺記者承認：「我認為日本利用軍事行動向我們挑釁，所以我下了不抵抗命令。我希望這個事件能和平解決……我對『九一八事變』判斷錯了。」一子錯而滿盤落索，

溥儀在日本扶持下成為偽滿洲國執政，溥傑也相隨而去。當此之時，唐怡瑩立即提出「寧為華夏之孤魂，不作偽帝之貴戚」的聲明，贏來時人一片讚嘆。

　　至於唐怡瑩對張少帥如何「混蛋」，我們不得而知，但另一件事或可「佐證」：九一八後不久，怡瑩成為皖系軍閥盧永祥之子盧筱嘉的情婦，兩人在上海共賦同居。讓人目瞪口呆的是，怡瑩竟趁著公公載灃前往天津之際，與盧筱嘉僱來一架大卡車，將醇王府的財物一掃而光，其捲逃盜賣醇府珍寶成為當時的大新聞。或者在唐怡瑩看來，這筆錢就是她應得的贍養費或「青春補償費」吧。清官難斷家務事，唐怡瑩將自身婚姻失和遷怒於整個醇府，於情於理畢竟難以全佔上風。不過也許正因為她生長於八旗貴冑之家，一方面刁蠻任性，另一方面又深受禮法桎梏，所以才會有這些叛逆驚人之舉，情有可原。怡瑩拜薛大可（1881-1960）為師，薛氏曾作〈石霞歌〉云：「靈秀獨鍾一女子，爭說珍妃幻化身。」只若唐怡瑩非僅外表，連性格也與珍妃相似，就不難想像當年慈禧太后對珍妃態度如何了。然而唐怡瑩所作所為，畢竟進一步喚醒了當時婦女的自主意識，將她目為滿族新女性，當無不可。

　　在上海，唐怡瑩總算與盧筱嘉度過了一段靜好的歲月。此時唐怡瑩聲名日熾，如葉恭綽評價其畫作：「氣韻清逸，窮極工能，用筆賦色，皆有矩度。」據記載 1945 年抗戰勝利後，羅敦偉組織《和平日報》上海版，成立「海天」文藝組織，參加者多為滬上文化界知名人士，其中唐怡瑩與周鍊霞（1908-2000）即女性之佼佼者。可惜好景不常，1949 年，怡瑩、盧筱嘉分別前往臺灣，未幾怡瑩隻身移居香港，直至 1993 年去世。

　　居港期間，唐怡瑩在香港大學中文系主任林仰山（F. S. Drake, 1892-1974）的引薦下，到東方語言學校講授國語，其中一位學生魏德巍（David Wilson）在多年以後成為了香港總督衛

奕信。此外，怡瑩還活躍於香港筆會，並在麗的呼聲及其他機構主持講座，講題包括詩歌書畫、科舉歷史、舊都掌故等等，足見其才學之豐。又多次在港、臺舉辦畫展，風評甚佳。由於溥儒之子溥孝華夫婦曾執教於陽明山文化大學藝術學院，該校與遜清皇族藝術家關係較為密切。唐怡瑩幾次參展，都在文大舉行，印象很好。文大創辦人張其昀校長（1901-1985）雖僅年長怡瑩三歲，卻因品格學問頗受她敬重，曾贈詩云：

> 落盡繁霜木未疏。雲山多少綠田廬。
> 衝寒一路風和雨，萬卷書樓聆教初。

正因如此，怡瑩臨終前才會將個人作品悉數捐至文化大學。

唐怡瑩的詩詞集名為《微波吟》，其中多為題畫之作，但讀者也能由此尋繹其個人之心境。如七律〈題紅牡丹〉：

> 第一鞓紅出洛陽。天生麗質稱韶光。
> 當年上苑承殊寵，今日華堂冠眾芳。
> 濃艷偏宜凝曉露，靚妝原不媚東皇。
> 可能玉砌雕欄畔，依舊春來自擅場。

此詩以花自喻，首聯謂自身出身高貴、才貌雙全。領聯謂早年出入宮禁，今日依舊能出人頭地。頸聯謂自身能耐清寒，不事偽朝。尾聯抒發感嘆，有物是人非之感。而七律〈題瓊樓圖〉，則可謂由「當年上苑承殊寵」的進一步申發：

> 當年已覺不勝寒。別後瓊樓更上難。
> 猶憶賞花頻被酒，也曾待月共憑欄。
> 迢迢雲樹人千里，耿耿情懷意萬端。

鎮日小窗多寂寞，圖成可似舊時歡。

首聯蓋出自袁克文（1890-1931）〈分明〉詩「絕憐高處多風雨，莫到瓊樓最上層」一聯。克文此詩乃是勸諫乃父袁世凱不宜稱帝，唯恐亢龍有悔。而怡瑩則翻出新意，謂當日固知深宮非久居之地，但別後睽違至今，欲重訪都不可得。頷聯承上，言及在宮中賞花、待月，如此往事，今日迴想，雖寒猶暖。頸聯謂自身遠離故都，鄉思益深。尾聯謂他鄉閒居之際，唯有憑記憶繪出宮中瓊樓，以慰寂寥。

再如七絕〈題七夕圖〉：

> 煙開紫闕繞雲屏。臺笙晴霄叩帝扃。
> 向晚御爐香起處，垂髫初解拜雙星。

此詩所題之畫雖已難覓，但玩味詩意，料想畫作內容也是追憶宮中往事：幼年的唐怡瑩還是垂髫童裝，在七夕來到富麗的皇宮。入夜時，宮中焚起香爐，怡瑩也隨著宮人拜起牽牛、織女雙星。字裡行間，隱隱透發出愛情的萌動感。又小令〈人月圓·閨意〉：

> 紅樓煎酒銷殘夜，共酌小窗前。
> 更闌微醉，稱心小語，無限纏綿。
> ◎東風乍起，蓬飛萍散，漂泊誰憐。
> 怕思量，待西窗剪燭，知是何年。

這首詞乃是懷人之作。上片追憶當日與情人紅樓對酌，軟語纏綿，直至夜深的景象。下片將時局變換比喻為吹散飛蓬浮萍的惡風，又謂一別天涯，連思忖何時重逢、剪燭西窗都不敢想

像，只怕徒惹傷悲。此詞所贈何人雖不可知，卻能以女性特有的細膩筆觸，勾起人們共同的情感，令人擊節。

當然，唐怡瑩的詩詞也並非僅有哀婉一路。如 1948 年（戊子）春日，她從上海乘機前往香港參加畫展，途中口占七絕兩首，其一云：

料峭春寒雨乍晴。流鶯得意弄新聲。
今朝遠別江南去，小試青雲萬里程。

首聯雖不失婉約意態，但尾聯卻以雄健之語收之，使人心壯。也許正因為這次活動，令怡瑩對香港產生好感，並為她日後終老此處埋下了伏線罷。

2022.09.09.

滿族新女性唐怡瑩

金閨國士周鍊霞

情懷眇眇莫愁予。
又手成詩名不虛。
燈月幸堪同姪宋,
晚霞又照晚蘋徐。

從王土到共和——「清末一代」古典詩人淺談

　　唐怡瑩寓居上海時,與之齊名、乃至有過之而無不及的女畫家當推周鍊霞(1908-2000)。周鍊霞字紫宜,齋號螺川書屋、懺紅軒,原籍江西吉安,生於湖南湘潭,在上海成長。1922年開始學畫,先後師從尹和白、鄭壺叟。1924年左右,從著名詞家朱彊村學填詞,又從蔣梅笙(徐悲鴻外舅)學作詩。由於詩畫雙精、容貌脫俗,鍊霞年方二十便已展露頭角,在海上文化界頗為活躍。掌故家鄭逸梅曾描述鍊霞「入流風迴雪,在女畫家中是最具儀容的。她本身就是一幅仕女畫」。此時,鍊霞已經歷過一段短暫婚姻,並在其師蔣梅笙家中遇上真命天子、年長自己兩歲的徐晚蘋。

　　徐晚蘋原名公荷,字公齊,號綠芙外史,出身名門望族,當時供職於郵政局。晚蘋也是蔣梅笙的學生,對於新舊文學乃至書畫都很擅長,時有作品發表。不過,這時晚蘋吸引鍊霞

之處並非文學創作，而是攝影與跳舞。因此，兩人很快墮入愛河，並於 1927 年秋舉行婚禮。兩人前往杭州度蜜月，鍊霞以丹青描摹湖山，晚蘋則以鏡頭捕捉鍊霞最美麗的姿態。不久，一本號稱「紅霞映綠芙」的《影畫集》在上海灘出版，一紙風行。晚蘋甚為開明，首肯鍊霞到錫珍女校擔任教師，並為海上王星記、怡春堂等知名箋扇莊繪製扇面。1934 年，鍊霞加入中國女子書畫會，與陸小曼、吳青霞合稱「畫壇三姝」。兩年後，加拿大舉辦第一屆國際藝術展，鍊霞在晚蘋支持下遠赴異邦，獲得金獎，載譽而歸。由於名氣水漲船高，鍊霞成為了社交界風頭人物，以至大小媒體的報導焦點，號稱「金閨國士」。難得的是，鍊霞並無嬌滴滴羞答答的閨秀態，而是爽朗自在、妙語如珠，能與各色人等相周旋，十分討人歡喜，因此大家又暱稱為「鍊師娘」。

　　儘管鍊霞身邊不時出現狂蜂浪蝶，卻無損她與晚蘋的感情，兩人一直相互扶持，且育有五名子女。1937 年抗戰爆發，上海成為孤島，不久淪陷。在河山支離、飄絮打萍之際，鍊霞深感「如此江山難下筆」，反而致力於詩詞創作與短篇小說。與此同時，晚蘋藉郵局工作之便，秘密寄發抗日刊物。由於日軍在上海實行宵禁，晚上不再供電，鍊霞擔心晚蘋夜歸，於是寫下一首自度曲〈慶清平・寒夜〉，發表於 1944 年 5 月 18 日的《海報》：

> 幾度聲低語軟。道是寒輕夜猶淺。
> 早些歸去早些眠。夢裡和君相見。
> ◎丁寧後約毋忘。星眸灩灩生光。
> 但使兩心相照，無燈無月何妨。

下片末二句可謂畫龍點睛的警語。正因如此，當時文人周瘦鵑

等人皆曾和之。今人劉聰論道：「面對燈火管制，周鍊霞卻不直言其苦，反而提筆寫下了『但使兩心相照，無燈無月何妨』的歡娛之句，暗指國人只要心心相印，即使無燈無月，再黑暗再惡劣的環境與苦難也不足畏懼。」（〈周鍊霞的詩詞創作〉）由此可見，這與當年時代曲中黎錦光〈夜來香〉「眾人皆醉我獨醒」之意（「月下的花兒都入夢／只有那夜來香／吐露著芬芳」）、陳歌辛〈不變的心〉懷念重慶方面（「你就是遠得像星／你就是小得像螢／我總能得到一點光明／只要有你的蹤影」）可謂異曲同工之妙。1958年，香港飛利浦唱片推出林達（馮鳳三）作詞、江風（李厚襄）作曲的〈無燈無月夜〉，由白光演唱，前兩段是這樣的：

> 花香陣陣清風爽，相偎四處暗無光。
> 我們只須心相照，熄燈又何妨。
>
> 蟲兒唧唧歌兒唱，並肩花前夜茫茫。
> 我們只須心相照，無月又何妨。

不難發現，歌詞顯然胎息自〈慶清平·寒夜〉，鍊霞詞作之影響，由此可見一斑。

勝利未幾，晚蘋便接到任務，前往臺灣接管日佔時期遺下的郵政系統。兩岸分治後，晚蘋更是杳無音訊。鍊霞留守上海，獨力撫養五個孩子。她成為了上海中國畫院畫師、中國美術家協會會員，其《仕女》更入選1953年全國國畫展覽會。此外，她還以「周紫宜」之名與瞿蛻園合著《學詩淺說》、《文言淺說》，在香港出版。這段日子，鍊霞有了一位「藍顏知己」吳湖帆（1894-1968）。湖帆是著名清末金石學家吳大澂之孫，為國畫大師、書畫鑑定家。儘管吳、周大概在1930年代便已

相識，但要到 1952 年才開始頻頻以詞會友。如湖帆詞集《佞宋詞痕》中便有大量的唱和之作，其中自然也包括了〈慶清平·寒夜〉的和詞。因此，鍊霞甚至稱湖帆為「填詞侶」。而繪畫方面，兩人合作者也為數不少。兩人的關係，也因篆刻名家陳巨來（1904-1984）的〈記螺川事〉一文中為廣為人知，成為茶餘飯後閒談之資。如 1954 年春，吳、周在清明時節互相酬唱〈采桑子〉二十首。鍊霞每首第一句都使用「最憶填詞侶」五字，分別道及「湖邊」、「登山」、「燈前」、「泛舟」、「踏青」、「行吟」、「品茶」、「傳真」、「歸途」、「揮毫」，可見湖帆在她生活中烙印之深。以第九首為例：

> 歸途最憶填詞侶，午夜燈明。
> 倦眼猶醒。無限思量夢不成。
> ◎縱教來日重相見，此刻淒清。
> 車走雷聲。恨不雙肩有翼生。

誠然近乎情話。相對而言，湖帆的和詞則更為內斂，觀其第八首：

> 離情猶戀西湖好，花溢稧時。
> 柳外春旗。兩地同心繫夢隨。
> ◎中年才識愁滋味，閒把芳卮。
> 半醉依微。辛苦俱諳合共歸。

此首已算是情感較為外露之作了。而今人劉聰在《吳湖帆與周鍊霞》一書中更透過大量史料的解讀來仔細考證二人在 1950 年代相知相戀的故事。但正如上海圖書館梁穎先生在《詞人吳湖帆》中所說：「吳湖帆晚年交遊中，詞、畫俱臻上乘者，僅周

錬霞一人，其交誼建立在共同的藝術趣味上。流俗之傳言，實不足論。」當然，兩人因交往而使各自詩藝畫技多有精進，則是不爭的事實。

可嘆的是名之高者，禍亦隨之。文革爆發不久，湖帆便因病去世。錬霞聞訊後道：「解脫了。」而她自己則因丈夫是「蔣匪」方面的電報局長，加上〈慶清平〉中「無燈無月何妨」一句被認為是眷戀舊社會的黑暗，在牛棚橫遭迫害，一目被毆打得幾乎失明。然而錬霞卻樂觀風趣，請金石家來楚生刻了一方「一目了然」的圖章，日後作畫時鈐於畫面。相形之下，錬霞的同行兼「閨蜜」陳小翠（1907-1968）卻因不堪受辱而在上海寓所內開煤氣自盡，真箇不可同日而語。1980年，周錬霞攜幼子徐昱中赴美國洛杉磯，與闊別三十多年的徐晚蘋團聚，眼病也終於治癒。至 2000 年無疾而終，高齡九十五。萬君超說得好：「周錬霞是一個經過了江湖歷練、見過世面，並且內心強大的女性。否則的話，她活不過那場人間劫難。」（〈螺川綠芙二三事〉）

周錬霞才思敏捷，詩詞常常是隨口而成，友儕嘆服不已。生前雖曾將詩詞編為《螺川韻語》、《珍珠集》、《小螺川詩稿》，卻從未刊行。此外，還有大量作品散見於期刊、書畫和友人著述中。學者劉聰窮三年之力，編成《周錬霞詩詞輯》，共收錄詩詞 613 首，這些作品的創作年代自 1920 年代起，長達六十餘年，誠然功在學林。茲舉幾首為例。如 1939 年 1 月 13 日發表在《社會日報》的〈減字木蘭花〉：

> 香羅六疊。疑是仙雲真可接。
> 長繫蘭襟。一字相思萬里心。
> ◎情絲宛轉。不織鴛鴦偏織怨。
> 倘有離魂。夢裡從教拭淚痕。

上片「一字相思萬里心」可謂俊語，下片「織怨」蓋出自《楚辭·悲回風》「編愁苦以為膺」一句，而化用無跡。全首儼然上追兩宋。又如〈鹹蛋詩〉云：

春江水暖未成胎。鹽海泥塗去已回。
剖出寸心顏色好，滿山雲為夕陽開。

首聯「春江水暖」固然謂鴨，「鹽海泥塗」則指製作鹹蛋之法，此為鋪墊之筆。尾聯謂將蛋剖半時，蛋黃之色一如夕陽，而殼外黑泥撥開則彷彿滿山烏雲退去。區區鹹蛋微俗之物，卻被鍊霞賦予如斯畫意詩情，教人既驚且悅。

《詩詞輯》之編纂，固令學者稱便。誠如編者劉聰所說，此書「雖囿於所見，遺珠尚多，實所難免，但自覺從中已可大致窺見一生的心路歷程和詩詞創作的不凡成就」，洵然非虛。唯是竊以鍊霞晚年旅美之作，尤其罕見。此因其年高體弱而漸少吟詠，抑或手稿為家眷所藏而世人難獲一睹，尚不可得而知，唯有俟於來日矣。

2022.09.16.

金閨國士周鍊霞

畫壇妙玉陳小翠

凝妝樓外眾芳舒。

最惜精光轉夜珠。

質本潔來還潔去，

不教中露陷泥塗。

陳小翠（1902-1968），原名陳璂，字翠娜、翠侯、小翠，別號翠吟樓主，浙江杭縣人。其父陳栩（1879-1947）原名壽嵩，號蝶仙，為晚清優附貢生，官至浙江鎮海縣知事。後棄官從商，並辦雜誌，是著名鴛鴦蝴蝶派作家。長兄陳蘧（1897-1987），又名小蝶、定山，亦為知名畫家，並出版多種詩歌、小說、歷史掌故著作，1949 年赴臺後所著《春申舊聞》、《續聞》尤為讀者所艷稱。由於家學淵源，小翠十三歲即著詩《銀箏集》，於詩文詞曲無一不精，又創作小說，有神童之譽。葉嘉瑩寫道：「那時她父親不在家，她給父親寫信時常常要在後邊附上幾首詩。開始，她父親以為是她母親寫的，或是她寫後由她母親改的，其實，那就是陳小翠本人的作品。」實際上，陳蝶仙曾自言忙於工作，從未教過小翠吟詠；因此她的文采不僅由於天縱之資，還有賴於母教。十七歲時，小翠師從楊士猷、

馮超然學國畫，擅長工筆仕女和花卉。

今人王鶴指出：陳小翠不愛交際，不喜應酬，但與人探討、辯論古今得失，卻又滔滔不絕，談鋒勁健。她每天潛心於書畫，謀取自立之途。母親朱恕見女兒對居家瑣事不甚在意，曾經打趣道：「家裡養了一隻書蟲，不問柴米油鹽。將來出嫁了，怎麼侍奉公婆呢？莫非要一輩子不嫁人嗎？」小翠笑著回應：「自古以來，女子都把自己等同於雜役的角色，習慣於充任竈下婢。但是修身齊家之道，難道在米鹽當中嗎？」朱恕聞說，也就聽之任之。（〈陳小翠：翠樓清韻成絕響〉）1940 年代，小翠參與創辦上海女子書畫會，1949 年後受聘為上海中國畫院畫師，工作經歷與周鍊霞相似，但其個性與婚戀遭際則大相逕庭。共事畫院的龐左玉（1915-1969）曾以紅樓人物比擬諸同仁，小翠因性格孤潔而被稱為「妙玉」，可謂貼切。

陳蝶仙的門生顧佛影（1901-1955）早年與小翠同窗，交誼甚篤。但因佛影出身寒門，蝶仙作主將小翠許配給浙江都督湯壽潛（1856-1917）之孫湯彥耆。婚後不久，兩人便因故仳離。誠如今人劉夢芙所言，湯壽潛不僅是社會賢達，湯家也可謂詩禮傳家；陳蝶仙如此安排「正是考慮她的終身幸福，這種心態很正常」。至於兩人的仳離，劉夢芙認為：「小翠自幼讀書養成的清高個性恐怕是原因之一。作為家庭主婦，需要操持家務、相夫教子，必然要限制讀書作畫的大量時間，理想與現實發生矛盾，這恰恰是不甘於平庸的小翠難以忍受的，她始終追求精神上的自由。」而湯彥耆也並非紈袴子弟，曾經毅然從軍。女詞人丁寧（1902-1980）的丈夫黃某才是個滿身惡習的膏粱兒，因此丁寧堅決離婚，恩斷義絕，小翠的婚姻則明顯不同。她與丈夫嚴格而言不是離婚，而只是分居，回到娘家仍然吟詩作畫，過清靜自在的生活。（〈陳小翠《翠樓吟草》綜論〉）分居後，小翠依然與顧佛影保持魚雁往來，時有唱和，卻發乎情、止乎

禮。小翠嘗贈〈還珠吟有謝〉組詩，有云：「梁鴻自有山中侶，珍重明珠莫再投」。另一首則云：

> 百年松竹葬江南。諡作桃花死不甘。
> 莫以閒情傷定力，願為知己共清談。

首聯謂自己高潔如耐寒之松竹，不願琵琶別抱，被人譏笑為「桃花夫人」（春秋陳國公主息嬀先後嫁給息侯、楚文王，後世稱為桃花夫人）。在尾聯中，她又勸戒佛影不要因愛意而踰矩，大家的關係只能當清談的知己。因此佛影臨終前，為了小翠名聲著想，將唱和詩詞悉數付之丙丁。而小翠《翠樓吟草》中，與佛影相關的作品則偶然可見。除了前文〈還珠吟有謝〉諸首，還有散曲〈南仙呂‧寄答佛影學兄〉，記述兩人大半生過從，令人唏噓。

陳蝶仙當年棄官從商，乃是抱持「實業救國」的理想，非一般功利之徒可比。他臨終前囑咐小翠道：「兒當知之，名士與名人有別。名士者，明心見性，以詩書自娛，苟得其道，老死岩壑而無悔。偶傳令名，非其素志。古之人，如淵明是也。名人則不然，延譽公卿，馳心世路，今之人如某某是也。吾願兒等為名士，勿為名人可也。吾行年六十，心地光明，死亦何憾。」人之將死，其言也善。這番話似亦不無向女兒表明心跡之意，強調自己當年操持婚姻並非為了攀附權貴。

再觀陳蝶仙早年忙於公務，甚至誤以為小翠幼年詩作出自其母之手，不難窺見其性格。因此，他對小翠與佛影之目成心許懵然不知，是有可能的。茲有小翠出嫁前的另一往事可以參看：當時陳蝶仙的家庭工業社中有一位職員名叫沈曉孫，是杭州同鄉。沈在陳府見過小翠幾次，印象極佳，於是向陳蝶仙提親，希望小翠下嫁自己的姪兒施蟄存（1905-2003）。施蟄存平

民出身，但當時創辦刊物、發表小說、從事翻譯，已有一定名氣。陳蝶仙很欣賞施蟄存的才華，於是請沈曉孫將一張小翠的照片轉給施家，以表示誠意，並希望施蟄存來家會面。施家父母對小翠十分滿意，但施蟄存卻執意不從，表示「自愧寒素，何敢仰托高門」，婉拒了這段姻緣。由此事可見陳蝶仙並不在意婿家的門第，但他對自己女兒的心思卻未必瞭解。

不過，施蟄存與陳小翠卻並非因表叔而始結緣。據蔡登山所言，周瘦鵑（1895-1968）於1921年9月在上海創辦《半月》雜誌，施蟄存被雜誌封面吸引，於是將前十五期封面逐一以詞題詠。而周瘦鵑又請陳小翠應和了九闋詞，依次配以十六至二十四期之封面。而第二十五期，周瘦鵑便將這二十四闋詞一併刊登於〈《半月》兒女詞〉專欄。（〈施蟄存與陳小翠的一段未了情緣〉）施氏晚年在〈交蘆歸夢圖記〉中寫道：「余少時嘗與吾杭詩人陳媛小翠有賡詠聯吟之雅，相知而未相見也。」所指正是此事。至1964年，施蟄存從鄭逸梅處得知小翠住址，隨即登門拜訪，「坐談片刻即出，陳以吟草三冊為贈」。三天後，施蟄存即創作〈讀《翠樓吟草》得十絕句〉，又書懷二絕，寫好後寄贈小翠。其九云：

> 茂陵秋老女相如。卻掃凝妝慣索居。
> 欲遣風懷歸澹沱，還珠吟罷淚盈裾。

當時小翠前夫湯彥耆、兄長陳定山已往赴臺灣，女兒湯翠雛也遠嫁法國，謂小翠「索居」，誠然不虛。尾聯上句之「澹沱」當解作淡泊，謂小翠此時已無綺思，歸於平淡。下句則謂讀過小翠贈與顧佛影的〈還珠吟有謝〉諸首，不禁感觸良深——這似乎也勾起施氏自己當年婉拒婚事的記憶。附詩其一則云：

兒女虞詞舊有緣。至今彙筆藉餘妍。

碧城長恨蓬山隔，頭白相逢亦惘然。

首聯上句回想四十二年前兩人詞作合刊於〈《半月》兒女詞〉的往事，尾聯描述當下心境，嗟嘆而有餘哀。

由於思想較為傳統，兼以親屬海外關係，小翠在文革爆發後飽受迫害。她曾嘗試逃離上海，躲避動亂。如 1966 年冬日所作〈避難滬西懷雛兒代書〉五律二首，可以證其心境。其一云：

舉國無安土，餘生敢自悲？

回思離亂日，猶是太平時。

痛定心猶悸，書成鬢已絲。

誰憐繞枝鵲，夜夜向南飛。

首聯道出當時的動盪局面，並謂連自悲自憐都未敢表達。頷聯翻出奇思，謂回顧當年烽火連天之際，也不過爾爾。頸聯謂心有餘悸致函愛女，不知從何說起，一字一淚，書成已經白頭。尾聯化用曹操〈短歌行〉之語，將自己比喻為繞樹三匝、無枝可依的烏鵲。哀婉之情，令人墮淚。據說小翠雖然兩度避難滬西，卻皆被逮回，遭造反派毒打，並搜去所有錢財、糧票。至 1968 年，小翠終因不堪受辱，在家中引煤氣了斷此生，終年六十六。

文革結束後，有關方面為小翠舉行追悼會。周鍊霞的輓聯最值得注意：

笛裡詞仙，樓頭畫史，慟一朝彩筆，竟歸天上；

雨洗塵埃，月明滄海，照千古珠光，猶在人間。

上聯謂小翠詩畫雙絕，「彩筆」一語既指丹青畫筆，也指如神仙賜給江淹、令其文思泉湧的五彩詩筆。下聯謂時過境遷、雨過天青，小翠之德藝，恰如明月、如驪珠，自有不可磨滅之精光。而一「珠」字，似乎也暗中指向〈還珠吟有謝〉的往事，飽含對小翠執著自愛的稱許。

直至 2001 年，小翠之女湯翠雛、姪子陳克言重新編輯付梓《翠樓吟草全集》二十卷，收錄了小翠從 1915 年到 1966 年所作詩詞文曲，甚為齊備，劉夢芙 2010 年整理出版之《翠樓吟草》即以此為底本。唯小翠早年所作尚有若干戲曲及小說作品，若能在日後再版時一併錄入，則更佳矣。

2022.09.23.

香海琴人蔡德允

銀鈎一曲下東牆。
靜對狻猊小篆香。
容易流光秋又至,
知伊心事在何方。

從王土到共和——「清末一代」古典詩人淺談

蔡德允（1905-2007），香港著名女性古琴家。1905年生於浙江吳興，三歲時隨父母遷居上海。自幼學習詩詞、書法，涉獵各種中西樂器，愛好崑曲。先後就讀於上海南洋女子師範學校、慕爾堂高等專修學校，畢業後留校任教。1928年與沈鴻來成婚，翌年誕下獨子沈鑒治（1929-2019）。

抗戰爆發未幾，沈鴻來被派往香港鹽務局分支辦公室任職，於是攜妻兒前往。為幫補家計，蔡德允到某法國銀行擔任秘書，沈鑒治則就讀於九龍拔萃男書院。1941年，始師從沈草農（1892-1972）習古琴。同年香港淪陷，舉家返滬。1950年，全家再度移居香港。蔡德允時常參加本地文士雅集，1964年起，長期擔任新亞書院國樂會導師，同時私下開班，傳授琴法，甚至著名國學大師潘重規（1908-2003）也曾親炙蔡氏。2002年，獲港府頒授銀紫荊星章。2006年，香港浸會大學授

予榮譽大學院士。

曾從蔡德允學古琴、又為其撰寫傳記的榮鴻曾說：「老師年輕時曾教書，文筆流利和字體娟麗，做過文書工作，隨後的日子也只是服侍丈夫和教養兒子，典型賢妻良母。在社會上無權無勢，與歷史上的文人群有天淵之別，但是卻擁有文人琴家優秀的傳統：精緻文化的修養和不以彈琴博取名和利的哲理。她一生不追求物質奢華，只為自娛而遨遊於琴、書、詩、畫、和崑曲中。」（〈蔡德允老師的文人琴氣質〉）沈鑒治則回憶母親道，她是「中國最後一代文人少數的倖存者」，「儘管時代變遷，仍然可以保留優良的價值觀」，「她彈琴的『愔愔室』是一個棲身避難之所」。

2003 年，蔡德允應門人之邀，將詩文手稿裒集成書，交由浸會大學出版。全書線裝兩冊，收錄 1950 至 70 年代之詩詞文手稿約 250 篇，主編劉楚華教授在〈編者語〉中寫道：「吾師手寫《愔愔室詩詞文稿》，素密不示人。同門晚生，十餘年前始知詩稿秘藏，曾多次請求發表而未果。至世紀新歲，繼《愔愔室琴譜》及《蔡德允古琴藝術》面世之後，幸得愔愔室主人同意編印出版，從今而後，海內生友及詩詞書法愛好者，得以賞覽作者詩心、琴心與翰墨風神，是書亦可為香港藝術界、琴壇、古典詩壇，為一代中國文化人之努力，留一明證。」

蔡德允在《愔愔室詩詞文稿》自序中，談及自己的創作淵源云：「自幼年讀書即愛好詩詞歌賦，尤喜吟誦，惟未興學習之念。後偶讀《白香詞譜》，閱之趣味盎然。遂日夕研讀，習之久矣，書中詞句，乃一一熟諳。該書於每闋詞之格式、作法、平仄、押韻皆解釋詳盡，又附錄詩韻，因得以逐步自學，始試填詞。嘗以所做呈示慈親，頗得鼓勵，自此醉心寫作。每趁空暇，即於心中造句，復就生活日常所見所感，盡託於詞，先填其體製短者，久之，遂能作較長之篇。」對於今天古典詩詞愛

好者而言，這段話也可奉為創作之門徑。

　　誠如蔡氏所說，這些詩詞「泰半為遣懷之作，不外藉以寄意抒情，言志述懷而已，其中所及之悲歡離合，亦僅一己之感觸，未嘗有發表於世之想」。正因這些作品大抵皆以日常經歷為主題，不加文飾，反而更能反映出作者真實的心態。如〈憶江南〉云：

　　　　歸去也，征路似天長。
　　　　待得江南花再好，相逢未必舊時芳。
　　　　惜別最神傷。

此旅居香港初期，懷念江南故鄉，抒發「有家歸不得」之感嘆。當下歸途漫長無際，乃因時局導致咫尺天涯。而他日即使有機會重回故里，大概也物是人非，不復當年景況。花猶如此，人何以堪？這無疑是最令人神傷的。又如〈浣溪紗〉云：

　　　　蕉萃年來筆一枝，掃眉猶嬾況填詞。
　　　　箇中消息沒人知。
　　　　◎嬾卷蝦鬚香爐後，怕窺蟾魄夜闌時。
　　　　自憐青鬢欲絲絲。

這首從另一方面描摹懷鄉之苦。古人云「女為悅己者容」，但作者卻在上片自言因鄉愁煎迫而無心妝扮，遑論提筆創作。第三句賣個關子，讓讀者有興趣從下片進一步了解「箇中消息」何在。下片「蝦鬚」一典，可參清人沈初《西清筆記・紀庶品》記載：「寶笈所藏手卷，嘗啟匣見有小簾卷之者，細滑微黃，云是蝦鬚簾，能辟蛀。」原義是一種由蝦的長鬚織成的小簾，此處泛指窗簾。「蝦鬚」、「蟾魄」兩句屬對甚工，不過在文義

上卻並非完全對稱。其意為：在爐香燃盡後，也懶得捲起窗簾，因為怕在夜闌時分覷見窗外的明月。故而這兩句由於辭藻華麗，看似對稱平整，實際上卻具參差變化之致。不僅如此，第三句又深一層補充了第二句「怕」的原因：自己兩鬢漸霜，面對團圞月光卻無法歸鄉，情何以堪！蔡氏詞作章法之嚴密，可見一斑。

再者，這些詞作中的鄉愁未必僅以「不著一字」的方式呈露，有的還對往事作出了仔細追憶。如〈踏莎行〉小序：

> 先父在日，喜阿母親製蟹粉。雖不勝酒，亦淺飲小杯為歡。菊盛時，廳事階前陳列殆徧，以其種多而色繁也。人事滄桑，今皆無有矣。撫今追昔，能不慨然！

述及父母家中秋日品蟹賞菊之樂，歷歷在目。如此便是甚佳的小品。而詞作則云：

> 白露橫江，水莊繞岸，是誰斟得香醪滿？
> 紺螯紫醋列尊前，無言獨立荒階畔。
> ◎憶菊神傷，思親淚斷。當年樂事而今變。
> 風前空對夕陽紅，黃花不栽深深院。

上片色調如畫，戶外有深秋的白露、河邊的水莊，室內則有紺紅的蟹螯、烏紫的香醋，斯情斯景，令人神往不已。然而，作者不待上片結束，便轉入「無言獨立荒階畔」一語，讓詞意由歡愉轉入悽愴。當年家中的臺階擺滿各色菊花，而今暫時棲身的住所階前卻是一片荒蕪。下片因憶菊而點出思親之念，沉思往事，佇立斜陽，深秋庭院卻不見一瓣菊蕊。「黃花」後二字

原作「苦憶」，塗抹後改為「不栽」，誠然更佳：其一，「憶菊神傷」句中已有「憶」字，不宜重複。其二，「苦憶」二字下筆太重，改作「不栽」二字後，今昔相勘之意盡在不言中，可謂四兩撥千斤。唯「栽」字為平聲，於格律不合，竊疑此字當為「植」或「種」，方合平仄。蓋其手稿為未定稿，恐一時未曾熟思，日後又復忽略爾。

此外，蔡氏詞作並非獨沽婉約一味，也偶有變徵之音。如〈臨江仙〉云：

> 血濺玄黃爭戰後，堪憐白骨深閨。
> 鯨吞蠶食願成灰。
> 男兒羞未死，人唱凱旋回。
> ◎天際幾行歸雁影，故山鄉夢悽迷。
> 同袍相向不勝悲。
> 漫漫東望極，衰草泣斜暉。

此詞雖無小序，卻不難發現是悲憫士兵陣亡、骨肉離散。蓋蔡氏早歲親歷內戰、抗戰，耳聞目睹的人間慘劇不在少數。晚年追憶，遂有感而發。當然，也有一些從側面反映戰爭記憶者。如詠櫻的另外兩首〈臨江仙〉，其一題為「日人三井舊居觀櫻花」：

> 不為移根勞客夢，依然開向深春。
> 可堪蠟屐認苔痕。
> 銀河兵甲洗，回首總銷魂。
> ◎窄步驚心頻反顧，蒼茫一片香雲。
> 夕陽斜照水粼粼。
> 勝游人去也，花雨自繽紛。

日人三井旅居之際，在住處植滿櫻花，以慰鄉愁。戰後人去樓空，但櫻花依舊，成為景點。但在作者眼中，櫻花卻令人回憶起當年的戰爭，哪怕走在香雲花雨之中，也依然「窘步驚心」。其二題為「觀櫻花方謝」：

> 薄暈染成花朵朵，而今飛遍池塘。
> 故宮春夢落他鄉。
> 斜陽魂欲斷，飄泊認殘妝。
> ◎憶否東皇曾賞識，臨流應自悽惶。
> 爭知高格耐冰霜。
> 孤山芳信好，南國佔春光。

上片略謂春色將闌，當櫻花的落瓣點滿池塘，令人感到憂傷。下片「東皇」一語雙關，既謂櫻花乃春之化身，深受春神（東皇）鍾愛，又謂其為日本國花，為天皇所賞識。但而今流水落花春去也，洵非往時可比。最後三句筆鋒一轉，謂櫻花再好，畢竟只能在春色中開落，不如梅花耐寒之高格。曲終奏雅，作者拳拳之念，躍然紙上。

蔡氏對香港生活的書寫，為數較多的大概是與琴友詩朋的聚會唱酬之作。如有一首七律題目較長〈丙申清明前四日，與鴻來及琴友呂振原君應名琴人吳純白、徐文鏡二公之邀，同遊沙田萬佛寺赴月溪法師琴約〉。詩曰：

> 猗猗綠竹通幽徑，直上浮屠萬佛前。
> 出谷疏鐘無俗韻，參天古木有荒煙。
> 絲桐外譜高僧傳，香火中叨一飯緣。
> 若是眾生齊福分，山居我亦要參禪。

全詩於冷麗色澤中透發出喜悅之情，收結處更不無俏皮之意。可見唯有沉浸在古琴的韻律中，詩人才能暫時釋開胸中的鬱結。

自 2003 年《愔愔室詩詞文稿》出版未幾，筆者即向圖書館借閱；得知作者已過期頤之齡，感佩不已。稍後拜讀北大葛曉音教授讀後感，對蔡女士詩詞有了進一步認識。早前幸得劉楚華所長贈以詩詞集一函，無任欣喜。恰逢張灼祥校長傳來為榮傳所撰之書評〈琴人與詩畫——記一代女史蔡德允〉，相互參閱，洵可樂也。

2022.09.30.

從王土到共和——「清末一代」古典詩人淺談

濁世翩翩袁克文

芙蓉綠繞日遲遲。
最惜嵩山一代姿。
燕往鶯來真泡影，
瓊樓風雨復誰思。

濁世翩翩袁克文

芙蓉綠繞日遲遲。
最惜嵩山一代姿。
燕往鶯來真泡影，
瓊樓風雨復誰思。

890-1931），字豹岑（一字抱存、豹龕），號寒雲，河南項城人，袁世凱次子。1890 年 7 月生於朝鮮，母為袁世凱三姨太、當地貴族女子金氏。出生未幾，寒雲便過繼予大姨太沈氏為子，沈氏寵愛有加。由於寒雲生性隨心所欲，生母金氏雖欲管教，卻無奈沈氏處處護短，導致寒雲從小就浪蕩不羈。然而寒雲聰穎岐嶷，自幼擅長吟詠，而且記憶力超常。據記載，寒雲酷嗜宋版書，曾拜目錄學家李盛鐸（木齋，1859-1934）為師，半載後學問大進，試舉一書而皆能淵淵道其始末。（李少徵《近世藏書家概略》）此外，寒雲還是當時著名的書法大家、京崑名票。因此，袁世凱對寒雲極為青睞。寒雲現存最早的詩作是光緒三十三年（1907）創作的一首五律，當時他在北京西山的翠微山龍王堂度假：

醉涉翠微頂，狂歌興已酣。

臨溪墮危石，尋徑越深潭。

雲氣連千樹，鐘聲又一庵。

蒼茫歸去晚，勝地此幽探。

全詩冷麗疏宕，頗有王維風格。尤其頸聯出句氣象宏闊，而對句則以沈靜矯之，收放自如。宣統年間，袁世凱因與攝政王載灃不合而下野，隱居彰德府洹上村，與友人詩酒酬答。克文隨侍其側，將這些作品編輯為《圭塘倡和詩》，幾度再版。

民國建立後，袁世凱擔任大總統，長子克定（1878-1955）以「太子」自居，對寒雲心存芥蒂、處處排擠，知情者因此將兩兄弟比喻為曹丕、曹植。不過袁世凱籌劃帝制時，的確曾考慮過選擇克定、寒雲和五子克權（1898-1941）為繼承人，也難怪克定忌憚不已。

1915 年春，帝制運動已甚囂塵上。北洋大將馮國璋曾當面向袁世凱詢問此事。老袁極力澄清，還說：「皇帝要傳子，你看我這幾個兒子，哪個是當皇帝的料？大兒子克定當年騎馬摔了，終生殘疾，怎能當皇帝？二兒子克文是個假名士，更不是當皇帝的料。」這番話雖然只是唬弄馮國璋，但對寒雲的描述卻很準確。在藝文方面，寒雲可謂博學多才，但平素對從政毫無興趣。不僅如此，乃父稱帝自為，他是頗為反對的。他雖然詩酒清狂、不問世事，卻很明瞭民心向背，因此曾勸父親道：「當上大總統，全國軍政已經大權在握，何必還一定要做皇帝呢？清朝被推翻後，共和早深入民心，帝制絕對不可行。」此外，他又讓友人費樹蔚重印《圭塘倡和詩》，以曲諫其父勿耽戀權位，奈何老袁完全聽不入耳。寒雲知道自己一直被做著太子夢的大哥克定猜忌，於是特意刻了一枚「皇第二子」的印章來避禍。

寒雲不僅個人不贊成帝制，還幫助過志同道合者。據張伯駒（1898-1982）記載，有一位名叫吳步蟾的文人，藏有著名的《落水蘭亭帖》。帝制運動時，吳步蟾上書勸諫，觸怒袁世凱，幾乎罹於不測，於是帶著此帖向政要兼文士王式通求援。王式通留下吳步蟾進餐，恰好寒雲來訪，對《落水蘭亭帖》讚不絕口。得知情由後，寒雲說：「你現在十分危險，我願意把你送到天津，然後乘船南歸。」誰知來到北京前門火車站時，寒雲才發現自己沒有帶錢在身，因此向隨從借了五元買下兩張車票。吳步蟾非常感動，說：「這幅《落水蘭亭帖》，以後改名為『五元一命蘭亭帖』吧！」寒雲得帖後，果然依囑鄭重地在卷首題上「五元一命蘭亭帖」的字樣。後來段祺瑞執政時，有高官要招攬吳步蟾為幕僚，步蟾說：「我沒有第二幅《落水蘭亭》，世間也沒有第二位寒雲公子。五元難得，一命難全，我不會再入京了！」於是擔任村塾師終老。張伯駒賦詩紀此事道：

> 抗節書生已可欽。陳王義更感人深。
> 五元一命蘭亭本，早見瓊樓玉宇心。

所謂「陳王」本指陳思王曹植，這裡作為寒雲的代稱。而「瓊樓玉宇心」一來讚嘆寒雲的仗義高情，二來扣連其〈分明〉詩中的名句。1915年秋，寒雲到頤和園散心，即興創作了兩首七律，題為〈分明〉，題下小序云：「乙卯秋，偕雪姬遊頤和園，泛舟昆池，循御溝出，夕止玉泉精舍。」雪姬原名薛麗清，是國際知名物理學家袁家騮（1912-2003）的生母。這兩首詩作的內容如下：

> 乍著微綿強自勝。荒臺古檻一憑陵。
> 波飛太液心無住，雲起蒼崖夢欲騰。

偶向遠林聞怨笛，獨臨虛室轉明燈。

絕憐高處多風雨，莫到瓊樓最上層。

（其一）

小院殘煙繫晚晴。囂囂歡怨未分明。

南回寒雁掩孤月，東去驕風黯九城。

駒隙留身爭一瞬，蛩聲催夢欲三更。

山泉繞屋知清淺，微念滄浪感不平。

（其二）

其一的尾聯最為著名，點出了「高處不勝寒」之意，勸諫其父
（前篇所言唐怡瑩的〈瓊樓〉就用了寒雲此詩的典故）。當時的
詩壇耆宿易順鼎（1858-1920）大為欣賞，卻又認為兩首詩意思
相近，於是將之合而為一，改訂幾字，題為〈感遇〉：

乍著微綿強自勝。陰晴向晚未分明。

南回寒雁掩孤月，東去驕風黯九城。

駒隙留身爭一瞬，蛩聲催夢欲三更。

絕憐高處多風雨，莫到瓊樓最上層。

寒雲原詩其一用蒸韻，其二用庚韻。而易順鼎選取其一的首句
及尾聯，配上其二的次句及頷、頸兩聯，配成了這首「首尾通
韻」的作品。此詩廣為流傳，成為反帝制者的口實，認為連袁
項城的兒子都不贊成稱帝，更何況他人呢？〈分明〉詩一出，
克定就認為抓到了把柄，馬上抄送袁世凱，揭發寒雲「不忠不
孝」。老袁當下大怒，將寒雲軟禁於北海。直到老袁去世後，
寒雲才獲釋，但當時卻已「國破家亡」。

　　寒雲個性風流，於元配劉梅真以外，還娶過五個姨太太，

春風一度者更不可勝計。但寒雲更看重女性的才藝，不合者也不會勉強挽留。如前文提及的薛麗清，對寒雲的藝文活動並不感興趣，久而久之便提出離異，拋下年僅三歲的家騮，不顧而去。她說：「予之從寒雲也，不過一時高興，欲往宮中一窺其高貴。寒雲酸氣太重，知有筆墨而不知有金玉，知有清歌而不知有華筵。」加上老袁家規矩束縛太多，因此寧可再做「胡同先生」，也不願繼續當「皇帝家中人」。有趣的是，薛氏把寒雲的名士派頭譏為「酸氣」，可見兩人是否情投意合，還真成問題。

　　袁世凱去世後，寒雲移居天津，賣文為生。如張宗昌（1881-1932）請他寫一幅字，潤筆就是現洋一千。相傳他的書法不是站著、坐著寫，而是躺著寫。方法是讓人拉住紙張的兩端懸空，自己躺在床上，邊抽大煙邊讓筆墨在空中飛舞。由於寒雲含著金湯匙出生，花錢大手大腳，家財不久變賣殆盡。他與師父方地山（1873-1936）又結為兒女親家，訂婚時雙方都只能各以一枚古錢下訂，清寒中不失風雅。不過寒雲極愛交朋友、仗義疏財，早在 1912 年便在上海加入了青幫，輩分比黃金榮（1868-1953）、杜月笙（1888-1951）還要高，所以社會上敬佩、關照寒雲者也為數不少。他曾作五律〈吾生〉一首以自嘆：

> 吾生能自棄，與世已學忘。
> 猶懼為名累，何須辟穀方。
> 此身宜放浪，此意獨彷徨。
> 老去經愁慣，星星鬢欲蒼。

詩作固是近體，但頸聯連用兩「此」字，卻絲毫不顯違和，結合全詩情調觀之，頗有魏晉之風。然而，現實中的寒雲顯然沒

有這麼豁達。如方地山在寒雲死後為他編纂《寒雲手寫所藏宋本提要廿九種》，曾回憶道：「寒雲既鬻所藏宋本，一日攜此冊付我，相與太息。」寒雲所藏宋本曾多至百餘種，故將書齋題為「後百宋一廛」、「皕宋書藏」，藏品如《魚玄機詩》、《東京夢華錄》、《纂圖互注周禮》等皆為珍祕。他曾為二十九種宋本撰寫提要，如今宋本因家計全部賣盡，只得手持提要稿本，與方地山相對感嘆而已。後來倫明（1875-1944）在《辛亥以來藏書紀事詩》中吟詠寒雲藏書曰：

> 一時俊物走權家。容易歸他又叛他。
> 開卷赫然皇二子，世間何事不曇花。

不無世事滄桑的嗟嘆之意。然而如前所說，寒雲圖章當作「上第二子」，倫氏若非誤記，則是由於平仄格律而臨時調整。

　　1930 年一日，袁克文和溥侗（1877-1952）、張伯駒同在開明戲院票戲，直至深夜。雖然當晚大雪紛飛，克文卻意猶未盡，邀大家踏雪到城南買醉。花街客聽說寒雲來到，紛紛向他求字，姑娘們也為他伸紙研墨。寒雲於是即席賦〈踏莎行〉一首：

> 隨分衾綢，無端醒醉。銀床曾是留人睡。
> 枕函一晌滯餘溫，煙絲夢縷都成憶。
> ◎依舊房櫳，乍寒情味。更誰肯替花憔悴。
> 珠簾不卷畫屏空，眼前疑有天花墜。

張伯駒也和詞曰：

> 銀燭垂消，金釵欲醉。荒雞數動還無睡。
> 夢回珠幔漏初沉，寒夜定有人相憶。

◎酒後情腸，眼前風味。將別離更嫌憔悴。

玉街歸去更無人，飄搖密雪如花墜。

對於克文孤寂落拓的萬古之愁，張伯駒頗有慰藉之意。難怪傅月庵說：「這一件快事，日後成了伯駒永難忘懷的記憶。」（〈翩翩濁世兩公子〉）

1931 年 3 月下旬，寒雲因猩紅熱去世，年僅四十二。家人只從他的筆筒中找出二十元，算是他全部的遺產。當時參加公祭的除了北洋耆宿徐世昌、國府大老于右任、文壇名流周瘦鵑等人外，還有四千多位僧道和一千多名妓女。這些女子統一裝束，髮繫白繩、胸戴袁克文頭像徽章，格外搶眼。由於寒雲生前仗義疏財，尊崇他的人、受過他恩惠的人紛紛致贈輓聯輓詩，靈堂中多得幾乎無法懸掛。其中最令人矚目的還是張伯駒的那副：

天涯落拓，故國荒涼，有酒且高歌，誰憐舊日王孫，新亭涕淚；

芳草淒迷，斜陽暗淡，逢春復傷逝，忍對無邊風月，如此江山。

1914 年時，易順鼎選定寒雲詩作一百多首，編成《寒雲詩集》，刊印為上中下線裝三冊，印數甚少。幾年後，寒雲自己手中也無一部。寒雲去世後，方地山訪得一種只有上下卷的朱印本，加以重印，現在重印本也極難得見。不久前，學者吳瞳瞳編纂《袁克文集》，詩集部分所據僅有天津圖書館所藏《詩集》上冊而已，但已彌足珍貴。克文法書、詩詞散佚者為數甚多，天壤間之有心人想必會將之集錄，有朝一日嘉惠學林。

2023.03.17.

濁世翩翩袁克文

內斂深沉袁克權

峨冠玄氅質翩仙。

盈篋華章出少年。

誰惜王孫腸斷處,

月如環佩水如絃。

　　袁世凱（1859-1916）共有三十二名子女,其中最著名的是長子克定（1878-1958）與次子克文（寒雲, 1890-1931）。關於寒雲,前文已有論述,茲不贅。克定是嫡長子,通拉丁文、德文,早年因墮馬而殘瘸,民初耽迷於太子夢,竭力投入帝制運動,落得「欺父誤國」的罵名。不過 1936 年時,日本策動華北特殊化,想請年近六旬的袁大公子出山,袁克定斷然拒絕,保住了晚節。當年,袁世凱曾不止一次向人辯解自己沒有稱帝之心:「皇帝傳子,我的大兒子克定殘廢,二兒子克文假名士,三兒子克良土匪,哪一個能承繼大業?」實際上,老袁稱帝時讓克定、寒雲與五子克權（字規庵,號百衲,1898-1941）同穿太子服,其餘諸子皆無此殊遇。規庵當時年方十八,克定要比他年長二十歲,故老袁在辯解間從未提及此子。這位五公子何德何能,得到父親的垂青?

克權是祖籍朝鮮的二姨太李氏之子。1913 年，他和六弟克桓、七弟克齊隨師父嚴修（1860-1929）出遊歐洲，三人一起入讀英國齊頓漢姆公學（Cheltenham College）。翌年歐戰爆發，老袁擔心愛子安全，令他們回國，入讀中南海靜心齋書塾。規庵對帝制運動的態度與二兄寒雲相近，卻也無可奈何。袁世凱去世後，規庵隱居天津，以賣文與典當家產度日。據說規庵與報館文人稔熟，張恨水小說《金粉世家》中很多情節都是從規庵處聽來。中年之後，規庵精神抑鬱，最後盤膝絕粒而終，年僅四十四。

規庵秉性醇實孤高，學識穩練，縱然非嫡非長，在眾兄弟中卻很有威信，因而為父親所屬意。由於袁世凱諸子幼年時代皆接受過傳統教育，故多能詩，惜現存無幾，唯有規庵是個異數，他的詩作絕大多數都幸運地保存了下來。據規庵詩集所見，他與兄弟間不時有詩歌唱酬之舉，往來最多者為二兄寒雲（計 13 首），其次為四兄克端（計 10 首）、長兄克定（計 4 首）、七弟克齊（計 1 首），另有致諸兄弟詩 4 首。著名文人吳闓生（1878-1949）是規庵的師父，曾為規庵詩集作序，字裡行間頗為稱許。他的文才可與寒雲相比，瀟灑外露卻遠遠不如。其父健在時，寒雲常在中南海雅集，呼朋引類、吟詩唱曲，規庵雖然心中愉悅，卻總是默默地敬陪末座。如有一晚，寒雲在中南海靜心齋舉行大型雅集，規庵便作了一首五言排律〈和抱存二兄靜心齋集韻〉以紀錄盛事。他的筆觸富麗清雅，如「言笑生風雲」等句，尤可見寒雲顧盼生姿的名士派頭。而規庵性格沉靜，值此盛筵卻有「寂寞獨恥予」之語。但他心中卻是愉悅的，「手足樂于于」一句可見其對次兄的敬愛。

與規庵同年的表兄弟張伯駒回憶，某年曾與克端、規庵、克桓（六子）、克齊（七子）和克軫（八子）同赴河南彰德府，向嫡母于夫人拜壽。途中，大家閒談先父可比歷史上何人。克

端居長，首先發言道：「可比曹操、王莽罷。」規庵則説：「可比東晉的桓溫。」大家都對規庵的話表示贊同。無論對於前清還是民國，袁世凱都是個「篡位者」，這種看法大概也同樣存在於其諸子心目中。王莽篡位得逞，曹操以周文王自居，而其子篡位亦成。唯桓溫父子不旋踵而覆亡，恰似袁世凱帝制之胎死腹中。且桓溫有名言曰：「既不能流芳後世，不足復遺臭萬載邪！」由此可見，克端等雖為袁氏子，對乃父之論斷亦有公允之處，以其流芳、遺臭互見，非一味為尊者諱可比。而規庵雖非長兄，所言卻中肯在理，這固然是因為他素來老成矜重、持論公允，能得到弟兄的信任。

現存規庵最早的詩作，成於 1914 年自英返國不久。當時袁氏家道正處於烈火烹油之勢，但十六七歲的規庵卻在詩中流露出與其年齡不符的成熟與滄桑：輟學英倫令自己壯志難伸，而國家戰亂、帝制逆流又使人產生絲絲隱憂。當時二兄寒雲已因勸諫父親的〈分明〉詩句而賈禍，規庵詩中的反對態度故而更加幽微。其五律〈延慶樓晚坐〉云：

> 雨過空幃冷，中庭夜氣凝。
> 韶華憐晼晚，詩思自崚嶒。
> 舊閣憑三晉，輕車逐五陵。
> 長安多月色，更上最高層。

此詩似乎一反其兄之詩意，實際意義卻是：如果有民心所向的一片月色，更上層樓自然無妨，其奈風雨交加、國勢飄搖何？

規庵從英返國未幾，便與滿清大吏端方（陶忒克氏，1861-1911）長女陶雍成婚，這門親事是雙方父親在清末便訂下的。端方為著名文物鑑賞家，當時允諾以家藏重寶毛公鼎作嫁妝。辛亥年間，端方在署理四川總督任上為革命黨所殺。到規庵與

陶雍正式成婚時，陶家已經敗落，袁世凱有感於毛公鼎太過珍貴，不好意思接受，於是陶家以宋百衲本《史記》、仇十洲《臘梅水仙》和陳鵠《紫雲出浴圖》三件珍品替代。規庵喜不自勝，從此自號百衲齋主人。

至於後來《紫雲出浴圖》為張伯駒所得，也有一段掌故。徐紫雲乃明末清初名優，與文人陳維崧（1626-1682）有同性戀情。陳維崧請陳鵠繪成《紫雲出浴圖》，文士題跋者眾多，在書畫收藏界極為著名。此圖後來輾轉由吳榮、金棕亭、曹忍庵、陸心源、端方所收藏。名士方地山（1873-1936）是寒雲、規庵之師，生活困窘，無米下鍋，卻又不肯隨便受人接濟。於是張伯駒提出：規庵如果出讓《紫雲出浴圖》，當以高於市場的價格收購，自己多付、規庵少收，中間差額則接濟方地山。規庵毅然割愛後，竟將所得三千元再與方氏對半而分。張伯駒對規庵的師友之義大為感動，其後遭人綁票時也亦不肯讓出《紫雲出浴圖》。文革後，此圖入藏旅順博物館。難怪張伯駒《續洪憲紀事詩》如此記載了這則往事：

> 尚有立錐在一隅。阮囊爭奈哭窮途。
> 多情應謝袁公子，讓我雲郎出浴圖。

張伯駒說規庵「多情」，乃是就古道熱腸而言。若論男女關係，規庵是弟兄中少有的不納妾者，如此在當時來看何止「多情」，更是「專情」了。

規庵專情的主要原因，乃是因為與愛妻陶雍志同道合。陶雍也是才女，與規庵琴瑟諧和，兩人育有四男四女，一生中沒有紅過臉。規庵夫妻時有詩歌唱和，如規庵曾作〈丁香〉一首，有「病眼逢春猶自得，花枝醉折雜觥籌」之句。而陶雍和詩則云「東風掃卻閒花草，拼與鈞天護此株」，惜花之心，甚於乃

夫。又如規庵詩〈雪夜坐吟示內〉其一：

> 燈炷爐蹲雪似篩。一方韜碧古琉璃。
> 嵊州進罷千年液，好及均天夜酌時。

東晉王嘉《拾遺記‧周穆王》云：「進洞淵紅蘤，嵊州甜雪。」今人齊治平校注：「《御覽》十二有『嵊州去玉門三十萬里，地多寒雪，霜露著木石之上，皆融而甘，可以為菓也』等句，疑是此節佚文。」規庵將漫天大雪想像成天庭為了夜酌而釀酒的原料，造意奇特。雖云畫餅充飢，卻也體現出貧賤夫妻間特有的情趣，為這個祁寒的深夜添上了幾脈暖意。1942年，規庵逝世不到一年，陶雍也隨之而去。

　　1917年，袁世凱去世經年，而規庵恰滿虛歲二十，作〈二十自壽詩〉云：「差喜簪纓拋得淨，滄浪還我自由身。」年方弱冠，卻已經歷滄桑。關於其人其詩，筆者曾有以下評價：規庵並非嫡長子，雖然富於才學、受父親青睞，卻因輟學英倫、帝制失敗等緣故，形成了少年老成、深沉內斂的個性。他有報效國家之志卻無父親之謀略，有逍遙江湖之念卻無二哥之瀟灑。可以說，在四十多年人生歲月中，規庵幾乎完全活在父親與二哥的陰影之下，令他進退維艱，謀生乏術，為世人所遺忘。因此，詩歌成為規庵最大的精神寄託。張伯駒的記載讓我們得知，規庵曾把父親比作桓溫，足見他在孺慕之情與歷史視域的扞格間取得了較好的平衡。這種平衡從他的詩歌中也可看到：父親健在時，他期待父親成就不世之功，卻對帝制運動充滿憂慮；父親去世後，又出於天倫之情對至親表達了長久的懷念。對於兄長的敬愛、弟姪的關懷、自身的感慨，以及與妻子的相得，也都是不時出現的主題。規庵從吳闓生學詩，尚西崑體，而在如此時代背景下，綺豔惝恍的筆觸、夫子自道式註解

的缺席，固然可能費解，卻讓他涉及家族主題的詩作避開了有心之人的拷問。這些作品不易引起世人的共鳴，乃至長期為世界所忽略，也正是他特殊的身分與經歷所造成的。（《古典詩的現代面孔：「清末一代」舊體詩人的記憶、想像與認同》）

　　規庵為人內斂，為詩深沉，故在其生前身後不為世人所知，也是自然。1917 至 1920 年間，規庵先後刊印六部詩集，計有《百衲詩集》、《偶樓館詩集》、《苦廬詩集》、《弄潮館詩集》、《百衲詩存》、《懺昔樓詩存》。此後，規庵於報刊仍不時發表新作，然未聞結集。袁世凱稱帝、去世皆在 1916 年，而規庵現存最早之詩作正好在此前兩年，具有珍貴的史料及文學價值。2008 年，規庵孫女袁忻及夫婿楊大寧再版諸集，由天津古籍出版社重排發行，作為祖父一百一十冥壽之紀念。據袁忻編後所言，《百衲詩集》、《懺昔樓詩存》為其姑母袁家詒所保存，其餘四集則是託人至日本東京都立中央圖書館複印而得。六集復成全帙，共計收詩 883 首，袁忻夫婦功不可沒。不過，末集《懺昔樓詩存》的年代下限僅到 1920 年。此後二十多年中規庵發表的作品，有興趣的朋友倒是可以做點輯佚工作的。

2023.03.24.

內斂深沉袁克權

赤子之心張伯駒

此鄉何必認重瞳。
終究班書無本紀，
筆底宮花寂寞紅。
春雲秋夢兩匆匆。

從王土到共和——「清末一代」古典詩人淺談

前文談及袁克文（寒雲，1890-1931）、克權（規庵，1898-
1941）弟兄，相關史料往往出自張伯駒（本名家騏，以字行，
1898-1982）的記載。張氏何許人也？原來，他與寒雲同躋於民
初四公子之列。他在《續洪憲紀事詩補註》中寫道：

> 人謂近代四公子，一為寒雲，二為余（張氏本人），三
> 為張學良，四、一說為盧永祥之子小嘉，一說為張謇之子
> 孝若。又有謂：一為紅豆館主溥侗，二為寒雲，三為余，
> 四為張學良。此說盛傳於上海，後傳至北京。

開列的兩份名單中，第一份似以政商二代為主：寒雲之父袁
世凱、張學良（1901-2001）之父張作霖，皆曾擔任北洋元首。

盧小嘉之父盧永祥為江蘇督軍，小嘉本人後來則投身商業。張孝若（1898-1935）之父張謇為著名實業家，伯駒之父張鎮芳（1863-1933）則為民初財閥。之所以會「一說盧小嘉、一說張孝若」，大概因為張孝若早卒，遂以盧小嘉遞補爾。至於第二份名單中，寒雲及二張年齡相若，乃父也為北洋風雲人物，但溥侗（1877-1952）名列其中則略顯突兀：他的年紀比寒雲大一輪有餘，相對於伯駒、張孝若、張學良等更可以父執輩自居。其次，溥侗是道光帝長子隱志郡王奕緯的過繼孫，前清僅封為鎮國將軍，在芸芸皇族中血脈不算特別高貴；其父載治生前默默無聞，早在光緒七年（1881）便已去世。民國以後，溥侗年齒已長，而且不像寒雲及三張等有「拼爹」的資本，稱其為「公子」，實在名未正而言未順。不過筆者認為相對於前一份名單，這一份的內容更為單純：溥侗、寒雲、伯駒皆為著名京崑票友，張學良也是超級京劇迷，九十三歲高齡時還曾清唱《失街亭》片段。換言之，第二份名單也許最早起源於戲劇界，而非政商界。

伯駒的生父為張錦芳（1872-1942），因伯父張鎮芳無子，遂過繼為子。十九歲時，伯駒考入中央陸軍混成模範團騎科，曾擔任陝西督軍署參議，其後退出軍界。鎮芳、錦芳不僅為袁氏同鄉，其姊更是袁世凱兄長之妻。鎮芳因此官運亨通；不過其辦事能力的確很高，擔任長蘆鹽運使時為國庫增收了五十六萬兩鹽稅，頗得袁世凱乃至慈禧太后的青睞。民國建立，老袁任命鎮芳為河南都督，其後因故被撤職。1915 年，鎮芳於賦閒期間得到老袁許可，以鹽稅結餘成立了華北第一所中資銀行——鹽業銀行。1916 年袁世凱去世，鹽業銀行幾經動盪，鎮芳失去了主導權。1920 年，在張作霖的幫助下，鎮芳出任鹽業銀行董事長，伯駒任常務理事兼總稽核，業務發展至全國。1935 年起，伯駒兼任鹽業銀行上海分行經理，每週一次

赤子之心張伯駒

前往滬上。

　　伯駒起初還算兢兢業業，後來發現行務頗多掣肘，未免心生厭倦。加上其人本身保有赤子之心，喜好詩詞戲劇、古玩字畫，因此對銀行工作逐漸虛應故事。不過也由於鹽業銀行，造就他一段佳話、完成他一項使命。佳話方面，正是他在上海分行辦事期間，認識了淪落青樓的大家閨秀潘素（1915-1992），兩人共諧連理。使命方面，伯駒精於鑑別，往往不惜重金購入珍貴文物，如西晉陸機《平復帖》、隋代展子虔《游春圖》、唐代李白《上陽臺帖》、杜牧《贈張好好詩卷》、宋代黃庭堅《諸上座帖》、蔡襄《自書詩帖》、元代趙孟頫《章草千字文》等希世之珍，皆因伯駒而得免落於商賈之手。1956年，伯駒夫婦將所藏文物捐獻給國家，得到文化部長茅盾（1896-1981）的褒揚。然而次年，1957年，伯駒被錯劃成右派，至1967年更被定性為「現行反革命」，兩夫婦只能靠親友接濟度日。1972年，伯駒被聘任為中央文史館員，但要到1980年才獲得平反。

　　伯駒以詞人自居，畢生致力於填詞，甚至將七絕、七律分別繫上〈小秦王〉與〈瑞鷓鴣〉的詞牌，至於古體則較少究心。今人秦燕春指出，時令變化、江山風物、友朋唱和，三種題材幾乎囊括了張詞的全部。（《論近代二公子詞：袁克文和張伯駒》）值得一提的是1941年，伯駒遭汪偽特務李士群（1905-1943）綁票，潘素幾經周折，方以黃金二十條將他贖回。拘禁期間，伯駒自度〈夢還家〉一曲：

> 無人院宇，靜陰陰，玉露濕珠樹。
> 井梧初黃，庭莎猶綠，亂蟲自訴。
> 涼宵剪燭瑤窗，記與伊人對語。
> 而今隻影飄流，念故園、在何處？
> 想他兩地兩心同，比斷雁離鴛，哀鳴淺渚。

◎近時但覺衣單，問秋深幾許？

病中乍見一枝花，不知是淚是雨。

昨夜夢裡歡娛，恨醒來、卻無據。

誰知萬緒千思，那不眠更苦。

又離家漸久還遙，夢也不如不做。

今人寇鳳凱認為：「這首詞作充分展現出伯駒在失去自由時的情感認知，他通過新意象與舊意象的結合，構建景境、情境、夢境一體的結構。尤其是他通過打亂自己對時間的感知，構造出如夢如幻的神奇體驗。」（〈張伯駒詞作〈夢還家〉的美學解析〉）所言甚為在理。末句乃反用宋徽宗〈燕山亭〉「和夢也新來不做」詞意，足見伯駒在遭遇苦難時依然保持著婉約細膩，讓絲絲難以拂去的惶恐之情在幽微的筆觸下得到安撫，真可謂詞人本色。

此外，伯駒還創作了《紅毹紀夢詩註》一百七十七首、補遺二十二首，其自序云：

> 甲寅，余年七十有七，患白內障目疾，不出門，閒坐無聊，因回憶自七歲以來，所觀亂彈崑曲，其他地方戲，以及余所演之崑亂戲，並戲曲之佚聞故事，拉雜寫七絕句一百七十七首，更補註，名《紅毹紀夢詩註》。其內容不屬歷史，無關政治，只為自以遣時。

甲寅為 1974 年，此蓋伯駒在文史館員任內之作，可謂珍貴的戲劇史料。此外，《續洪憲紀事詩補註》一百零三首大約也作於同時。筆者推測，伯駒撰寫此書的契機，大抵是袁克文之子、旅美著名物理學家袁家騮吳健雄夫婦於 1973 年應邀訪

華，袁氏家族獲得落實政策。伯駒寫道：「余與寒雲交獨厚，寫其事多詼辭，亦如魏武帝之雄武詭譎，陳思王之文采風流，固兩事也。」但張氏對於袁氏父子無論求「公」或有「詼」，在當時都仍可能貽人口實。飽經憂患的伯駒竟不明此理，泂可窺見其赤子之心。

有趣的是，兩部紀事詩雖然主題不同，卻有一首重出，那就是《紅毹》其一二〇、《續洪憲》其九三。此首恰好是前文談及1930年寒雲、溥侗和伯駒票戲後買醉的經歷。其詩云：

> 琵琶聲歇鬱輪袍。酒意詩情興尚豪。
> 門外雪花飛似掌，胭脂醉對快揮毫。

而伯駒自註云：

> 某歲冬，與寒雲、紅豆共演劇於開明戲院，寒雲與王鳳卿演《審頭刺湯》，余及紅豆演《戰宛城》。余飾張繡，紅豆飾曹操，九陣風飾嬸娘，錢寶森、許德義飾典韋、許褚，夜已二時，戲尚未終，未至刺嬸，遂散場。寒雲興猶未盡，同至妓館夜飲。天大雪，時求寒雲書者多，妓為研墨伸紙，寒雲左持盞而右揮毫，書畢已四時許，余始冒雪歸。寒雲及余各有〈踏莎行〉詞紀此事。

這件快事成為伯駒永難忘懷的記憶，大概也是他與寒雲、溥侗齊名的開端。又如其五九：

> 慷慨淋漓唱八陽。悲歌權當哭先皇。
> 眼前多少忘恩事，說法惟應演刺湯。

自註云：

> 項城（袁世凱）逝世後，寒雲與紅豆館主溥侗時纍演
> 崑曲。寒雲演《慘睹》（一名《八陽》）一劇，飾建文帝維
> 肖。……寒雲演此劇，悲歌蒼涼，似作先皇之哭。……回
> 看龍虎英雄，門下廝養，有多少忘恩負義之事，不啻現身
> 說法矣。

相傳明代建文帝因靖難之變而逃離南京。溥侗為前朝王孫，
與寒雲同病相憐，故二人皆曾出演《慘睹》，以抒發胸中的抑
鬱。而所謂「忘恩負義之事」，可參考袁家賓的憶述：「我祖
父袁世凱去世後，袁克定在天津，有意試探舊日北洋同寅袍澤
對他是否尚懷舊誼。他多次給陳光遠、楊以德、言敦源、蔡述
堂等人親筆寫信借錢，數目以萬元計，對如數奉上者，我大伯
父則稍過即還，有時將借款原票未動就歸還了。」（〈我的大伯
父袁克定〉）

克定與寒雲兄弟素存芥蒂，伯駒作為寒雲的知己，在紀事
詩中對克定也頗有批評。但是，克定晚年孤苦無依，伯駒仍然
為他提供住宿。紀事詩其九五曰：

> 日課拉丁文字攻。凌晨起步態龍鍾。
> 皇儲誰謂無風雅，禿筆還能畫草蟲。

自註云：

> 雲臺（克定字）居余展春園，每晨起散步。因昔於彰
> 德墜馬傷足，且年已過七十，步履頗龍鍾。回室後，即讀
> 拉丁文。曾為室人潘素畫花卉草蟲數開，雖不工而筆亦古

拙。又有題潘素畫詩。今畫已失，而詩尚存。

伯駒在此言簡意賅地描繪了克定晚年的外表及生活情況，也論及其通拉丁文、能書畫吟詠的才學。伯駒之古道熱腸、不念舊惡，由是可知。當然，克定在抗戰期間公開拒絕與日偽合作，紀事詩其九七曰「氣節不移嚴出處」，足見伯駒稱譽之意。

除了兩部紀事詩外，伯駒還有若干詩作，可惜迄今未見結集。唯近日榮宏君出版《張伯駒年譜》，對其佚詩多有網羅，厥功甚偉。如1978年秋，紅學家周雷（1938-2019）為吉林人民出版社編輯《一九七九年紅樓夢圖詠月曆》，特邀畫家劉旦宅繪製《紅樓夢》故事圖十二幅，並邀請茅盾、姚雪垠、吳世昌、周汝昌、張伯駒等著名詩人題詩。伯駒負責八月和十月兩幅。其八月之〈詠菊〉云：

黃花滿地可銷愁。翠管金箋試共謳。
只是西風非解事，一場春夢不宜秋。

大觀園舉行菊花詩賽，是曹侯筆底一大賞心文字。伯駒讀到此段，或許會想到他早年與文友們詩會的盛況？而今年過八旬，追憶往事真可謂一段春夢！參《續洪憲紀事詩》末首云：「興亡閱盡垂垂老，我亦新華夢裡人。」這般心情，大概是可與〈詠菊〉乃至《紅樓夢》互註的。

2023.03.31.

「亂世能臣」陳公博

漫詡東南半壁存。

因情就戮不憐身。

已虧大節萬事已，

焉用區區耽小恩。

　　談到現代舊體詩史，八年抗戰是一個重要階段，大後方、
淪陷區的作品，都為數甚多。淪陷區文學，往往會被視為「漢
奸文學」——當時《中華日報》的《文藝週刊》、《華風》副刊等
配合汪政府的「和平運動」，周作人便是主要代表作家之一。
1938年時，中央大學校長羅家倫（1897-1969）撰寫了〈託名文
學，滋養漢奸〉一文，寫道：「從前犯叛逆罪的，滅九族，甚至
於滅到十族。這未免株連太甚，但是現在犯賣國罪的漢奸，若
是能做詩、做文、寫字，其十族反以為榮，反以此相標榜。在
此種心理之下，焉得不增長漢奸！」就是針對這種現狀的嚴厲
批判。

　　值得注意的是，汪政府首腦汪精衛（1883-1944）、陳公博
（1892-1946）、周佛海（1897-1948）等皆為著名才子，但他們並
非區區文人之流，早年更已是國共兩黨的著名人物。汪為清末

官費留學生，畢業於日本法政大學。參加同盟會後曾謀刺攝政王載灃，是孫中山的得力助手，孫逝世後一直身居黨政高位。陳公博畢業於北京大學，為中共一大代表之一。其後獲美國哥倫比亞大學經濟碩士學位。返國後受到汪氏賞識，官至國府實業部長，今人石源華稱之為「亂世能臣」。如此背景，長期以來都令世人產生「卿本佳人」的感嘆。

葉嘉瑩教授認為，「貪夫殉財，烈士殉名」，汪精衛被人罵成「漢奸」，連身後之名都犧牲了。這是一種「精衛情結」——犧牲自己去追求、去完成一個不可能事件的理念與執著。（見〈論汪精衛詩詞中的「精衛情結」〉）回觀 1910 年謀刺載灃前夕，他贈胡漢民以血書：「我今為薪，兄當為釜。」1938 年投日前夕，則對蔣介石留下「君為其易，我任其難」之言。汪精衛作為政壇老將，終其一生卻有一種詩人的浪漫情懷。這種情懷放在刺客、革命者身上足以勇往直前，但與日人的周旋卻是長期而煎熬的，絕非「引刀成一快」可比。當然，汪氏投日的主要理由，不僅在於他高估了日軍的船堅炮利，更在於低估了中國軍民的抗戰決心——如此心態，大概出於鴉片戰爭以來中國對外戰爭節節失利而累積出的潛意識。但是，汪氏卻忽略了清末民初以來新國族意識的逐步建立，及其對國民心理的塑造。儘管當日國府內和汪氏一樣態度悲觀、認為「戰必大敗」者所在多有，但大率依然愛惜名節，並未真正投敵。在這個意義上看，汪精衛畢竟是個半新不舊的人物。如此人物面對瞬息萬變的國際新局，焉能立於不敗之地？1941 年日本偷襲珍珠港，作為偽政權首腦的汪精衛竟然要從報紙上方才得知新聞，終於頓悟自己誤上賊船，於是嚎啕大哭、以頭撞牆，但又何補於事？

陳公博是汪氏的廣東同鄉，也有與之相近的經歷，早年被人評價為「君子中的浪漫者，浪漫者中的君子」。1900 年，史堅如謀炸兩廣總督失敗就義，給予陳公博極大的震動。1903

年起，其父陳志美兩度策劃反清起義，陳公博也參與其中。不過，也許因為陳公博比汪氏年輕九歲，使他得以在青少年時代長期接受新式教育：1917 年入讀北京大學，親身經歷五四運動、接觸各種新思潮。1920 年北大畢業後隨即與陳獨秀等組成中共廣州支部，後又加入國民黨，在前輩汪精衛支持下留學美國……這就令他的視野與知識體系與汪氏頗有差異。因此汪精衛投日，陳公博起初是反對的。他在 1946 年的答辯書中回憶自己當初「不贊成汪先生組織政府」，「對汪先生的行動是反對的，而對汪先生的心情是同情的」。據載汪氏投日時陳公博正在香港，汪妻陳璧君（1891-1959）親自來港，費盡唇舌卻無法說服陳公博出山，於是將之大罵一頓，並說：「你既然不願意幫助汪先生，就回重慶到老蔣那邊做官吧！」這一招激將法才終於湊效，陳氏隨即成為汪政府第二號人物。

陳公博曾回憶：「有一次在酒酣耳熱時候，汪先生曾對我說：『公博，你的詩天資很高，為什麼不多作？』我聽了非常惶悚，衹是笑而不言。」後來，陳氏寫了一篇文章，題為〈我的詩〉，講述自己雖然在五四以後少作文言文，但對於白話詩卻興趣缺缺。陳氏把舊詩的地位置於新詩之上，如此取向顯示新舊交替之際的知識分子心態，可謂當時的一種典型。他又說：

> 我想作詩單靠天資高是不夠的，必得有相當的功力，我自問對於詩，並沒有下過苦功。從前九歲開學，教書先生便教我做小詩，他有一句名言：「讀熟唐詩三百首，不會吟時也會偷」，這句名言，我至今還當作座右銘。然而可憐，我偷的時候便不多，而偷的本領也有限，因為學校的學科太多了，日夜預備，還苦時間不夠。哪能騰出時間去偷詩。以此，即使空有天資，其如絕無實學，對於詩未

「亂世能臣」陳公博

嘗下過水磨工夫，實在不敢多作。

又說：

> 恐怕是一個通則，或是一個尺度罷，詩句最好是淡，
> 最壞是火，我的詩既未工，字又不煉，因此去爐火純青還
> 是很遠很遠，真是「一句還未成，三昧發真火」，衡以我的
> 性格，可謂詩如其人。

頗為詼諧而謙虛地稱自己詩歌的水平不高，不敢多作，且又道
出了「詩如其人」的特徵。陳公博認為自己的詩歌風格熱烈而
激情，不同於傳統的恬淡含蓄，這正扣合著他自我設定的革命
青年身分。此外，陳公博還點出自己的詩以七絕為主，不必用
典、不必對偶，可以藏拙。

終陳公博一生，舊詩創作並不頻密；但正因如此，他更
強調詩歌的現實意義，不喜作吟風賞月之篇。2013 年，耄耋
之年的陳公博之子陳幹編成《陳公博詩集》，在香港出版。全
書分為二十部，計有國府北伐時期、北伐主贛時期、寧漢分
裂時期、革命評論時期、擴大會議時期、歐遊返國時期、實
業部長時期、詠史詩、弔友詩、南京政府時期、五古體、五
律體、戰後牢獄時期、無題詩、艷體詩、贈親友、雜作等。
共收錄詩作九十餘首，以七絕為主，五古及其他體裁次之。
整體而言，陳氏詩歌以反映自身對於國計民生之關注為主，
然而不同時期也有差異：前期詩作無論寫於反清、北伐或寧
漢分合之際，即便偶有牢騷、哀愁乃至閒適之感，仍以慷慨
激昂為基調。汪氏「還都」，陳公博的創作生涯進入後期。
他此時的作品不多，且大抵充滿苦悶鬱結，可見對於屈事日

人的狀態並非心甘情願。而戰後獄中所作雖不無強作寬慰之意，情緒卻較在汪政府時明朗直接，似乎恢復到「還都」前的情狀。茲舉數例觀之。

陳公博十六歲時，在粵北乳源坪隨父舉義，因清軍圍剿而失敗。公博乘馬先回廣州，在韶關附近被清兵截留，馬匹充公，只好步行至英德，乘搭木排返穗。木排夜泊荒村，陳公博擔憂老父安危、痛心起義失敗，於是作五律曰：

> 匹馬渡韶水，寒風吹峽門。
> 疏星點浮石，殘月照孤村。
> 奔命窮投止，餘生恥苟存。
> 十年須記取，橫劍躍中原。

雖然單騎走韶水、疲於逃亡，但並非以苟全性命為滿足，而是留得青山在，期待日後捲土重來。可見陳公博少年時代便有「橫劍躍中原」之志，此詩無疑預言了他日後在政壇大起大落的一生。

1931 年 1 月，陳公博因國民黨內反蔣鬥爭失敗，前往歐洲散心。他的足跡遍及諸國，但依然時時留意國內局勢。當年 4 月，國民黨中央監察委員會發表「彈劾蔣中正案」。5 月，汪精衛、唐紹儀、林森、孫科、李宗仁、許崇智等通電反蔣；廣州國民政府成立，形成寧粵對立的新局面。陳公博無法平靜，終於決定返國。郵輪經過哥崙堡時，得知九一八事變的消息，於是寫詩兩首：

〈離愁〉
抑抑離情淺淺愁。海風吹浪上襟頭。
憂深轉覺不經意，斜倚危舷看白鷗。

〈海上〉

海上淒清百感生。頻年擾攘未休兵。

獨留肝膽對明月，老去方知厭黨爭。

一句「憂深轉覺不經意」，正正道出他歐遊的心情：對於兵荒馬亂的故國念茲在茲，憂心已經內化，如影隨形而不自覺。對於昔年斲喪國家元氣的黨爭，也頗有不堪回首之感。

汪偽時期，儘管日軍不斷宣傳東亞共榮，但在陳公博看來，日本依然是異域，所謂「中日親善」不過是自欺欺人：

春深三月遍櫻花。長夜無端細雨斜。

遙憶天涯初七月，不知今夕照誰家。

（一）

瀛海棲遲縱五日，歸思悶損似三年。

平添苦雨撩清夢，清滴穿幃碎枕邊。

（二）

其二的首聯顯然化用了隋代薛道衡〈人日思歸〉的句子：「入春才七日，離家已二年。」三月的日本開遍櫻花，雖信美而非吾土。陳公博仍然深切懷念著天涯的故國。汪精衛死後，陳公博接任首腦。踏入 1945 年，他開始爭取重慶方面的解和接納，透過軍統向重慶方面暗通款曲。

日本無條件投降後，陳公博攜眷前往日本，隨即被國府引渡回國。1946 年 4 月，法院判定陳公博通謀敵國罪成，處以死刑。此時的陳公博寫下絕句十二首，反映了錯綜複雜的心理活動。他認為自己所作所為光明磊落，甚至相信汪氏政府保全

了東南半壁不受日軍直接侵擾，穩定了民生。對於汪精衛的知遇之恩，陳公博念茲在茲，如其三云：

> 獵獵秋風冷白門。鍾山東望又黃昏。
> 自期國士酬知己，百劫歸來不顧身。

鍾山是明太祖、孫中山和汪精衛墓地所在。陳公博在獄中東望鍾山，自忖不負民族、不負國民黨；於汪精衛更有「士為知己者死」的情懷。今人袁愈佺論陳氏一切都「只是為了汪先生」，其行為與為追求榮華富貴的周佛海有著明顯的區別；最後陳公博甚至「置生死於不顧，心甘情願做汪精衛的替罪羊。」（《汪偽政權垮臺前後瑣記》）難怪今人評論：「在歷史上，捨身取義的人不少，如陳公博這般因情就戮的卻不多。如果不考慮大節，他倒不失為一個重情重義的性情中人。」可嘆的是，陳公博對投日的結果一開始便比汪精衛看得清楚，最後卻由於汪氏的知遇之恩而不得不屈從，真可謂酬小恩而失大節了。

2023.04.07.

策士風流胡蘭成

枉向蘇張問異同。

縱橫連合究安從。

每逢初會思盟誓，

敢賦桃心徹底紅。

在汪系文人中，胡蘭成（1906-1981）年輕於陳公博十餘歲，也屬於異乎陳氏的另一種典型——儘管兩人加入汪氏政權的年代十分相近。胡蘭成係浙江嵊縣人，出生於貧寒農家，完成中學學業後來到北京，在燕京大學副校長室抄寫文書，公餘旁聽課程。1936年，在廣西擔任中學教師。於《柳州日報》等報紙上發文鼓吹兩廣與中央分裂，遭軍法審判。1937年上海淪陷，轉任香港《南華日報》編輯，因社論〈戰難，和亦不易〉受汪精衛夫婦賞識，調升《中華日報》總主筆。1940年汪氏國民政府成立，任宣傳部政務次長、行政院法制局長、《大楚報》主筆。1943年結識張愛玲，次年成婚。不久，因參與謀殺李士群、失寵於汪精衛而下獄。1945年日本投降之際，甚至策劃兵變對抗蔣氏，隨後匿名逃亡於浙江一帶。1950年，經香港偷渡至日本橫濱，稍後移居東京。1974年獲蔣氏批准赴臺，

受聘為陽明山文化學院（今文化大學）。未幾，趙滋藩、余光中、胡秋原等人發文攻擊，胡氏遂於 1976 年遭臺灣驅逐，返回日本。

胡蘭成只是汪氏政府的中層官員，遠非實權派之陳公博可比。因性格、地位與環境使然，胡氏渾不似陳公博那般慷慨激昂的革命者形象。終其一生，胡蘭成都以「策士」自命，也就是戰國時代蘇秦、張儀那種遊說諸侯的縱橫家之徒。《漢書‧藝文志》論縱橫家云：

> 其長在於權事制宜，受命而不受辭；而其失則邪人崇尚欺詐，背棄信義。

以蘇秦為例，他最早的目標是以連橫之術遊說秦惠王，因不受待見而轉為合縱，最終掛六國相印。再看張儀，他起初想跟隨蘇秦，卻被蘇秦用激將法推到秦惠王那邊，展開吞併六國之謀。由此可知，蘇秦、張儀之流在政治立場上並無定見，端看為誰所驅馳而已。再觀張儀如何愚弄楚懷王君臣，益可知「崇尚欺詐，背棄信義」真可謂一鎚定音。換言之，蘇、張等人所縈懷者，無非是季子多金。設若張儀詭稱輔助虎狼之秦乃是基於書同文、車同軌、廢封建、行郡縣等遠大理想，不妨姑妄聽之，若因此而將張儀奉為曠古所無之文宗、鴻儒，則期期不可。準此，胡蘭成於政治則周旋於日、汪、蔣諸方，於學術則周旋於唐君毅、黎華標諸人，於私情則周旋於張愛玲、范秀美、周訓德、佘愛珍，其揆一也。

胡蘭成雖積極參與汪氏政權的運作，但仍以「文化漢奸」的身分為世人所知。胡氏不以舊詩著稱，卻「視詩如史」，把詩歌置於文化體系的頂端，他只是偶一為之，現存舊詩多作於

抗戰及流亡日本時，這些詩作（包括殘句）尚有百餘首（則）。2016年起，大陸作家小北主編《胡蘭成全集》，其中丙輯整理收錄了胡氏現存的絕大部分詩作，戊輯且有所補遺，可謂目前最齊備之版本。

江弱水師兄說：「胡蘭成的文章，雖然處處像鮮茶葉揉得出碧綠的漿水般的詩意，味道卻總帶一點生澀。」又云周作人之澀在意，胡之澀在語。這段深具形象性的語言正可與胡蘭成的詩句相參照。胡蘭成現存百餘題詩作中，幾乎全為古體，沒有律詩；即便有五絕、七絕，或不用律句、或偶用之而失黏失對。對偶方面，極少工對，而以寬對乃至意對為主。用韻方面，尚能保持平、仄各自押韻，唯仄韻中之上去聲往往共用，而入聲通韻更寬。其少年時作的殘句，如「紅墻疎磬荒山裡，愁壓遊情步不前」、「桃花豈識人消息，藥氣微聞繡幃垂」，兩聯殆其僅有的合律詩句，雖是習作，然已頗有曲盡情致之感。然同期所作「蘭花採得遠難贈，明月白雲長相思」，則上句為「單換詩眼」，格律已不甚協，下句更是四連平。可見胡氏不遵格律的習氣，由來甚早。其詩歌似乎只是文章韻律化後的呈現，體式雖有別，但風格無大差距。正因如此，如《今生今世》等散文體著作中一旦自引詩作為證時，就並未產生較為突兀的感覺。

胡氏習禪，他這種舊體風格大抵一方面受到不講平仄、夾議夾敘的佛偈啟發，另一方面又繼承了舊體詩的用韻、抒情性質和形象性思維等特徵。赴日之後，胡氏詩中的「生澀」味與禪意也更為濃厚。此時的詩歌，既有死亡、兵戈的意象，也有艷色、春花的詞藻，兩相並置，往往產生一種奇詭冷麗的美態。此蓋胡氏受到日本文化中幽玄、侘寂等概念之影響的結果。如〈與女兒咪咪〉：

天下霸王事微異。漂零還愛俗鄰里。
隨肩小女有咪咪。傷亂惜時年尚未。
但知春服羅綃起。天桃出籬柳低水。
柳影池波豈安分，桃花紅到人心裡。

此詩小引云：「咪咪十五矣，午日庭除，聽見男同學在籬外叫她。甲辰年五月卅一日。」胡氏致唐君毅門人黎華標函中亦抄錄此詩，自註云：「上詩格調須三句作一讀，末二句作一讀。」此詩是七言八句的仄韻古體。但是，如果依胡氏自註所言，則非兩句一節的「二二二二」形式，而是「三三二」的三節形式。當然，無論和歌、俳句，風格一般都比較流暢和諧，與慷慨悲怨的楚歌體頗為不同：漢代詩歌中無論楚歌體（如〈大風歌〉）或七言體的奇句式作品，因為最後一句沒有對句，零丁突兀，缺乏穩定感，這種節奏正好表達悲憂無奈、惝恍無依的情緒。不過，筆者竊疑胡氏創作時基本上仍遵循著兩句一節的思路，而自註則是創作完成後才產生的一種閱讀策略。正是文義的割裂、節奏的突兀，得以在一定程度上消解原有的妖嬈風致，一方面繼承了楚歌體的悲怨，另一方面又在向和歌的體式致敬。風格、體式上妖嬈與悲怨的結合，則為全詩平添了侘寂之感。在這個意義上，日本的審美觀竟與楚歌風致異曲同工了。不過此詩風味固好，亦無不可議處。所謂「柳影池波豈安分」，乃是呼應小引「男同學在籬外叫她」之語。換言之，胡氏認為男同學向咪咪打招呼是對她有「不安分」之想，如此言語似非為人父者所宜道。

胡蘭成喜歡改動自己的詩作。此舉未必單純繼承「詩不厭改」的傳統，還有實際的考量在焉。如其致黎華標函中附有〈贈人詩〉一首：

> 亂世光陰是無賴。佳麗千載此晤對。
> 初面便與我論學，理淺意深皆新態。
> 雨餘微陽在瑤階，高花搖動看笑黛。
> 豈知人間有誓盟，不覺坐久禮數乖。

這首作品亦見於其致唐君毅函中，稱是「有女書家極西夫人（綠子）來求書，即書詩一首與之」。內文略有不同：

> 亂世光陰是無賴。佳麗千載此晤對。
> 初面便問我書法，法惟婉正戒驕悖。
> 秋氣微矛（？）在瑤階，感君肌態芙蓉珮。
> 豈知人間有誓盟，稍怕住久禮數乖。

既謂「書詩一首」，可以推想非即席所作。胡蘭成與綠子萍水相逢，詩中驟然使用「佳麗千載此晤對」、「豈知人間有誓盟」等句，語氣頗為不侔。然持唐本與黎本比較，「論學」改為「問書法」，「雨餘」改作「秋氣」，「不覺坐久禮數乖」改作「稍怕住久禮數乖」，顯然是依據與綠子的實際環境加以修整的。筆者猜測，此詩原本當是贈與較為親近的女性——至少是追憶相關往事之作。持《今生今世》相勘，那些紅顏知己大多不具備「論學」的水平，因此張愛玲大概是能符合這個標準的人物。胡、張相逢於日據時代的上海，不可不謂亂世。而《今生今世》云：「我竟是要和愛玲鬥，向她批評今時流行作品，又說她的文章好在那裡。」此即「初面便與我論學，理淺意深皆新態」。《今生今世》又謂：「初次見面，人家又是小姐，問到這些（按：稿費）是失禮的，但是對著好人，珍惜之意亦只能是關心她的身體與生活。張愛玲亦喜孜孜的只管聽我說，在客廳裡一坐五小時……她的喜歡，亦是還在曉得她自己的感情之前。這樣奇

怪，不曉得不懂得亦可以是知音。後來我送她到弄堂口，兩人並肩走，我說：『你的身裁這樣高，這怎麼可以？』」此即「豈知人間有誓盟，不覺坐久禮數乖」也。甚至「高花搖動」，也可能是就愛玲的身裁而言。假使如此推測可信，我們可見胡氏竟能為了一個素昧平生的綠子夫人而竄改以前送給張的情詩，「循環再用」。他一向聲稱的對張愛玲的愛究竟到達何種程度，就不難想像了。

胡蘭成點竄現成詩作以掩飾創作動機、並另寄他人的情況，非僅一例。抗戰勝利後，胡氏受到國民政府通緝，在臨安結識斯家小娘范秀美，一起遁居溫州。次年二月中旬，范秀美要回臨安蠶種場。清明時節，胡蘭成致函范秀美，附有一詩：

> 春風幽怨織女勤，機中文章可照影。
> 歲序有信但能靜。桃李又見覆露井。
> 好是桃李開路邊。從來歌舞向人前。
> 大荊餉耕滿田畈，永嘉擊鼓試龍船。
> 村人姓名迄未識。遠客相安即相悅。
> 松花艾餅分及我，道是少婦歸寧日。
> 即此有禮閭里光。世亂美意仍瀟湘。
> 與君天涯亦同室，清如雙燕在畫樑。

可以確定，胡蘭成此詩本為贈范秀美之作，詩中對於浙南風物的描寫，有向范氏報平安並表達情愛的意思。此詩又見於胡蘭成至唐君毅函中，文字有改動，尤其是「與君天涯亦同室，清如雙燕在畫樑」竟已刪去。筆者以為，《今生今世》乃胡氏回憶其生活與愛情之書，許多引人非議的細節並不諱言，而致唐君毅函則未必無投其所好、迎合唐氏的「期待視野」之意。故篇末二句表達與范秀美兩地相思之情，本為全詩之眼，而致唐函

中則刪去之，所剩下的就只有浙南的「禮樂風景」了。

　　江弱水師兄多年前就曾說胡蘭成「其人可廢，其文不可廢」。僅從他的舊詩創作與修改，就可窺見其為文狡獪之處。不過，胡氏卻不知道凡走過的必留下痕跡，正如掛六國相印時的蘇秦也未必想像到他出道之初遊說秦惠王的言詞被司馬遷原原本本地紀錄在案。當然，胡氏也未必想像得到他同一詩作的不同版本有朝一日會全然並置於世人眼前，加以比對、推敲，並尋繹出內裡乾坤來。

2023.04.14.

第一儒將羅卓英

屏帷碧色最傷心。

倚馬英雄骨已朽，

鏜鎝如聞兵革音。

斑斕空認山河血，

　　國軍將領羅卓英（1896-1961）被譽為「抗日第一儒將」。其人字尤青，號慈威，世居廣東大埔（在今廣東梅州茶陽鎮），出身農家。少時先後入讀私塾及大埔中學。1919年考入保定軍校第八期炮科，與同學陳誠（1898-1965）相交莫逆。1922年畢業返鄉，先後任大埔中學教務主任、湖山官學校長。1925年正式投身軍界，參加東征、北伐、剿共等役，晉銜陸軍中將。抗戰時期更是軍功累累。今人陳興武指出：「八年抗戰期間，羅卓英自淞滬會戰開始即首當其衝，繼而轉戰常熟廣德，拱衛首都南京，指揮保衛武漢，組織反攻南昌，獲取上高大捷，乃至三次長沙會戰，一度緬甸遠征，直至最後勝利，可謂南征北戰，幾至無役不與。」（〈抗日第一儒將羅卓英〉）戎馬倥傯之際，羅卓英不廢吟詠，甚至每於媒體訪問時即席賦詩。勝利後，羅氏晉升為陸軍上將，歷任廣東省主席、東北行轅副主

任、東南軍政副長官，協助陳誠經營臺灣。1949年遷臺，漸漸投閒置散，1961年病逝。

羅卓英在抗戰時期的詩作結集為《呼江吸海樓詩》，單看書名便覺氣魄宏大，也最為人知。不過，他在早年便有幾種詩集付梓，包括《獅崖集》、《北蹄草》、《南槳吟》、《層雲集》四種。遷臺後仍創作不輟，編為《回園詩存》。此外，羅氏也擅長填詞、撰聯，有《紅酣室詞》、《藉廬聯存》，今已不存。幾種詩集以《呼江吸海樓詩》流傳最廣，早在1972年便由臺北文海出版社納入「近代中國史料叢刊」。2013年，為紀念羅氏一百二十歲冥誕，大陸學者楊維、羅英鵬策劃編纂《羅卓英將軍紀聞》兩大冊，下冊有楊洪潮編註《呼江吸海萬龍吟——羅卓英詩詞聯箋註》。楊氏自《呼江吸海樓詩》前中後三集選取作品若干，加以箋註，時有解說。又輯錄詞作、對聯若干，題為〈《紅酣室詞》輯佚箋註〉、〈《藉廬聯存》輯佚註解〉。雖非全集，然能較全面地讓讀者了解羅卓英文學創作的整體風貌。

2018年，黃山書社整理出版《羅卓英·王陸一·王世鼐詩詞集》，〈前言〉云：「除《呼江吸海樓詩》見於「近代中國史料叢刊」外，其他各種詩集、詞集中作品在《羅卓英將軍紀聞》中有所選註，無從覓其全集。」機緣巧合，我曾於數年前偶然在臺北購得影印本《呼江吸海樓詩》前集及後集，前集即《獅崖》、《北蹄》、《南槳》、《層雲》四種詩集的合編（近年，臺灣國家圖書館將所藏四集掃描上傳至「臺灣華文電子文庫」，香港也有藏書家於網上展示所藏《南槳吟》原刊本）。後期以《回園詩存》為主，篇幅不鉅，各種抄本、稿本雜陳，當係羅氏百年冥誕時所編。然其影印質量不佳，原稿某些頁面中處於邊界之文字甚或有未克印入者。若欲編成完帙，尚須訪求原稿。

《獅崖集》所錄為1915-17年間所作，當時羅卓英就讀家鄉大埔中學。楊維、羅英鵬論云：「這是羅公最早的詩集，少年

英俊，初試啼聲，即顯得胸懷大志，目光高遠，意氣風發，景象雄奇，讓師友宿彥刮目相看。雖比較後來的詩作，遣詞用語略顯稚嫩，然昂揚向上、大氣磅礡的風格，可說是貫穿終始。」如其〈二十初度〉：

> 六矢張弧自有真。神州板蕩問何人。
> 昂藏豈意天生我，待挽狂瀾付此身。

此詩為羅氏二十虛齡生辰時所作。古代風俗，家中生男即於門左掛一把弓。羅氏有兄弟六人，故云「六矢」。當年袁世凱正謀畫稱帝，舉國形勢一髮千鈞。正所謂「板蕩識誠臣」，羅卓英此時雖年方弱冠，卻已有投筆從戎、挽狂瀾於既倒的雄心壯志。

1918 年考入保定軍校後，羅卓英依然創作不斷，對於所見所聞時有記錄，這些作品皆收錄在《北蹄草》。如〈北京大學生愛國示威五四運動〉七絕二首云：

> 文化城頭撞警鐘。青年奮臂作先鋒。
> 萬夫齊指諸奸死，經破中朝賣國傭。
> （其一）

> 乘時講武亦修文。鼓動風潮振國魂。
> 不肯後人爭士範，四方雲起學生軍。
> （其二）

1919 年巴黎和會，因列強出賣中國利益引致國內民情洶湧，大學生們結隊來到街頭，提出「外爭國權，內除國賊」、「取消二十一條」、「拒絕合約簽字」等標語、口號。羅卓英身為軍校

學生，更希望當政者能「講武」與「修文」兼重，以振興國運。

軍校畢業後，羅卓英返鄉擔任湖山中學校長。1924年夏，前往新加坡、馬來亞為中學募款，歷時五月。期間創作了一百首雜詠絕句，對一己心緒及南洋風土民情多有描摹，裒輯為《南檠吟》。如：

> 無國無家贅一身。翻飛困翮躍枯鱗。
> 櫛風沐雨年年慣，換得人間異域春。

自註云：「昔年赴南洋群島之華僑，多係在家貧困無聊，或因事不容於鄉里之人，浮海遠適，甘為苦力。厥後地利日闢，往者日眾，執業亦廣。間有致富成家、安居不返者矣。」對南洋華僑社群形成的情況作出了言簡意賅的介紹。又如：

> 而今不羨金龜婿，比翼何如番客佳。
> 但願腰纏十萬貫，嫁雞嫁狗亦甘偕。

自註云：「內地婦女受生活壓迫，多願嫁番客，有不問年貌，竟隨水客前往就婚者。」所謂「番客」，乃當年對華僑的俗稱。詩謂中國大陸的婦女因貧困而願嫁華僑，對男方的年齡、容貌無所挑剔，甚至有以「郵購新娘」方式隻身前往南洋成婚者。類似的情況，在一百年後的世界各地，可謂依然屢見不鮮。

自南洋返國次年，羅卓英便應同窗好友陳誠之邀，到廣州參加孫中山麾下的國民革命軍。此後十年內戰期間所作的詩歌，羅卓英將之結集為《層雲集》。初到廣州，羅、陳二人同任砲兵連長。羅氏紀以詩云：

> 肝膽之交互賞音。虎韜豹略結同心。

相期無負平生志，祖劍劉戈共夜沉。

詩中，羅卓英毫無保留地表達了自己與陳誠相知相惜之情，更將之比擬為西晉末年枕戈待旦、聞雞起舞的祖逖、劉琨，期盼兩人聯手報效家國，開創鴻業。不久，羅卓英馳騁疆場的願望就實現了。1926年7月9日，蔣介石就任國民革命軍總司令，國軍在廣州誓師北伐。羅氏作五律云：

> 七月西流火，方興北伐師。
> 陣行允濟濟，撫馭眾熙熙。
> 六合風雲會，三民雨露滋。
> 元戎今一怒，蕩穢有宏施。

濟濟，眾多之貌。熙熙，歡愉之貌。在孫中山思想引領、蔣氏指揮下，國軍將士無不懷抱救國熱忱。羅卓英當時隸屬東路軍，由潮汕進入福建，參與永定之役。再克福州、杭州、南京，更從事濟南、德州、界首等戰役。

1937年7月7日盧溝橋事變後，抗日戰爭爆發。8月上旬，羅卓英奉召赴廬山，在海會寺參加廬山訓練團。在這風起雲湧之時，羅氏有感而作〈書誓〉：

> 莫更銜杯問淺深。呼江吸海萬龍吟。
> 廿年前語今猶壯，要把倭奴一戰擒。

1915年秋，羅氏賦〈憑欄〉詩，有「要把強胡一戰擒」之句。此時想起二十年前的誓言，於是放下手中的酒杯，傾聽宇宙間吐納江海的龍吟之聲。酒杯象徵著一己之哀樂，與浩瀚無涯的長江大海不可同日而語。而晉人王嘉《拾遺記》謂古帝顓頊有

曳影之劍，「未用之時，常於篋裡，如龍虎之吟」。羅氏首聯先由酒杯轉入江海，再巧妙運用龍劍互化的典故，表達放下自身得失之感而投入抗日大業的豪情，氣象波瀾壯闊而筆觸圓融無跡。他後來以「呼江吸海」為詩集名，主粵政時甚至希望他年歸隱汕頭，在海山遼闊之處築一呼江吸海樓，由此四字不僅可見其情操志向，也能歸結其詩作之整體風格。稍後淞滬會戰，羅卓英在接受記者訪問時口占：

> 一箇子彈一箇敵。一寸山河一寸血。
> 戰到斜陽欲暮天，浩氣如虹吞落日。

「一寸山河一寸血」，後來成為堅定戰志的口號，以及青年軍矢志報國之標語。到 1943 年，羅卓英眼見清代實行募兵制以來，坊間一直有「好鐵不打釘，好男不當兵」之惡咒，以致知識青年不願從軍，於是寫就組建青年軍的建議，由陳誠轉呈中央，提出「一寸山河一寸血，十萬青年十萬軍」的口號，當即為蔣介石採納。次年，蔣氏在國民參議會上發出該口號，隨即膾炙人口，傳誦至今。

赴臺後，羅卓英閒居屏東，「復歸平淡，常帶竹笠，穿木屐，拔草除蟲，勞作不輟」。但他此時所作〈生日自勉〉詩云：「智慧豈容窮海角，復興都作振奇人。」足見心中有所不甘。他在「反攻復國」的政策與口號中維繫著理想，可是這理想已日漸黯淡。1954 年，羅卓英作七律〈送三兒從軍〉：

> 又送吾兒赴柳營。無端觸我少年情。
> 時新不用輕投筆，國難允宜早請纓。
> 紅水橫流成苦海，黃塵馳逐越長城。
> 同袍好唱同仇句，祝汝成功倒莫京。

因為三子從軍，觸動了羅氏對自身少年時代的回憶。他知道當下的臺灣固是苟安的新局勢（時新），青年男子不必輕易參軍，但因大陸失守，故依舊對三子入伍的決定表示大力支持。但是，他此時的歸隱生活畢竟已與東征西討的大陸時期截然不同，這在詩作中也有反映。如其〈回園八詠〉其八〈北樹鶯歌〉云：

> 板橋美意得天和。玩物其如喪志何。
> 養鳥不妨多種樹，黎明聽唱自由歌。

詩人認為，養鳥之舉不僅玩物喪志，而且剝奪了鳥兒的自由。如果將精神用於植樹，不僅有益環境與社群，而且可以吸引更多的鳥兒飛來，何樂而不為？「自由歌」一語，雖然契合當時「自由中國」的口號，「黎明」的意象也有政治意涵，卻主要是就鳥兒的自由與生活習性而發，絕非硬安上去。而由此可知，羅詩看似淺白，實則肌理綿密，有賴於涵詠斟酌之功。當然，如此閒情逸致的主題，在他大陸時期的作品中是不可多得的。

2023.04.21.

第一儒將羅卓英

軍中史家李則芬

一番梅雨一回春。
極目鯤洋慣此身。
故里他鄉何處辨，
汗青漫漶想孤臣。

從王土到共和——「清末一代」古典詩人淺談

　　國軍中儒將甚多，羅卓英以外，如姚琮（1891-1977）、熊式輝（1893-1974）、邱清泉（1902-1949）、黃杰（1902-1995）、丁治磐（1894-1988）等皆善吟詠，李則芬（1909-2001）亦終生作詩不斷，且於退伍後專心治史，直至高齡辭世。李則芬本名均發，字虞夫，廣東興寧客家人，少時半工半讀學完高小和初中課程，先後做過店員、小販。1925年考入黃埔軍校，次年獲選參加短期政工培訓班，後分派部隊，得以提早畢業參加北伐。

　　1927年冬，李則芬被裁，不久又奉召回軍，在張發奎部第四軍任參謀。其後數年，一直在十九路軍供職，先後擔任連長、少校營長，曾參與江西剿共戰爭。1932年參加「一二八」淞滬戰役。戰爭結束未幾，入南京軍官學校高等班學習。畢業後，分派到武昌陳誠部任中校參謀，不久擢升至處長、少將。

1937、38 年間，先後參與武漢會戰、滬淞會戰。1940 年考取重慶陸軍大學特別班，畢業後奉派至九十四軍第五師擔任副師長。旋又應召隨陳誠參加遠征軍，兼任高參。1943 年任第五師師長，抗擊日寇，屢有戰功。抗戰勝利，受命為蘇州受降司令，負責處理投降日軍約十萬眾。1946 年前往東北各地巡視，辭去師長職。大陸易幟時，李則芬旅居香港。不久應李彌之邀，前往緬甸山區訓練軍隊，擔任「雲南省反共救國軍」副總指揮、「反共抗俄大學」教育長，四年後隨軍撤回臺灣。2001 年高齡辭世。有《成吉思汗新傳》、《中國歷史論文集》、《中日關係史》、《隋唐五代歷史論文集》、《汎論司馬光資治通鑑》、《文史雜考》等史學著作多種，詩詞方面則有《虞夫詩集》、《哀樂平生詞集》、《八十自選詩詞》、《餘生詩小品》等。

　　數年前，筆者在臺北某舊書店購得《虞夫詩集》一冊，封面有「改正樣本（自留）」的手書字樣，書內多有紅筆批改處，當為李則芬氏生前藏本。此書〈後記〉云：

　　　　前年（按：即 1975 年）大病一場，久住醫院，寂寞不堪，乃取歷年所作，仔細檢查，為求統一，凡早期所作今韻詩之絕句及律詩，不合舊韻與律格者，一一修改，間有仍願保留原句者，則註明借韻；此即本集之面目。

此書雖為抄本，分為〈嘗試篇〉、〈蹉跎篇〉、〈再造篇〉、〈風雲篇〉、〈血汗篇〉、〈韜光篇〉、〈浮萍篇〉、〈尾閭篇〉、〈餘勇篇〉等九篇，詩作排列以時代先後為序。十年後，李則芬出版《八十自選詩詞》十卷，與《虞夫詩集》相勘，主要有幾點異同：一、詩選部分乃以《虞夫詩集》為底本為選錄，仍分九卷。二、第八卷改〈尾閭篇〉為〈易轍篇〉。三、第十卷詞選部分，

採自《哀樂平生詞集》。值得注意的是，《虞夫詩集》內各詩於眉間有手畫紅圈者，大率皆見於《八十自選詩詞》，無圈者則否。某些字句以紅筆塗抹修改，而《八十自選詩詞》所錄則為修改後之面貌。如〈黃埔雜詠〉其十二末句原為「弔民伐罪展鴻猷」，紅筆抹去後側批「登民衽席解民憂」，而《八十自選詩詞》亦作「登民衽席解民憂」。故這本李則芬自留的《虞夫詩集》，其中批點當是因編纂《八十自選詩詞》而為。

李則芬幼年喪母，父親長期在南洋做工，全由祖父母撫養成長。從其五古〈哭祖母〉可知，李則芬常遭繼母虐待，幸得祖母操心撫養成人。十七歲甫入廣州黃埔軍校，作〈黃埔雜詠〉七絕十二首，生動反映了當時軍校生活。如其四描寫師生間的語言不同的苦況：

> 初入營中事陌生。語言隔閡我心驚。
> 課堂聽得三分意，費盡思量悟五成。

至於教學作息緊張，訓練嚴格，不僅令新生們獲得新知識，也讓他們在生活習慣、精神面貌和思想心態上都從根本上得到調整，以克充分面對日後艱巨的任務。對於國民革命軍的使命，其十一表達了李則芬這樣的認知：

> 錦繡河山極目窮。八分都在鐵蹄中。
> 萬民翹首南天望，待看新軍百世功。

1927 年 7 月，北伐誓師，李則芬從軍北上，隨即展開戎馬生涯。北伐成功後，李則芬返回廣東，駐防惠州。時值國府清黨之際，李氏在惠州被誣告為共黨分子，於是逃往南京避禍，作〈逃亡〉詩云：

是非黑白久糊塗。宵小私嫌搆大誣。

性命垂危圖出走，間關越禍上征途。

夜奔鯪谷三更月，日伏珠江兩岸蘆。

一葉輕舟吾去也，平安脫險到新都。

頸聯狀述逃亡倉皇之貌，尤為傳神。李則芬雖為黃埔軍人，但觀其詩作及晚年史學著作，其獨立思辨之性格於焉可見。他在惠州因何遭人誣告，現已難考，恐亦因言論賈禍。值得注意的是，「是非黑白久糊塗」一語雖可概指世間常理，但也未必不含有面對上司猜忌的怨憤。李氏詩中於國府舉措偶有針砭之語，當自此始。

李則芬旅居南京不久，誣告事件獲得澄清，稍後奉召回軍，在張發奎部第四軍當參謀。1930年中原大戰爆發，張發奎以第四軍名義聯桂反蔣，從廣西攻入湖南，遭陳銘樞十九路軍從後截斷而敗退。李則芬在兩軍對峙衡陽時有〈難言之隱〉七絕二首，其二曰：

亦是新枝亦故林。眼前敵友費思尋。

衡陽對壘多相識，兩陣揮戈淚滿襟。

詩序曰：

陳真如（銘樞）、陳伯南（濟棠）、張向華（發奎）為第四軍三師長，後來各自成軍，而三部人事仍多交流。陳真如之第十一軍（後擴充為十九路軍），與張向華之第四軍，由於北伐時一向並肩作戰，人事交流尤甚，常有父兄在

此，而子弟在彼者，其他親友更無論矣。余初在十一軍，繼在第四軍，而此次衡陽之戰，兩軍對壘時，余又在十九路軍。時余之前傷尚未全愈，只因負擔吾弟學費，不得不出而就事。

李則芬參加十九路軍作戰，乃為掙取軍餉以為幼弟繳付學費，不料敵方第四軍乃自己從前所隸屬者，軍中故舊多有，今日竟成對峙之寇讎，情何以堪！兩軍相對而泣，不知所云的情態，李氏詩中記錄得真實感人。

抗戰爆發，李則芬於 1938 年武漢會戰後追隨陳誠左右，參贊戎機。1940 年 7 月，重入重慶陸軍大學特別班學習。李氏作詩抒懷云：

> 從今更上一層樓。兵學無邊好自修。
> 偏處胡笳傷失地，河山光復待良謀。

畢業後，奉派到九十四軍第五師擔任副師長。1945 年 4 月，第五師星夜兼程開往湖南參加湘西會戰，5 月 1 日向馬鞍山敵軍發動進攻，五日後取得勝利。李則芬有〈武陽大捷〉詩曰：

> 破虜湘西地，前鋒調獨彈。
> 萬人皆賁育，五日斬樓蘭。
> 但見俘顏喪，遙知敵膽寒。
> 一朝傳捷報，千里盡騰歡。

是役全殲日軍五十八旅團之 115 大隊，大隊長小笠原逃至泡桐被擊斃。117 大隊被殲三分之二，總計斃敵 1500 有餘。蔣介

石以為此戰「首開本會戰勝利先聲」，何應欽則認為本戰「開勝利之基石」。

抗戰勝利未幾，國共內戰隨即展開，李則芬於大陸易幟前後旅居香港。1949 年，雲南省主席盧漢投共，國府於 12 月 21 日命李彌接任。然李彌未及履新，全滇已落入中共控制之下。李彌呈請建立二十六軍（後改名「雲南人民反共救國軍」，俗稱「猛撒孤軍」），獲得批准，於是派員赴緬北招兵擴軍，號召雲南邊民來奔。

毗鄰中、泰、寮國邊境的緬北有六萬平方公里，約半個江蘇或浙江面積，多民族雜處，各族都擁有自己的武器，仰光中央政府對緬北統治力弱，因此李彌孤軍入緬權居，圖謀反攻雲南；而緬甸政府對此如刺在喉，急於剿滅。1950 年，李則芬為李彌所感召，離開香港，經越南來到泰國曼谷，少事停留後前往緬甸。其〈喬裝至仰光〉詩曰：

> 竊笑南洋學作商。誰知根柢是喬裝。
> 胸中懷有籌邊策，要過秦關入大荒。

李氏門人譚偉臣指出：「虞公遂化裝成布商，潛入緬北八莫等地發表了許多縱隊和支隊司令，始還猛撒總部。」（〈長勝將軍李則芬〉）當時緬甸政府耳目眾多，故不得不秘密行事。到緬後，李則芬先後擔任過救國軍副總指揮官和大學教育長。此時緬甸政府擔憂孤軍坐大，於 1953 年 3 月發起進攻。李則芬統一指揮下，孤軍大獲全勝。但 1953 年 4 月 23 日，聯合國通過決議案，要求孤軍撤回臺灣。李則芬作〈撤兵回臺〉七絕四首，其一曰：

> 得勝疆場敗外交。數年辜負鵲營巢。
> 金牌十二催歸急，又一平生未濟爻。

對於被迫撤軍緬甸、無法反攻雲南，心有不甘；對於戰友無法歸葬國土，也深表遺憾。然而命令不可違，去留之際，只能徒呼奈何了。

1954 年抵臺後，李則芬隨即退役，成為一名史學家，且不時與師友詩詞唱和。如〈春雨〉七絕，洵為佳作：

> 一年好景又花朝。遊子春心轉寂寥。
> 最是愁人簾外雨，窗前後悔種芭蕉。

此詩造意曲折婉轉，承襲《楚辭·招魂》「目極千里傷春心」的詩意，表達了浮雲遊子之念，且緊扣著臺灣的氣候特徵：傳統花朝雖在二月十二，但臺灣地處熱帶邊緣，四季不及詩人故鄉明顯，此際的芭蕉已非常茁壯。正因如此，春天的夜雨打在芭蕉上就更為惱人。

居臺數十年，李氏筆耕甚勤。他在九十誕辰時寫道：「余軍人也，且身受八年抗戰之體驗，有強烈之國家意識。」但當題詠抗戰勝利五十週年時，不禁慨嘆「孤臣心跡幾人知」；北伐七十週年時，深感「前功久已付雲煙」、「昇平寶島誰相憶」；晚年重訪大陸故里，更發出「還家將嘆仍為客」、「甘留鯤島作榮民」的咨嗟。隨著兩岸數十年的分治、以及臺灣島內兩蔣統治的終結，高壽的李則芬驟然發現自己成為了舊時代的「孤臣」——無論相對於當下的臺灣還是大陸來說。他那軍人氣質與精神雖未改變，卻早已不合時宜；桑榆晚晴的生活，又離不開臺灣的社會運作。這種處境的不無尷尬，是 1961 年便已辭世的羅卓英難以想像的。

2023.04.28.

巾幗英雄褚問鵑

劍氣凌雲牛斗矗。

紅妝不礙物華催。

春心萬里何由託，

夢外南湖夢裡梅。

　　古往今來，儒將已然不多，女性而能號稱儒將者更可謂鳳毛麟角，褚問鵑（乳名舒華，又名松雪，1896-1994）就是不為人知的表表者，她三十五歲就成為國軍首位女上校，後來更晉升少將。不過，若以為區區儒將二字便能概括褚問鵑，則大繆不然──早在投筆從戎以前，她就是一個充滿故事和話題的時代女性。

　　褚問鵑生於浙江嘉興一個書香門第，祖父褚璣曾任道臺，父親褚成鈺為前清孝廉，官授直隸州同知，曾向朝廷上萬言書，又參與創辦嘉興學堂，民元以後任職於浙江高等法院。母親朱氏，曾任嘉興公立女校校長。褚成鈺夫婦有一子四女，問鵑最幼，九歲起先後入讀嘉興公立女校、蘇蘇女校，且與上海的社會黨人有過來往。十六歲畢業後，執教於永康女校、太倉毓婁女校。當時，一位上海聖約翰大學的學生陳夢彪對問鵑一

見傾心，從太倉追到嘉興，卻遭到褚父強烈反對。夢彤非常痛苦，獨自在嘉興南湖寶梅亭中題下傷感的詩句。後來問鵑看到題詩，黯然神傷，卻也無可奈何。

天有不測風雲，問鵑的父母不久相繼病逝，兄嫂眼見三個妹妹皆已出嫁，於是開始為問鵑謀劃終生大事。他們物色的對象叫張傳經，來自同縣大戶，其父供職農商部，本人肄業於南京金陵大學林科。在張父催促下，兩人於 1919 年婚後赴京，名為工作，實則「天天坐汽車聽戲」。但問鵑有更高層次的追求，不滿足於這種空虛無聊的生活，終於在三年後與丈夫仳離，隨即應聘山西大同雲岡女校的國文教員一職。

不料到任未幾，問鵑就被當地小軍閥鄭鬍子看上了，隨即向問鵑求婚。問鵑哪肯答應，於是逃到偏僻的陽高縣，出任縣立女校校長。女校經費吃緊，設在一座廟宇中，只有兩間教室。而問鵑行政與教學能力俱佳，遠近人家都願把女兒送來上學。隨著學生人數大增，問鵑多次請求擴充校舍，卻不得要領，索性向縣長請求把廟裡的菩薩搬掉，竟然獲得批准。問鵑因此遭到當地衛道士的攻擊，名聲卻也傳到了北京、上海。

北京大學哲學系教授張競生（1888-1970）得知問鵑的種種事蹟，懷著仰慕之情致函問鵑：「你打倒了有形的偶像，你比我更勇敢！我正在和許多無形的偶像宣戰。我們既是打偶像的同志，應該做個朋友。」張競生此時剛在《晨報副刊》上發表「愛情的四項定則」，引發學術界議論紛紜。問鵑久仰張競生之名，兩人魚雁往還，十分投契。大概受到張競生影響，問鵑於 1923 年 7 月在《民國日報・婦女評論》上發表〈我的離婚略史〉，講述了自己與前夫張傳經的故事。不久，問鵑又撰成一篇考釋姜夔〈揚州慢〉詞的論文，獲北大研究所國學門錄取為研究生。1924 年秋，兩人在北京長老會禮拜堂成婚，婚後育有一子。此際張競生正在編撰《性史》，開卷第一篇〈我的性

經歷〉所署「一舸女士」，就是問鵑的筆名。問鵑之特立獨行，可見一斑。與此同時，問鵑先後擔任國民黨北京執行部婦女部長、上海特別市黨部婦女部長、武昌市黨部婦女部長，發表了不少相關文章，可謂婦女運動的先驅人物。1926年《性史》出版，隨即遭到查禁，張競生幾乎身敗名裂。1927年，張、褚來到上海，不久勞燕分飛。問鵑此時著有《鴛鴦湖之秋》（1930）、《女陪審員》（1930）、《小江平遊滬記》（1931）等作品。又轉與共產黨員王蛟池（1898-1951）交往，並誕下雙胞胎。王蛟池常被當局追捕，問鵑自顧不暇，只得忍痛將雙胞胎送到南京孤兒院，自此失散。

1932年，問鵑前往武漢，在一私立中學教國文，兼任《湖北日報》特約記者。由於她和陳誠夫人譚祥稔熟，因此獲薦擔任委員長武昌行轅參謀長秘書。抗戰爆發後，應陳誠之邀，主編軍中刊物《偕行》，在重慶任幹部訓練團女生大隊上校、訓育主任。對於問鵑的性格和能力，陳誠非常欣賞，不時感嘆：「可惜問鵑是個女子！」抗戰勝利，羅卓英出任廣東省長，問鵑受聘為其機要祕書。1947年，問鵑成為女軍官教導總隊的少將總隊長、廣東省政府參議，出版散文集《寸草心》。同年羅卓英調至東北，問鵑辭職前往江西，耕讀自給。1949年，褚問鵑倉皇逃往香港，滯留經年後赴臺，和愛子黃嘉（與張競生所育）團聚，重拾筆耕生涯，並在王超凡、羅卓英幫助下擔任軍中女幹部訓練班主任，先後出版了《舒華文待》、《爐餘集》、《往事漫談》、《禾廬文錄》、《八千里路雲和月》、《飲馬長城窟》、《仰天長嘯集》、《王充論衡研究》、《黃梨洲學術思想研究》及三卷本自傳《花落春猶在》等著作。儘管問鵑居臺後不乏追求者，卻終未再嫁。1986年，年屆九旬的問鵑因臥病無法持筆，延至1993年去世。

褚問鵑較為知名的創作大抵屬於新文學類別，但也有詩詞

傳世。《花落春猶在》書末附有《燼餘吟草》一卷，小序云：

> 余丫角即喜吟誦，村謳童語數十篇，奈逢塵劫，燬其稿且不再作韻語者幾二十載。民國三十四年（1945），佐幕羊城，迫同仁索和，勉為步韻，乃韻生句澀，竟山歌不如矣。而語多憂傷，蓋平生寥落，言為心聲，不自覺其流露耳。因並早歲燼餘數則，附錄如次，紀荒落之愧怍，更以自悼云爾。

實際上，此輯所收當非問鵑現存詩詞的全部。所謂「佐幕羊城，迫同仁索和」，當是指羅卓英廣東省主席任內與幕僚倡和的往事。問鵑雖謙稱這些作品不佳，畢竟頗有水準。如〈紅棉口占〉七絕云：

> 嫣紅非為媚人開。一片丹心死不灰。
> 孤掌獨撐天幕遠，好留餘韻待春回。

廣州城郊多植紅棉樹，樹身高狀挺拔，秋冬之交盛放，問鵑謂其「嫵媚中具英挺之姿」。紅棉花謝時，全朵飄落而顏色不衰，此即「一片丹心死不灰」之意。每花五瓣，誠如指掌，唯花數眾多，謂「孤掌」似略為不切。蓋問鵑以一弱女子之身而多經憂患，所謂「孤掌撐天」乃其心靈圖景也。

這輯《燼餘吟草》中的詩詞，有時也見引於自傳。如其年代最早的作品為 1912 年的五律〈侍家嚴、慈遊落帆亭〉：

> 一水縈洄處，孤亭落日昏。
> 清泉澄俗慮，椒酒洗塵根。

富貴非所願，功名安足論。
片帆歸去好，息影自柴門。

據自傳所言，當時問鵑年僅十六，執教於永康女校已滿一年。由於三姐出嫁，不得不辭職料理家事。父母知她不快，帶她到家鄉名勝、運河邊的落帆亭遊覽散心。歸來後，褚父命幾位子女各賦一詩紀事。看到問鵑的詩作，褚父笑道：「你還不曾出去做事，倒就想到要退隱了，可見你將來也不是富貴中人啊！」其實問鵑在詩中雖迎合父命言及「片帆歸去」、「息影柴門」，心中對於辭去教職恐怕還是不甘的，這一點褚父不會不知道。與此同時，問鵑還創作過一首小令：

煙樹迷離，蒼茫秋水凝雲霧。
斜陽無語。雁影南歸處。
◎樹裡青山，山外片帆去。
秋如許。猿啼不住。寂寞荒村路。

此詞應調寄〈點絳唇〉，〈燼餘吟草〉不收，僅見於自傳。問鵑追憶當時姑父看罷此詞，沉吟許久，忽然歎口氣對褚母道：「小小這孩子，只怕不是無福，就是無壽，出語太蕭索了。」問鵑則在自傳中補充道：「我小時候就已不信宿命論，但我卻相信法國文豪大仲馬的話：『人的命運是他的性格造成的。』言為心聲，我既歡喜猿嘯荒村的境界，自然與富貴無緣了。這倒不是迷信，而是合於科學的因果律的啊！」

赴臺以後，問鵑也時有吟詠。如 1950 年作於屏東的〈病榻偶成〉云：

石蓮心苦有誰知。數盡寒宵更漏遲。

長夜漫漫天不旦，人間何地有明時。

據自傳所言，當時問鵑前往愛子工作的屏東糖廠，久別重聚，
悲欣交集。但是，黃嘉不久獲公費留學美國，而問鵑也因積勞
而罹患腎炎，臥床不起。所謂「石蓮心苦」典出清初：當時金
聖歎在受刑前眼見家人子女來送別，於是吟道：「蓮子心中苦，
梨兒腹內酸。」「蓮子」、「梨兒」，即「憐子」、「離兒」也。黃
嘉負笈美國名校，自然令人振奮，但母子團聚未幾又要睽隔，
悲苦不足為外人道，故云「有誰知」。第二、三句雖皆描寫夜
中無聊之感，但後者更從一己之臥病延伸至風雨如晦、國勢陵
夷，因此末句一問之辛酸悲涼，不言而喻。

抗戰時期，問鵑與蘇旭昇為重慶幹訓團同僚，戰後也曾在
廣州共事；蘇妻黃麗貞擅長吟詠，與問鵑過從甚樂。 1949 年，
旭昇夫婦遷居香港，「躬耕養志」。某年聖誕，旭昇從香港寄來
麗貞的七律，徵求問鵑和詩。於是問鵑步韻道：

忽聞物外換新年。青鳥銜書下紫煙。
曩盼越山留玉躅，今看香海著先鞭。
非關志士能逃世，自古高人有福田。
遙想歲朝春社裡，萊衣效舞滿階前。

這時問鵑已年屆耳順，蘇黃夫婦也大抵相若。詩中尾聯採用戲
綵娛親之典，蓋蘇黃夫婦仍有高堂在世。「歲朝春社」、「萊衣
效舞」的溫暖想像，卻正好應襯出問鵑自己煢獨臺島的淒苦。
又如 1951 年，好友、著名作家謝冰瑩（1906-2000）生日，問鵑
贈以七絕五首，其五云：

相逢何事在遐方。兩鬢相看各有霜。

此際獻詩為子壽，他年唱凱好還鄉。

與問鵑一樣，冰瑩也是國軍女兵出身，兩人年紀相差十歲，卻有惺惺相惜之感。不過詩中所云「唱凱還鄉」，問鵑、冰瑩在此後半世紀裡依然未曾親歷。冰瑩晚年旅居美國，曾打算回大陸省親，卻因時局詭譎而放棄計劃。冰瑩臨終前說：「如果我不幸地死在美國，就要火化，然後把骨灰撒在金門大橋下，讓太平洋的海水把我漂回去。」而七年前，同樣是年過九旬的問鵑在臺灣去世，彌留時叮囑兒孫：「我的墓碑上，一定要刻上『嘉興』兩個字，墓碑的方向一定要面向故鄉……」所謂狐死首丘，此時的問鵑回想起海峽對岸那些往事前塵，心頭又不知是怎樣一番滋味？

2023.05.05.

巾幗英雄褚問鵑

世紀才女蘇雪林

客愁羈恨雨綿綿。
幾片飛花落檻前。
不信天心終不復，
故廬遙認水雲邊。

從玉土到共和──「清末一代」古典詩人淺談

　　上篇以褚問鵑為主角，謂其與另一位渡海女作家謝冰瑩晚年皆欲回大陸一遊，終難遂意。而與她們同代的蘇雪林（1897-1999）卻等到了這一天：1998 年 5 月，她以百歲高齡回到睽違六十七年的故鄉安徽，並坐車登上黃山最高峰。1999 年在臺南去世後，蘇雪林歸葬黃山母親墓邊。

　　學者指出：「在中國現代文學史上，一位女性能夠集創作、研究、教學於一身而成就斐然者，可能僅蘇雪林一人。」（劉金祥〈蘇雪林：世紀才女的雙重文化面相〉）此言誠然非虛。蘇雪林本名蘇梅，後以字行。祖籍安徽太平，在浙江瑞安出生。早年先後畢業於安慶第一女子師範學校、北京高等女子師範學校，受業於胡適門下。1921 年前往法國留學，入讀里昂中法學院（Institut Franco-Chinois de Lyon）、里昂國立藝術學院（École Nationale des Beaux-Arts de Lyon），1925 年以母病輟學

歸國。出版有《綠天》、《棘心》等創作集，轟動一時。

　　蘇雪林回國後，歷任東吳大學、滬江大學、安徽大學、武漢大學教授。武大時期，與凌叔華（1900-1990）、袁昌英（1894-1973）合稱珞珈三女傑。大陸易幟後，先往香港公教真理學會工作，再赴法國。1952年起歷任臺灣師範大學、成功大學教授，1973年退休。1991年，獲成功大學頒發榮譽教授證書。

　　蘇雪林的創作有散文、小說、戲劇、故事、傳記、翻譯、回憶錄等多種，計千萬餘言，今人吳姍姍稱其為「二十世紀創作研究成果最豐碩的女作家」。蘇氏門人陳怡良教授在〈皓首窮經，故紙堆中作神探——談蘇雪林教授的成就〉一文中，將蘇雪林的學術成就分為《楚辭》研究、李商隱研究、文學史書、《詩經》探索四大類，而以前二類最為世人矚目。

　　蘇雪林將《楚辭》研究視為平生最大志業，出版有《屈原與九歌》、《天問正簡》、《楚騷新詁》、《屈賦論叢》等四部著作，合計一百八十萬字。其研究建基於「域外文化問題」上，從神話學、人類學、民俗學、宗教學、文化史、語言學、天文學、考古學等方面入手，認為〈九歌〉是整套神曲，乃祭九重天天神之歌，〈九歌〉歌主是西亞七星獲九曜之神，隸屬於同一集團。〈天問〉是域外文化知識的總匯。而世界文化同出一源，中國文化也是世界文化的一支。

　　而《玉溪詩謎》中，蘇雪林認為李商隱的〈聖女祠〉、〈重過聖女祠〉、〈碧城三首〉等詩，都是敍述詩人與女道士的戀愛事蹟；而那些無題詩所敍述的戀愛對象，則是宮嬪。由於戀愛對象極不尋常，關係太大，因此李商隱只得編造一大批讓人大費猜疑的詩謎。

　　舊詩創作方面，蘇雪林於1983年出版了《燈前詩草》八卷。吳姍姍指出：除第八卷為其弟婦紫娟遺詩，七卷詩作中，

最早的〈種花〉大約作於宣統元年（1909）左右，最晚的作品〈賀王雪艇先生夫人九十雙慶〉作於 1980 年，跨度達七十年。而以 1913 至 1925 的十三年間為創作高峰期，其間包括了作於故里〈山居之什〉、就讀安徽第一女師的〈柳帷之什〉、升學於北京女高師的〈燕庠之什〉，及留法期間的〈旅歐之什〉。（〈蘇雪林之舊詩創作與新詩評論〉）

蘇雪林的處女作〈種花〉有小序云：

> 余年十二歲入塾讀唐詩半本。四叔雨亭先生好吟詠，一日以〈種花〉為題，即成一絕。叔殊驚異，自是教為詩。然叔性疏嬾，為改數首，即不更教。余自摸索為之。

由此可知，十二歲的蘇雪林在四叔教詩以前便已透過涵泳唐詩而悟得吟詠之道，無師自通。她此時已遍讀《唐詩三百首》中的五絕、七絕、五言樂府、七言古風，前後大半年。其〈種花〉詩云：

> 滿地殘紅綠滿枝。宵來風雨太淒其。
> 荷鋤且種海棠去，蝴蝶隨人過小池。

若就文字而言，此詩與其說受唐詩影響，毋寧更像脫胎自李清照的〈如夢令〉：「昨夜雨疏風驟。濃睡不消殘酒。試問卷簾人，卻道海棠依舊。知否，知否？應是綠肥紅瘦。」但蘇詩不同之處在於，詩人雖也嗟嘆「紅瘦綠肥」，卻並不願意坐待紅顏老，而是具有建設性地荷鋤種海棠——首句所言「殘紅」雖未點明為海棠花，讀者卻能從第三句中找到呼應。而在種花之際，還有蝴蝶作伴，似乎蝴蝶也在殷勤期待所種的海棠早日開花，誠

然饒有童心，富於青春之活潑明朗，視李易安之閨怨大為不同。

如此一首七絕，蘇雪林卻在晚年所撰《燈前詩草・自序》中寫道：「自惡其淺俚，為存真故，不忍刪削，特收之於附刊。」此詩「淺俚」何在？原來 1906-1910 年間，清朝學部推出一系列新式小學教科書。其中《最新地理教科書》云：

> 我國地形，如秋海棠葉。出渤海，如葉之莖；西至蔥嶺，如葉之尖；各省及藩屬，合為全葉。

今人徐鵬就而指出：「這是筆者在清末民初教科書中目前所能找到的關於『秋海棠』最早的描述，即不晚於清末教育改革，教科書中已開始採用『秋海棠』這一象徵來形容中國的版圖，從而進行民眾教育與宣傳。」（〈秋海棠、桑葉、雄雞與中國〉）民元以後，「秋海棠」的描述更為普遍。此外「種花」也是「中華」之諧音。如 1941 年電影《惱人春色》中，有一首姚敏作曲、程小青作詞的〈種花曲〉，與主題曲〈鍾山春〉共同隱喻著對中國的熱愛。這般說來，蘇雪林詩的首聯乃是狀述清末的破敗局面，而尾聯「種花」則是重建國家的象徵。如此書寫，對於一個十二歲的小女孩而言實屬難能；但此後幾十年中，「秋海棠」乃至「種花」等語漸流為口號，令人叵耐，故晚年的蘇雪林重讀少作，未免產生「淺俚」之感了。

此後的〈山居之什〉、〈柳帷之什〉作於 1913 至 1919 年間，多為暑假返鄉時所作。而〈燕庠之什〉作於 1919 至 1920 年，〈自序〉云：

> 五四後，倡導新文學諸公痛詆舊詩為落伍，以為無一顧之價值，余頗以為然，遂亦不屑為舊體詩，窗課所迫，勉

強綴句，聊以塞責，既為應付之作，自亦不能出之以性靈。

當時蘇雪林負笈北京，正是五四運動影響最大之處。因此她此時無心於舊詩創作，只是為了應付功課而寫。不過蘇雪林自幼便有深厚的舊詩基礎，此際即使應付，也不無出色之作。如〈雙十節夜遊天安門〉七律：

> 閶闔巍巍儼至尊。禁城簫鼓沸黃昏。
> 三重阿閣凌雲氣，十里華燈澹月痕。
> 天子無愁猶守府，中原多難遍兵屯。
> 可憐八載經離亂，回首興亡欲斷魂。

此詩前兩聯，不難令人想起唐人名句「九天閶闔開宮殿」、「禁城春色曉蒼蒼」，以及〈古詩十九首〉「阿閣三重階」等語。而「澹」字以形容詞作動詞用，謂十里長安街的華燈遍照，令月光都顯得黯淡，措詞新穎而熨貼。然而這四句的恢宏氣象，不過為了鋪墊後文，對北洋當局作出譏刺，謂民國建國八年，卻依然內憂外患，生靈塗炭。此詩唯一美中不足者在於「猶守府」、「遍兵屯」屬對未算工穩，殆真係「應付」之作耳。

1921 年 9 月，蘇雪林從上海赴法國里昂求學，前後達四年。她在法的生活簡單平靜，只因水土不服，經常抱病。加上故鄉兄長逝世、母親生病，以及婚戀問題，令她精神頗為困擾，故而沉浸在十七、十八世紀浪漫主義文學的幻夢中。她回憶道：

> 民國十年我赴法留學，為想專心學習外國的東西，故意不多帶中國書籍，且亦真的無暇弄中國文學，詩爐的火

真的熄滅了。第二年與幾個男女同學共遊法國名勝郭城（Grenoble），看猶麗亞齊（Uriage）的有名古堡 E・R‥，又遊覽盧丹赫山（Lautaret）。數日清遊，詩興忽然大發，長歌短詠，一共做了三四十首。

這四年間，遊觀題材的詩歌就其旅法作品來說可謂大宗，此外，還有懷古、思鄉、平居、感事、贈友等主題的詩作。1922年郭霍諾波城一行留下的詩作中，最為顯眼的當屬〈猶城訪古堡〉、〈往看盧丹赫山〉及〈盧丹赫山遊記〉三首七古。茲節錄〈盧丹赫山遊記〉詩句如下：

> 山巔積雪皆綠色，物理難格羣驚猜。
> 我知仙人點金亦復能種玉，手擲藍田玉苗高成堆。
> 或者吳剛奮斧倒丹桂，廣寒一旦成飛灰。
> 八萬四千明月戶，零落遺棄茲山隈。
> 混和當年桂葉色，所以蒼翠如瓊瑰。

蘇氏將積雪想像成仙人所種的玉屑，與吳剛所伐的桂枝混合一處，因此「蒼翠如瓊瑰」。綠雪的意象在傳統詩歌中並不多見，這般著意描摹，倒營造出一定的異國風情，且與藍田種玉、吳剛伐桂等傳統典故融合無跡。

此外，一些描寫平居生活的小詩也頗堪玩味。如七絕〈同女主人閒話〉：

> 買屋溪山未五年。手栽青檜已齊肩。
> 夕陽愛看彌耶畫，幾點烏犍下碧川。

自註曰：「彌耶（Millet），法國十九世紀大畫家，慣寫田莊風

景。」首聯大約是女房東自道，尾聯則是詩人的發揮。斜陽餘暉中，莊園遠方的幾頭青牛從碧川緩步歸來，一如彌耶畫意。又如〈檀鄉溪上〉：

> 斷霞紅漾碧溪天。紫巘青林隱暮煙。
> 高柳一行斜照裡，晚涼負手聽鳴蟬。

篇幅雖小，卻色、聲、溫兼具。其色除紅霞、碧溪、紫巘、青林，還有夕陽中金色的垂柳。其聲則蟬鳴，令黃昏的鄉間更顯寧謐；其溫則晚涼，令離鄉的詩人漸覺寂寥。來法國學習文化藝術，一直是蘇雪林的夢想。如今一償所願，身處畫圖之中，自然心曠神怡。

　　自法歸國至晚年之作，編為〈爐星之什〉。一如樸月所說：「〈爐星之什〉，歷時最長，卻篇什甚少。以年事漸長，紀遊、感懷，筆力雄渾剛健，過去偶有之閒情逸趣的少年情懷，幾不復見。雖說對國事世事，仍時寄關心，但在國事蜩螗之秋，一介文人，又能如何？感慨幽憤，亦於國於世無補。她只能在『憂患如山積歲時』之際，以『不皆群鶩爭餘食，自有名山可策勳』自解，專心學術，任詩爐煙消火滅了。」(〈詩到真時見性情——蘇雪林教授《燈前詩草》讀後〉)如此論斷恰如其分，筆者就不更饒舌了。

2023.05.12.

江月詞人尉素秋

鍾山回望物華收。
燈影槳聲迷畫樓。
照見眉間風景在，
才知江月自千秋。

蘇雪林從成功大學中文系退休之際，女同事尉素秋教授
（尉音「尉遲」之尉）撰寫〈蘇雪林教授告別杏壇詩以贈之〉七
絕八首，其一云：

> 清都仙使是前身。謫向人寰爾許春。
> 雨露風霜渾歷遍，寒梅著雪益精神。

謂蘇氏人如其名，在亂世中一路走來，恰似梅花之耐寒。且如
其四〈每以直道遭謗〉，其五〈退休前忽遭姐喪〉等，皆頗能捕
捉蘇氏之神髓。

尉素秋（1908-2003）為江蘇碭山人，早年就讀南京中央大
學中文系，師從吳梅（瞿安，1884-1939）、汪東（旭初，1890-
1963）等大家。吳、汪諸公皆強調研究與創作的結合，因此當

時中央大學具有濃郁的詩詞創作氛圍。尉氏回憶 1931 年入讀央大時，吳瞿安負責「詞學通論」的課程，「教我們填詞，總是選些難題、險韻、僻調，把我們逼得叫苦連天」。吳瞿安以先難後易為説：「射人先射馬，擒賊先擒王。儻作詞只會浣溪沙，作詩只會五七言絕句，都是沒用處的。」一番訓練後，大家漸入佳境。吳瞿安拿著尉素秋的作品道：「徐州一帶，自徐樹錚死後，詞學已成絕響。現在素秋起來，又可接續風雅了。」此後，尉素秋終生填詞不斷，且喜作長調，正是拜吳瞿安所賜。

1932 年秋，尉素秋與王嘉懿、曾昭燏、龍芷芬、沈祖棻等五位文學院女生成立詞社，由於第一次聚會地點選在六朝松下的梅庵，詞社遂命名為「梅社」，象徵五瓣梅花。梅社每兩星期聚會一回，加入者漸多，「大家輪流作東道主，指定地點、決定題目，下一次作品交卷，互相研究觀摩，然後抄錄起來，呈吳師批改」。梅社成員在詞卷上不簽署本名，而是以詞牌作為筆名。如沈祖棻使用口紅化妝，故名「點絳唇」；曾昭燏是曾國藩的姪曾孫女，質樸高雅，故名「霜花腴」；張丕環吐詞鏗鏘有力，故名「破陣子」；尉素秋本就以江月為筆名，故名「西江月」。尉氏晚年所編《秋聲詞》，尚收有此時的習作十首，如卷首的〈青玉案・秋意〉：

楓林幾樹紅初透。問此日，淒涼否？

別夢依依驚覺後。

曉風殘月，淡雲踈柳。獨自思量夠。

◎韶華一逝空回首。悵望關河憑欄久。

欲訊閒情何處有？

一簾煙薄，滿庭霜厚。風雨催重九。

此作大概胎息於北宋賀鑄的〈青玉案・凌波不過橫塘路〉，尤其下片末數句，模擬痕跡較著。不過，賀詞寫春而尉詞寫秋，

一暖然而一淒然，也自有不同的姿態與風韻。

中央大學畢業後，梅社詞友各奔東西。尉素秋不久便與任卓宣（1896-1990）成婚，並前往上海擔任中學教師，依然不廢吟詠。如 1935 年中秋之夕，尉氏臥病之際回想起去年此時，三姊桂秋因病夭折，於是創作散曲〈人月圓〉兩首。其一云：

> 如煙夢境尋何處，（嘆年光）冉冉又中秋。
>
> 病懷客思，酸風苦雨，舊恨新愁。
>
> ◎天容似醉，蟾宮深鎖，桂影難留。
>
> （念此日）重泉骨冷，寒蛩泣露，蔓艸荒丘。

真可謂一字一淚，令人不忍多讀。據尉氏晚年記載，1934 年秋冬，三姊桂秋、兄長麟徵相繼辭世。故此曲所志「鶺鴒原之痛」，不僅悲姊，且兼有悼兄之意。

1937 年抗戰爆發，為梅社詞友的重聚創造了契機。尉素秋追憶：「二十七年（1938）春天，我們相聚山城，旭初師常以他的近作見示。這時伯璠、淑娟、祖棻、丕環諸友陸續入川。常追隨老師們登山臨水，飲酒賦詩。」此時大家筆下雖不復當年的青蔥心情，更多的是戰亂烽煙中的國仇家恨，但暫能以詞聚取暖，亦可謂難得。此時，尉素秋還開始在大後方發表一系列支持抗戰及闡釋三民主義的文章，逐漸顯露出政治立場。這大概也是受到其丈夫任卓宣的影響。

1945 年抗戰勝利後，毛澤東應蔣介石之邀赴重慶談判。此時，柳亞子在報紙上刊發了毛的一首〈沁園春·雪〉，並加以唱和，引發了一場「文壇地震」。蔣氏公開向國民黨員徵集這首詞的和詞，打算發起一場政治活動，批判毛的「帝王思想」。這時，任教四川教育學院的尉素秋也以「慰素女士」的名義在《和平日報》上發表了一首和詞。這大概與她當時擔任宣

傳部副部長的丈夫任卓宣慫恿愿有關。日本學者木山英雄指出，這首詞上闋責難延安的共產黨趁日軍入侵、汪精衛建立偽政權時發展勢力，揶揄毛詞評說帝王的「風騷」之裝腔作勢。下闋「柳枝」、「西風」諷刺與毛唱和的柳亞子，謂其才情雖如司馬相如，風骨卻遠不及屈原，還將其比喻為投靠李自成的李岩。（《人歌人哭大旗前》）而今人彭敏哲認為：「不論其政治立場的對錯，作為一個女性，她（尉氏）並未將自己置於閨閣情懷、兒女幽思之中，而是參與到男性的政治世界裡，這與汪東所說『睹褒姐之淫亂者，又豈能詠關雎之什？』不謀而合。」（〈梅社女性詩群的形成與承續〉）有人說尉素秋此詞「寫得簡直就如大白話」，「宛如潑婦，沒什麼水準」，「只能算是『鴉噪』」，這大抵是在政治定見下的言說，於尉氏平素所作恐怕毫無所知。1947年，尉素秋辭去四川教職返回南京，臨行前與諸生夜泛嘉陵江敘別而作〈大江東去〉詞，諸生和詞者也不乏人，可見尉氏執教期間，也引入了當年央大的唱和傳統。

　　1949年，尉素秋隨夫前往臺灣。此時她的詞作，頗能反映出國變之際的心境。如〈點絳唇〉詞：

> 民國三十八年四月，首都撤守。余奔滬受阻，滯留無錫一月，寄居國學專科學校，集前人詞句成闋。

> 疊鼓清笳（周密），
> 望中故國淒涼早（王沂孫）。
> 餘情渺渺（張炎）。
> 只為相思老（晏幾道）。
> ◎又是春歸（林逋），
> 綠水人家繞（蘇軾）。

江南好（白居易）。

冷煙殘照（張中孚）。

往事知多少（李煜）。

雖是集前人成句，卻能貼切摹畫出國府兵敗如山倒之際的詞人心影。抵臺初期，尉氏最為人知的作品大概是〈寶島婦女十詠〉正續編。其小序云：

> 來臺之後，寄寓鄉村，日與本省婦女同胞相遊處。深悉鄉村婦女，勤勞節儉，純樸天真，與都市婦女之習尚，大異其趣。適某刊為紀念三八婦女節索稿，因念目前之社會，對於明星、歌女、名女人、貴婦人以及成功之女學人、女事業家，時有文字介紹，且見諸謳歌。獨對基層勞動婦女，付之闕如。因將周遭接觸之婦女群眾，分為十類，以「竹枝詞」之通俗體裁，加以諷詠，亦中興氣象之鼓吹也。

正編十首所詠包括女工、女車掌、女教師、女公務員、採茶女、家庭主婦、女護士、女兵、女學生、尼姑。刊登後，有署名「春鶯」之詩人一一依韻相和，於是尉氏又疊和十首，是為續編。茲舉正編〈女兵〉一首為例：

> 金馬臺澎鬥志高。從軍女伴盡英豪。
> 戎裝綠映滄江水，劍氣雄於海峽潮。

此詩尾聯似對非對，出句軍衣之綠主色而柔，對句海峽之潮主聲而剛，富於張力的同時又能和諧融洽，誠然「詞句清新，百讀不厭」。

1959 年起，尉素秋在成功大學中文系任教詞選課程，賡續梅社雅集之風。如 1964 年，她便舉辦了「成功嶺夏日雅集」：「開學之後，在詞選的課堂上，我要求大家，捕捉這段鮮明的記憶，把它譜入新詞，藉留鴻爪。為了引起大家的興趣，我先填〈憶舊遊〉和〈踏莎行〉各一首，讓他們酬和。把寫作活動和休閒活動打成一片，使作品不至於空洞無物。」中文系同學共創作了〈憶舊遊〉一首、〈踏莎行〉三十六首，輯錄成冊。尉素秋又作〈滿庭芳〉為序。成大以外，尉素秋還負責東海大學和中國文化學院的詞選課，大力推廣結社唱和活動。

1971-74 年間，尉素秋擔任成大中文系主任。據當年學生徐步魁回憶：「當系主任三年我們都稱她『尉媽媽』，很少人叫她主任，在威權時代很少見，她就像個慈祥媽媽，把學生當做子女，中文系像一家人。」由於尉氏在任期間力主學術自由，鼓勵創作風氣，成大中文系師生於 1973 年創辦「鳳凰樹文學獎」，為島內大專院校文學獎開啟了先聲。草創時期，文學獎沒有固定經費，尉氏甚至捐出一部分退休金作為文學獎基金。

前此，尉素秋還曾贊助其侄尉天驄（1935-2019）從事文學創作活動。尉天驄十來歲時便隨姑母來臺，關係親似母子。1958 年時，尉素秋拿出新臺幣六萬元（當時本來準備在臺北信義區購置一透天厝），交給仍是政治大學二年級生的尉天驄接辦經典文學刊物《筆匯》。後來《筆匯》停刊，尉素秋又對尉天驄說：「你們一群年輕人聚在一起聊天、寫作很好，再辦一個刊物吧。」於是 1966 年，尉天驄又以尉素秋標會獲得的新臺幣五萬元創辦《文學季刊》，姚一葦、陳映真、劉大任、七等生、施叔青都加入了。《筆匯》、《文學季刊》兩種雜誌也因此被文學史家視為重要作家的搖籃。

1967 年，尉素秋將歷來所作詩詞選編為《秋聲集》。1976 年退休後，定居臺北木柵。對於尉素秋晚年的情形，作家黃春

明有一段精彩的描述。他在 2002 年左右：「去給老友尉天驄的姑媽尉素秋教授探病，老人家躺在床上握著我的手，仔細地看著我，我以為她沒聽清楚我的自我介紹，想要再報一次名的時候，她說：『春明的臉上有風景。』」實際上每一期《文學季刊》她都會看，故而對於這群作家都有印象。黃春明感恩尉素秋捐貲「收養了一批文字青年流浪漢，耕耘一塊文學園地」，卻始終不敢問、也參不透「臉上的風景」這句美好而詩意的表述，意義何在。翌年 6 月，尉素秋去世，耆壽九十六。

2023.05.19.

江月詞人尉素秋

考古女傑曾昭燏

漫言虎踞復龍蟠。

金粉南朝夢已寒。

簾外瀟湘雁過也，

何堪一晌更貪歡。

　　曾昭燏（1909-1964，「燏」粵音核、國音玉），字子雍，是1930 年代中央大學梅社沈祖棻、尉素秋以外另一主將。她的曾祖父曾國潢是同光大老曾國藩（1811-1872）之弟，二哥曾昭承為威斯康新大學經濟學碩士，三哥昭掄（1899-1967）為麻省理工學院化學博士，1949 年後曾任教育部副部長。由於出生書香世家，曾昭燏五歲便就學私塾，讀畢十三經，兼背誦古文詩詞，打下了深厚的國學基礎。1923 年入讀長沙藝芳中學。藝芳是 1917 年創辦的新型學校，首任校長為曾昭燏堂姊、曾國藩曾孫女曾寶蓀（1893-1978）。曾寶蓀終生未婚，認為：「一個人如果結婚，頂多只能教育三五個子女；如果不嫁人，那就可以服務千萬人。」這種為社會獻身的精神深深影響了曾昭燏。

　　1929 年，曾昭燏以優異的成績考入南京中央大學外文系，翌年轉至中文系。當時央大中文系高人如雲，曾昭燏轉益多

師，尤其受到胡小石（1888-1962）器重培養。嗣後曾昭燏又轉入南京金陵大學國學研究所深造，1933年畢業，並執教於金大附中。1935年，前往倫敦大學專攻考古學，成為首位放洋讀考古專業的女性。兩年後被授予碩士學位，畢業論文題為《中國銅器銘文和花紋》，獲聘留校擔任助教。與此同時又前往德國，在柏林博物院參加考古發掘，在慕尼黑博物院參加藏品整理和展覽設計等工作。

自德國返英未幾，曾昭燏眼見抗戰爆發，毅然來到大後方的昆明，為國效力，受聘為中央博物院專門設計委員，在雲南大理的蒼山洱海境內進行考古調查和發掘，又在四川彭山一帶調查發掘漢代崖墓，並發表了報告。抗戰勝利後，隨中央博物院籌備處遷返南京，參加戰時文物清理委員會、戰區文物保存委員會和偽文物統一分配委員會工作，是聯合國博物館協會九個中國會員之一。先後舉辦漢代文物展覽和院藏青銅器展覽。

1949年國府遷臺，曾昭燏拒絕隨行，據說胡適大嘆可惜。1950年南京博物院正式成立，任副院長，先後主持「中國西南部及南部少數民族文物展覽」、「社會發展史——從猿到人展覽」、「中國歷代陶瓷展覽」等。並兼南京大學歷史系教授，任教「考古學通論」、「秦漢考古」等課程。促成太平天國紀念館的建立，並主持發掘南唐二主陵（李昇、李璟），提出「湖熟文化」概念，為探討長江中下游地區的原始文化、商周文化作出開拓性工作。1955年任南京博物院院長兼江蘇省文物管理委員會副主任、江蘇省社聯副主席等職，以及全國政協委員、全國人大代表。有人問她怎麼還未成婚，她回答：「我早已嫁給博物院了。」

曾昭燏未去臺灣的主因，大抵一來捨不得南京博物院，二來是受到三哥曾昭掄的勸導。但1957年，曾昭掄被劃為「右派」，撤銷高教部副部長職務，發放至武漢大學監督改造。至

於二哥曾昭承身在臺灣，也令在大陸的家人受到牽連。在如此心境下，曾昭燏罹患了嚴重的抑鬱症。1964 年 12 月，曾昭燏在司機隨同下前往醫院看病。看完病出來，她讓司機把自己載至靈谷寺散心。下車時，曾昭燏給了司機一包蘋果，要他邊吃邊等。沒想到她登上靈谷塔頂後，竟縱身跳了下來。曾昭燏去世後，同仁依照遺願，將她安葬在祖堂山下——亦即南唐二陵所在處。與曾家有著戚誼的陳寅恪得知噩耗，寫了一首七律追悼：

> 論交三世舊通家。初見長安歲月賒。
> 何待濟尼知道韞，未聞徐女配秦嘉。
> 高才短命人誰惜，白璧青蠅事可嗟。
> 靈谷煩冤應夜哭，天陰雨濕隔天涯。

頷聯將曾昭燏比擬為才女謝道韞，又感慨其終生不婚。頸聯所謂白璧青蠅，一喻清白者，一喻卑劣者。典出唐人陳子昂〈宴胡楚真禁所〉詩：「人生固有命，天道信無言。青蠅一相點，白璧遂成冤。」對於曾昭燏抱屈而終，深表哀痛。

　　曾昭燏童年時便「詩賦皆佳」，可惜多已流失。1998 年，南京博物院同仁編成《曾昭燏文集》，其中收錄詩詞若干，皆為1940 年代以後之作，不及其在中央大學梅社時期所填長短句。所幸如今網路資源發達，筆者因能檢得曾昭燏在梅社所作，蓋應中學母校之邀而刊登於《藝芳季刊》，可令吾人略窺其早年詩詞風格於一斑。茲舉一二於下。如小令〈水晶簾〉云：

> 晚日登臨欲斷腸。雁南翔。望瀟湘。
> 無奈煙波遼闊楚天長。
> 聞道浩園秋正好，黃花如錦映斜陽。

曾昭燏為湖南人，少時求學於長沙。而浩園是清末民初長沙城中最大的園林之一，園中且建有曾國藩祠堂。王文韶〈敕建曾文正公祠碑〉云：「有池，水面廣袤十數畝。為橋一、樓一、亭五、臺二。池畔壘石為山，雜蒔花木，翼以回廊，繚以崇垣，垣週二百六十丈。」足見其規模。其後，藝芳女校也遷入了浩園。曾昭燏詞中不僅表達了負笈江南的自己對母校、對故鄉的懷念，還隱約表達了不負先人期許之情。長調如〈滿庭芳‧莫愁湖〉云：

> 水接天長，雲迷遠樹，寂寞野水荒村。
> 寒煙暮靄，正景色初昏。
> 佳麗湖山舊地，今惟見、墜葉紛紛。
> 斜陽外，危欄獨倚，無語只銷魂。
> ◎休論。當日事，蘭橈漫撥，柳浪輕分。
> 想暗逐香舟，多少王孫。
> 千載佳人何處，空剩得、敗藕孤蘋。
> 歸來後，珮環月夜，猶認舊波痕。

莫愁湖在秦淮河西，古稱橫塘，為南京名勝。據云六朝女子莫愁因家貧遠嫁江東富戶盧家，移居於此，故名。整體而言，曾昭燏此詞不難看出對秦觀〈滿庭芳‧山抹微雲〉的模仿，不過猶能翻出新意。如下片之「蘭橈漫撥，柳浪輕分」，就句法而言顯然脫胎自秦氏「香囊暗解，羅帶輕分」，不過內容卻出自南朝樂府〈莫愁樂〉「艇子打兩槳，催送莫愁來」，遂能緊扣題旨。又如「歸來後，珮環月夜」云云，則出自杜甫詠昭君的「環佩空歸月夜魂」之句，藉此言彼，渾融無跡。

1940 年，曾昭燏在雲南蒼山洱海從事考古工作，曾作詩數

> 萬木陰陰古寺微。玉峰重疊護雲衣。
> 蒼山遠勝吳山好，可有詞仙控鶴歸。

自註云：「生平愛白石道人『玉峰重疊護雲衣』句，以為清麗無匹，此景惟點蒼山可常見。」查南宋姜白石〈除夜自石湖歸苕溪〉七絕十首其七：「笠澤茫茫雁影微。玉峰重疊護雲衣。長橋寂寞春寒夜，只有詩人一舸歸。」清空幽雅，無與倫比。而在曾昭燏看來，雲南蒼山更能呈現「玉峰重疊護雲衣」的意境；如果姜白石乘鶴歸來，必不以其見為謬。此時曾昭燏打算將創作的幾首七絕寄給旅居柏林的友人張約廉夫婦。但直到 1979 年，張約廉才在臺灣讀到這幾首詩作，十分感慨地表示：「她從來沒有寄到柏林去！可竟然錄在這短短幾頁詩存裡！讀之令人悒悒於懷。」

曾昭燏在 1949 年以後的詩作更饒雄健深沈之致。如〈弔岳王墳〉七絕四首其一云：

> 二帝遐荒無返期。西湖花柳奉宸儀。
> 天家骨肉工心計，孝友如公那得知？

宋高宗不肯北伐金國，歷來認為是由於他擔心徽欽二帝回鑾後，自己便無立錐之地，此論並不新鮮。但曾昭燏卻將之與岳飛扣上，謂岳飛天性孝友，出於至誠，完全無法了解高宗這種陰暗的機心。如此一來，在貶斥高宗的同時又能進一步拔高岳飛，可謂翻出新意。

另一組值得注意的作品是〈讀李秀成自述手跡〉絕句四首。李秀成為太平天國重要將領，封為忠王，頗有戰功。清軍

攻陷天京（南京）時，李秀成帶領幼天王突圍，被曾國藩率領的清軍捕獲，在獄中寫下數萬字的自述後，仍遭處決。曾國藩隨後將自述原稿刪改，命人抄送軍機處，題為《李秀成親供》，共二萬七千餘字，原稿則由其子曾紀澤所藏。1951年，羅爾綱出版《忠王李秀成自傳原稿箋證》一書，提出李秀成乃是偽降，圖謀恢復太平天國。此後又有學者提出相反意見，認為李秀成是「妥協投降」。1962年，曾昭燏堂兄、東海大學創校校長曾約農（昭楸，1893-1986）在臺灣影印出版了李秀成自述手跡，內容多出七千餘字，而文字頗有異同，在兩岸引起轟動。毛讀過此書後，寫下批示：「白紙黑字，鐵證如山，晚節不保，不足為訓。」而羅爾綱認為，曾國藩當年刪改自述的原因，乃是出於「不可告人之隱」——亦即李秀成曾在自述中勸說曾國藩自立為帝；若清廷得知此事，曾氏恐怕會有滅族之災。

　　此時此刻，曾昭燏作為曾國藩的後人，在心理上必然承受著巨大的壓力。正如今人理釗所言：「無論怎樣，身為學術界重要人物的曾昭燏，作為曾國藩家族的後人，那些關於曾國藩的批判之詞，隨時都有可能在落向歷史的過程中，掉轉方向，變成一把把利劍，落到曾氏後人的頭上來，由歷史的批判，頃刻間變成現實的批鬥。生活在這種政治氣氛中的曾昭燏，如果說一點心悸沒有，而是安然自若地做她的考古學家，實在是一件難以辦到的事情。」（〈曾昭燏之死〉）因此，她創作〈讀李秀成自述手跡〉絕句四首，便不無自我澄清之意了：

> 一火金陵萬屋墟。焚身猶欲救池魚。
> 百年心事分明在，試讀名王自白書。
> （一）
> 萬家春樹感深恩。巷哭江南盡淚痕。
> 身後是非誰省識，欲從遺墨共招魂。

（二）

曠代功勳曠代才。擎天高柱復危橼。

緣何一著差終局，百戰英名付劫灰。

（三）

鴻毛岱嶽須吏事，取捨分明是丈夫。

寄語世人須著意，親仇有界莫模糊。

（四）

整體而言，曾昭燏將李秀成許為「名王」、「丈夫」、「曠代功勳曠代才」，更欲從遺墨而招魂，可見她並不相信李氏最後失節。當然，無論李秀成失節與否，都無法消泯曾國藩鎮壓太平天國的「罪惡」。但對李氏抱持肯定的態度，畢竟差可使自己站在曾國藩的對立面，表露自己的立場。故其四「親仇有界莫模糊」一句，殆為有的放矢之語。

綜覽曾昭燏現存詩詞，尚有若干〈無題〉之作，就體裁而言則七律、五律、七絕諸體皆有。味其文意，似仍有不少幽微之處值得深入探究玩索。此當俟學界諸君進一步努力了。

2023.05.26.

易安再世沈祖棻

文章新變固焱輪。
展眼鶯花又是春。
大道從來逝日返，
詩心長憶病愁身。

　　前篇已分別談及 1930 年代中央大學梅社的女社員尉素秋、曾昭燏，而沈祖棻乃是社中魁首，不可能按下不表。沈祖棻（1909-1977）字子苾，別號紫曼，祖籍浙江海鹽，出生於蘇州一書香門第。其曾祖沈炳垣為前清內閣大學士，祖父沈守謙與詞人朱彊村為友。沈祖棻幼年就學私塾，至 1925 年全家因戰亂避居上海，沈祖棻才入讀新式學堂。1930 年，沈祖棻入讀中央大學商科，翌年因興趣不合而轉入中文系。1932 年，梅社在系上教授吳梅、汪東指導下成立。尉素秋在晚年所撰〈詞林舊侶〉一文中談到沈祖棻的筆名為何是「點絳唇」：「她是蘇州人，明眸皓齒，服飾入時。當時在校女同學很少使用口紅化妝，祖棻唇上胭脂，顯示她的特色。」

　　1934 年，沈祖棻入金陵大學國學特別研究班，就學期間結識程千帆（1913-2000），開始交往。抗戰爆發未幾，與程千

帆避難安徽屯溪，並就地結縭。在當地任教的老同學蕭印唐
（1911-1996）得悉此事，慨然把自己的宿舍讓給他們當作新房。
未幾沈氏前往大後方，在金陵大學、華西大學任教。1952年，
在江蘇師範學院授課。1956年，轉往程千帆擔任系主任的武
漢大學中文系。次年，程千帆被劃為右派，下放改造。沈祖棻
仍繼續負責中國文學史、古典名著選讀、歷代韻文選、元明戲
曲研究、唐人七絕詩等課程，深受學生歡迎。文革開始，沈祖
棻失去教學工作。1976年，程千帆在平反後回到武漢，兩夫
妻雖奉命「自願退休，安度晚年」，卻總算能久別重聚。不料
好景不常，1977年沈祖棻往上海探親後回漢，竟遭逢醉駕車
禍而逝世。

　　沈祖棻少年便開始創作詩詞，後來卻因嚴謹之故，芟除殆
盡。現存最早的作品，是1933年春的一首習作〈浣溪沙〉。這
首小令使她一鳴驚人：

> 芳草年年記勝遊。江山依舊豁吟眸。
> 鼓鼙聲裡思悠悠。
> ◎三月鶯花誰作賦？一天風絮獨登樓。
> 有斜陽處有春愁。

汪東批語曰：「後半佳絕，遂近少游。」的確，吾人不難看出「一
天風絮獨登樓」與秦觀「漠漠輕寒上小樓」之句的淵源。而「三
月鶯花誰作賦」則出自梁代丘遲〈與陳伯之書〉：「暮春三月，
江南草長，雜花生樹，羣鶯亂飛。見故國之旗鼓，感平生於疇
日，撫弦登陴，豈不愴恨！」「鶯飛草長」固然早已成為描述江
南春景的套語，但若扣合上片「鼓鼙聲裡思悠悠」一句，便知
道沈詞中的「鶯花」非僅語典而已。我們不妨直接參考程千帆
的箋註：

此篇一九三二年春作，末句喻日寇進迫，國難日深。世人服其工妙，或遂戲稱為「沈斜陽」，蓋前世「王桐花」、「崔黃葉」之比也。祖棻由是受知汪先生，始專力倚聲，故編集時列之卷首，以明淵源所自。

當時東三省已經變成偽滿洲國，日軍對華北虎視眈眈。對於東北父老，以南京為首都的民國何嘗非故國，一如當年梁武帝治下的建康之於沒入北朝的陳伯之！如此看來，沈祖棻與秦觀筆下之春愁，又不可同日而語矣。由於這首〈浣溪沙〉，沈祖棻不僅在同儕間贏得「沈斜陽」的雅號，更受知於汪東，可謂其致力詞學之始，因此《涉江詞稿》將其置於卷首。沈氏這部詞稿在抗戰勝利時已經編成，並已有不少題辭。如沈尹默（1883-1971）題云：「漱玉清詞萬古情。新編到眼更分明。傷離念亂當時感，南渡西遷一例生。」歷來女詞人的確「寥若晨星」，因此評騭者往往會將之與李清照（易安）的《漱玉詞》相比。此處沈尹默別出心裁，謂沈祖棻與李易安相似之處不僅在於清詞麗句，還在於身當國難：李氏因靖康而南渡，沈氏因抗戰而西遷。至於汪東的序文，對於這位衣鉢傳人更是厚愛：「當世得名之盛，蓋過於易安遠矣。」「諸詞皆風格高華，聲韻沉咽，韋馮遺響，如在人間。一千年無此作矣。」指出沈祖棻在當世便獲大名，不似李清照於身後得名，更認為沈詞可超越易安而直追五代韋莊、馮延巳；稱譽誠然無以復加，亦可見其並不侷限於性別畛域來觀照沈氏詞作。

「斜陽」的意象，每每出現在沈祖棻筆下。今人徐明說得好：沈詞中凡有「斜陽」的句子大都傷感沉痛，寫得非常出色。比如「忍看斜陽紅盡處，一角江山」，「縱有當時燕，怕江山如此，減了斜陽」，「但傷心，無限斜陽，有限江山」等等。但斜

易安再世沈祖棻

陽總是與「江山」二字一起出現。詞人所憂慮的是世事板蕩，神州陸沉，這才有了那篇〈浣溪沙〉的總領全集，才有了《涉江詞》中殘陽如血般的蒼涼、渾壯的總體基調。(〈七七級大學生憶當年：我的一本《涉江詞》〉)尤其「無限斜陽，有限江山」一語，當時在大後方尤為傳誦。斜陽的意象，必能帶出一片廣闊的視野，但在江山的空間座標中，斜陽卻又是時間的指針，二者即使並未在沈詞中同時出現，讀者也往往會加以聯想。如另一首〈浣溪沙〉的下片：「山色休迷臨夜霧，斜陽苦戀最高枝，陰晴未定費禁持。」一語「苦戀」，不僅將斜陽擬人化，還令人想起〈離騷〉中的句子：「折若木以拂日兮，聊逍 以相羊。」在前路漫漫、上下求索之際，往往會產生時間的焦慮，憂心韶光流逝而一事無成，而浮游於這汗漫六合之中，益覺徜徉無依。

日本學者木山英雄讀過程千帆晚年為沈祖棻箋註的《涉江詩詞集》後，評論道：「我大致翻閱一過，感覺其中多詞人喜好的瑰麗詞語，很是難懂，且有千篇一律的傾向。但在有關作品的『本事』，即對這些詞之背景的種種事實的詳細箋註中，每有意想不到的解說。」(《人歌人哭大旗前》)實際上，木山所觀察到沈詞的這種特色，正見沈氏對清人張惠言詞學見解的沿襲。張氏〈詞選序〉認為詞體「緣情造端，興於微言，以相感動，極命風謠，里巷男女哀樂，以道賢人君子幽約怨悱不能自言之情，低徊要眇以喻其致」。簡而言之，張惠言以為詞體繼承了《詩經》微言大義、《楚辭》香草美人的傳統，因此如溫庭筠那些表面上書寫閨怨的詞作，卻寄託了政治隱喻。這顯然不無牽強附會。但沈祖棻說：「張惠言要求溫飛卿的，溫飛卿自己並沒有意識到，而我倒的確是按照張惠言那樣的要求，就是以男女之情，來寫對祖國人民的愛。」(章子仲《易安而後見斯人》)如《涉江詞戊稿》中的〈鷓鴣天〉八首，程千帆箋註指出「皆詠抗日戰爭勝利以後解放以前的時局」，並作出詳細解說，茲不

一一。因此，張惠言稱許溫詞之「深美閎約」，沈詞倒適足當之。

抗戰以前，沈祖棻已頗有詩作，惜亡佚殆盡。而觀其大後方時期的詩作，為數雖然不多，卻使人產生這樣一個印象：沈詩以個人生活為題材者為數較多，而較少直接觸及國仇家恨；換言之，詩、詞二體的功用，在沈氏筆下似乎顛倒過來。這大概也源於她以詞人自居罷。如她有七絕四首，詩題較長，謂1940年初夏臥病成都，蕭印唐、尉素秋相約來訪，而久待不至。等他們終於造訪時，沈祖棻已前往嘉州，因此心中悵惘而題詩。竊以其四最堪玩味：

> 酒痕舊雜淚痕新。京洛征衣更浣塵。
> 猶有薄魂銷未盡，不辭辛苦作詞人。

首句先並置兩種「痕」：酒痕是舊日歡聚所遺，淚痕是近來流離所遺；次句繼而補充：原來這兩種痕跡都留在了征衣之上。而從南京到大後方的艱苦旅途中，這件征衣還沾染了沿路的灰塵，有飽經滄桑之感。不難理解，此征衣在戰前不過是尋常服裝，舊日酒痕哪怕果真濡上此衣，也早洗滌無蹤了。而一旦軍興，常衣就驟變成征衣，染淚蒙塵。這兩種痕跡一虛一實，一象徵戰前南京之樂，一象徵烽中顛沛之苦，區區一件舊衣的意象，卻勾連了悲與喜、聚與散、戰爭與和平、時間與空間。而三句所謂「銷魂」，既可指極悲、也可指極喜的狀態，昔日的大喜、今日的大悲，都逐漸侵蝕了神魂：由此更見「薄」字之妙。在前三句的鋪墊下，末句堪稱警語──即使剩下薄薄之魂，只要尚存一絲靈明之性，也要繼續吟詠事業，記錄自己所歷所思。這比「衣帶漸寬」之語更為決絕，自勵勵人，令人激賞。

文革期間，沈祖棻臥病在家，與女兒麗則相依為命。1972

年麗則結婚搬走，卻激發獨居的沈祖棻重新執筆創作詩詞，留下一個知識分子在浩劫中的心靈史。如麗則成婚，她賦詩云「每誇母女兼知己，聊慰親朋各異方」，表達了不捨之情。收到丈夫的信，則賦詩云「文章知己雖堪許，患難夫妻自可悲」，雖然語氣低回，卻不無鼓舞之意。外孫女早早兩歲，正值可愛的時候，賦長篇五古一首，有云：

> 汝母生已遲，汝幼婆已老。
> 惟餘雙鬢白，肌肉久枯槁。
> 今日成老醜，昔時豈佼佼。
> 汝獨愛家家（湖北方言呼外祖母曰家家），膝下百回繞。
> 喜同家家睡，重愁家家抱。

固然孳乳於西晉左思〈嬌女詩〉，活潑生動的同時又不無自嘲之意。而篇末又云：

> 家家老且病，難見兒長時。
> 賦詩留兒篋，他年一誦之。

誦讀之下更教人動容，難怪詩成後眾口交譽，如朱光潛（1897-1986）言「獨愛長篇〈早早詩〉，深衷淺語見童心」即是。此外，沈祖棻又與央大同學游壽重拾聯繫，詩詞酬答，甚有滋味。復如1973年冬，閒居中懷想故人，乃作〈歲暮懷人〉七絕四十二首，不僅讓讀者了解詩人的心緒，也可窺見當時知識分子的各種遭遇，好似一軸水墨長卷。

沈祖棻詩詞中不僅多有「斜陽」一語，還時見「車輪」的意象。如〈浣溪沙〉「赤豹文狸隨霧起，焱輪飛轂共雷殷」、「蠟燭煎心空替淚，車輪碾夢總成塵」，〈謁金門〉「馳道雷車轉疾，

欲挽焱輪無力」云云。被迫退休時所作〈優詔〉詩，也有「作賦傳經跡總陳，文章新變疾飆輪」之句。或以為如此意象彷彿「詩讖」，預示了她魂斷車輪之下。此説似有危言所聽之虞，但無論如何，沈祖棻之死必然加強了程千帆為箋註出版《涉江詩詞集》的信念，也使他最終決定離開武漢這個傷懷地，重回南京。沈祖棻故世四十年來，聲名日增，其在天之靈固應一笑置之；唯其若知外孫女早早克紹箕裘，且致力於外祖父母遺著之整理，欣慰更當何如！

2023.06.02.

金石書家游壽

本是人間萼綠華。
因緣偏使繞風沙。
白山黑水夫何陋,
南望滄溟不憶家。

1930 年代南京中央大學沈祖棻、尉素秋、曾昭燏等女生成立梅社不久,另一位來自福建霞浦的才女游壽(1906-1994)也加入了。游壽字介眉,一字戒微,高祖、曾祖皆高中進士,父親游學誠則是舉人出身,於清末民初活躍於福建教育界。五四運動爆發之際,游壽與一些同學熱烈響應,因而一度遭當地政府追捕。1920 年考入福州女子師範學校,1928 年入南京中央大學中文系深造。據說游壽身形瘦小、生性活潑而「神通廣大」,在女同學間被暱稱為「猴子」;加入梅社後,社員索性將她安上「齊天樂」的詞牌,蓋與「齊天大聖」名號相同之故。此時的游壽在參與吟詠之餘,也和曾昭燏一樣,拜胡小石為師,於金石文字鑽研頗深。

中央大學畢業後,游壽在廈門集美師範學校任教。1934 年又考入金陵大學文科研究所,在南京匯文女子中學兼課。

1936 年，游壽獲得文學碩士學位，論文題目為《殷周秦漢神道設教觀》。抗戰爆發後，游壽前往大後方。1941 年在四川女子師範學院任教，主講中國古典文學。1942 年，受曾昭燏之邀請參加中央博物院籌備工作，一起整理青銅器，後任博物院館員，完成《李德裕年譜》等研究著作。1945 年，轉入中央研究院史語所圖書室工作，撰就〈金文策命文辭賞賜儀物〉、〈漢魏隋唐金石文獻論叢〉、〈塚墓遺文史事叢考〉等文。1946 年回到南京，擔任南京圖書館金石部主任，並任教於中央大學中文系，撰〈墓誌之起源〉、〈說鬮〉等論文。

1951 年，游壽隨丈夫陳幻雲（1894-1963）調往山東，任教於山東師範學院中文系。1957 年，為躲避政治打擊，與陳幻雲主動要求「支邊」，調入哈爾濱師範大學，先後執教於該校中文系、歷史系，講授考古學、古文字學、先秦文學和書法藝術等科。與此同時，又致力於黑龍江考古工作，探討鮮卑文化起源問題，發表了《拓跋魏文化史稿》等論著。文革期間，游壽被批鬥、抄家，一度下放至農村落戶，所幸最終挺過了十年浩劫。

1978 年，游壽宣導成立黑龍江省書法篆刻研究會，翌年又在研討會上提出鮮卑石室當在嫩江流域的推斷。1980 年，學者依據她的研究指點而發現嘎仙洞鮮卑石室祝文遺跡，被譽為新中國重大考古發現之一。游壽是著名的書法家，師承李瑞清、胡小石的「金石書派」，晚年在書界有「南蕭（蕭嫻）北游（游壽）」之譽。1994 年，游壽逝世於哈爾濱，享年 89 歲。

游壽早年雖是梅社成員，但正式發表的詩詞極少。執教廈門集美師範學校時，與謝冰瑩一起創辦文學月刊《燈塔》，但除在創刊號上發表散文〈深宵斷片〉外，罕見其他作品。不過，謝冰瑩在《女兵日記》中將游壽稱為詩人，可見當時她已以吟詠著稱。抗戰時期，游壽將由閩赴渝半月行程的沿途所見所感

寫成〈閩渝紀行〉，連載於《斯文》半月刊。又將自作詩詞抄錄為《沙谿集》、《白沙集》。如有五絕一首，題云：「十月十五夜城下望月，見隔岸山中多野祭，哭聲甚哀。」其詩云：

獨立城堭下，寒泉激清瀨。
山風吹哭聲，野祭懷征旆。

十月十五為下元節，是道教中「水官大帝」——即大禹王的生日。相傳水官會在當天降臨人間，為民解厄。時值日軍對大後方狂轟濫炸，百姓死傷甚多，其家人遂在此日舉行野祭，表達對親人的哀悼。在游壽筆下，野祭的哭聲隨風飄來，更令人期盼國軍早日戰勝敵寇。在大後方，游壽與央大同學沈祖棻重逢，二人時有唱和。如當時詞人吳白匋（1906-1992）有〈雙雙燕〉一首，自謂「有華屋山丘之感」——對於連天烽火，這種興衰無常、人生莫定的嗟嘆，是不難想像的。沈祖棻深有同感，於是依調步韻云：

海天倦羽，又苔井泥香，柳花如灑。
紅英落盡，忍憶故臺芳榭。
深巷斜陽欲下，更莫說、當時王謝。
尋常百姓人家，一例空梁殘瓦。
◎聊借。風簷絮話。甚消息沉沉，繡簾慵掛。
移巢難穩，是處雨昏寒乍。
無奈鄉愁苦惹。枉盼斷、年年春社。
朱戶有日雙歸，卻恐歲華遲也。

整首詞作扣著劉禹錫「舊時王謝堂前燕，飛入尋常百姓家」的詩意，表達了對故都南京的懷念，以及滯留他鄉、年華虛擲的

感慨。游壽讀到沈詞後，又再和一首：

> 漢宮比翼，看春到人間，水邊瀟灑。
> 風流未盡，應記故遊臺榭。
> 樓外雙飛上下，問劫燼、烏衣王謝。
> 只今更有誰家，慢怨昭陽霜瓦。
> ◎空借。南枝對話。縱繡戶朱簾，倩何人掛。
> 呢喃音穩，似說畫樑安乍。
> 花絮勝絲莫惹。且結住、峨嵋新社。
> 銜得雨潤春泥，便算換巢歸也。

相對於沈祖棻的鼠思泣血，游壽此詞雖亦不乏國仇家恨，卻更
有此心安處是吾鄉的豁達：相對於漢宮昭陽殿，六朝王謝烏衣
巷也不過是燕子的新居而已。滄海桑田、朝代更迭，在懷念南
京的故遊臺榭之餘，也應該把握當下，珍惜這「峨嵋新社」。
所謂言為心聲，幾位留在大陸的梅社成員中，唯有游壽享遐齡
令譽而終，從這首〈雙雙燕〉中似乎就可看出一些端倪。

　　不過，1940 年代的游壽更有年少氣盛、尖酸善謔的一面。
抗戰爆發後，傅斯年負責中研院西遷之工作，最終選址於四川
南溪李莊。1943 年，傅斯年將游壽借調至史語所，本欲加以
培養。但傅氏在行政上雄才獨斷，在學術上主張運用西方理論
與方法建立起「科學的東方學」；游壽則特立獨行，繼承了胡
小石等人的舊學。兩人的摩擦不可避免。影響所及，游壽雖然
寫成數篇學術論文，卻甚難獲得出版的渠道。因此在 1945 年
12 月，她以史語所為背景而寫成〈伐綠萼梅賦〉，加以諷喻。
其小序云：

> 壬午之冬，來遊西川，寄居詠南山館。亞門香飄雪

曳，冰肌玉質，顧視綠萼梅一株，蟠矯傴僂，長自瓦礫。
南枝如鵬翼垂雲，伸覆牆外，蓋上有樟楠竹桂蔽雨露之
澤。草木有本性，槎枒以望生。明年，余移居海紅花院。
又明年夏，主人伐而去之，曰：「枝幹虯困，傷籬籓也。」
余默然久。蘭芷當門，鋤而去之，此言不虛。乙酉冬，余
居馭仙草堂，又出入山院，門庭無改，獨不見故枝。羈旅
門牆，感草木雖無言，而性靈或有同者，遂賦之。

游壽顯然自比為這株生於瓦礫的綠萼瘦梅，儘管被樟楠竹桂等
植物遮蔽了陽光雨露，卻依然有求生的欲望。但是，這株梅樹
在惡劣環境下長得奇形怪狀，終於被主人砍伐而死。而其賦文
有云：

> 薰蕕臭味既殊趣，情濁浮沈又甚分。何庭堂之蕪穢，
> 孰紉佩之繽紛？未據要路，且非當門。急斧斤以摧枝，雜
> 畚插而鋤根。何藩籬之森固，戕嘉木之天年。恣榛莽之暢
> 茂，任蔓草以裒延。

在游壽看來，傅氏等人高據要津，排斥後進，令人不齒，自己
絕不與之為伍。不僅如此，游壽更在 1946 年 3 月初自行離所，
之後才寫信向傅斯年請假。其文云：「平生志在為學，豈效區
區作駑馬戀棧耶？豈效無賴漢專以告訟為事？即日離渝歸東
海。」難怪傅斯年讀後，表示文中有刺，「使人看見火起」。此
時，史語所剛好編成《六同別錄》三冊，共收錄二十七篇論文。
傅斯年一怒之下遂將游壽的文章〈塚墓遺文史事叢考〉「用刀割
去」，重新黏貼封面、目錄。（事件經過詳見岳南所著《南渡北

歸》）如此情狀，顯然也是游壽後來拒絕前往臺灣的主因之一。

1949 年後，游壽在教研工作之餘，依然堅持詩歌創作。如在東北所寫〈牡丹江雜詩〉四首：

五月南風百花薰，雙鬟嬌女採花勤。
北山玫瑰與萱草，小枝低亞拂紅裙。
（一）

道似江南好風景，峭壁斷岩火樣紅。
風雨摧鑿新盤道，古藤交柯碧玲瓏。
（二）

十載江南不憶家，此山此水似江南。
翻憶家山海浪闊，黃魚上席杯酒酣。
（三）

脫略漢槎吳下士，狗站靺鞨薩滿歌。
解得呂安垂翅意，蓴魚美膾未足多。
（四）

諸詩不多講究格律，有竹枝詞風味，從風景、勞作、宗教、美食等方面反映出東北的民生狀況，但與此同時也表達了自己對福建故鄉的懷念之情。

文革後期，游壽與沈祖棻在失聯多年後重新通訊，時有詩歌贈答。如沈祖棻寄詩〈歲暮懷人〉云：

閩嶠才調早知名。口角鋒芒四座驚。
牢落孔門狂狷士，一編奇字老邊城。

對於游壽早年辯才無礙的「口角鋒芒」，依然記憶猶新。而游壽答詩云：

> 柳邊霜露誤浮名。糊口傴僂莫相驚。
> 齒爪雖存心已冷，敢將姓字入長城。

表示自己身處浩劫，早已無意於學術，只是偶且偷生而已。不過未幾，總理周恩來向國家文物局長王冶秋詢及國內能識甲骨、金文者有幾人，王氏所舉不及十人，東北地區則游壽一人而已。游壽得悉此事，有感於曾昭燏、楊白華等好友皆「自絕於世」，遂作七言古絕一首云：

> 聞徵奇字問子雲。江南彈射久紛紛。
> 交親零落者宿盡，不知何人作殿軍。

在傷逝之餘，也不無自勉之意。這段時期，游壽與沈祖棻尚有不少酬唱之作，茲不一一列舉。

文革結束後，游壽寫了一首五古〈種樹人〉，表達了自己對教研工作的不變的初心：

> 華嶽與衡山，蔚蔚樹參天。
> 中有杞與梓，巨廈棟樑幹。
> 東園桃與李，春花開漫爛。
> 垂垂夏果熟，美色紫黃丹。
> 羅列几席上，嘉賓列杯盤。
> 冷藏輸出國，海潮送新船。
> 桃李無言者，下自蹊徑連。
> 辛勤種樹輩，如何十七年。

灌溉捕蟲害，育苗護籬垣。

常恐霜雪至，烈風或摧殘。

民謠可借鑒，「種樹十年看」。

放眼山河內，種樹人萬千。

焚膏夜繼日，薪盡又火傳。

游壽在詩後附記云：「余家一領青氈，自高祖至侄女安東，四世矣。應景為是篇，薪盡火傳是也。」與曾昭燏輕生、沈祖棻死於車禍相比，在耄耋之年迎來另一個學術豐收期的游壽，無疑幸運得多。

2023.06.09.

金石書家游壽

閩東女史王閑

陶謝王韋最可師。

筆端自有傲霜枝。

桃源此去無多路，

誰耐天寒翠袖姿。

前文提及的女性詩人多曾在南北二京求學，而就籍貫或定居處而言，則以江浙為主，如周鍊霞、陳小翠、蔡德允、褚問鵑、蘇雪林、尉素秋、沈祖棻等皆然，這與江南地區的書香傳統關係甚大。再如唐怡瑩、曾昭燏雖非江南人士，但出自世家，故從小受到良好教育。值得注意的是，八閩一帶自唐宋以來也是一人文淵藪，兼以近代成為僑鄉而得風氣之先，故如游壽雖出自閩東霞浦小城，卻因家學淵源而大有造化。本篇要介紹的另一位閩東才女，則是祖籍侯官的王閑。

王閑（1906-1999）字翼之，其父王壽昌（1864-1926）曾留學法國，民初時任福建省交涉司司長，為當地著名文人、翻譯家，曾與林紓合譯《巴黎茶花女逸事》。王壽昌十分重視子女的教育，對七女王真、八女王閑尤其珍愛，曾賦詩云：「吾家真與閑，賦性頗奇特。從不理針線，而乃耽文墨。」王真、王

閑少時便師從周愈學畫，又從鄭容（無辯）、何振岱（梅生，1867-1952）學習詩古文辭及古琴。何氏女弟子為數不少，有「八才女」、「十姐妹」之名目。大家曾組織壽香詩社，多有唱和。其後，王閑負笈北京培華女子中學，曾與王真參加北京中山公園的畫展。1929 年，何振岱次子何知平（維灃，1901-1995）從法國學成歸來，與王閑在上海成婚，兩人其後育有四女一子。何知平先後擔任北平平綏鐵路局會計課長、監察使署秘書、中法大學講師等職。1937 年北平淪陷，曾一度避居天津。1939 年，何知平回到北平自來水公司任職，全家旅居京津前後近二十載。1948 年，舉家遷回福州老宅。王閑在家課子，並侍奉公公兼師父何振岱，至 1959 年於福州美術工廠從事繪圖工作以謀生。文革時期，家中大量藏畫被抄走或燒毀。浩劫過後，何知平於 1978 年獲聘為福建師範大學外語系法語教師，王閑則於 1982 年受聘為福建文史館研究館館員。兩夫妻皆享遐齡以終。2011 年，四女何琇為避免著作散失，廣泛蒐集其母王閑的詩詞書畫作品，並附以其父何知平的《養源室詩詞稿》，梓行於世。

王閑早年便將作品結集為《味閑樓詩》、《味閑樓詞》。著名詩人陳曾壽（1878-1949）為其作序，提及「為詩者既有其才，尤必深之以學」，並稱許王閑「殆非尋常閨閣所能限」，且云：

> 其天性純厚，興感哀樂，不出人倫日用之間，皆得其正而協於風人之旨。古體尤趣博味永，風骨遒上。其長短句無纖巧輕倩之語，亦無近人堆砌晦澀之習，有白石之清雅、易安之本色，詞中可貴之品也。蓋不以才華見長，非篤於學而資之深者不能也。

此外，同光詩壇大老陳衍（1856-1937）也在《石遺室詩話》稱

許王真、王閑姊妹，強調二人與何振岱的師承關係：

> 梅生詩詞幽遠精深，一時罕有其匹，真詩人之詩也。
> 二女經其陶鑄，所作雜置梅生集中，幾不能辨。

當時王閑年未三旬，能得到遜清詩翁青睞如此，可謂難能。陳衍認為王閑之詩「閒適自喜，專學陶、韋」，這與陳曾壽以其古體「趣博味永，風骨遒上」所見略同。陳衍舉王閑之五古〈曉月〉曰：

> 高樓曠野氣，憑闌好時節。
> 何以慰寂寥，愛此下弦月。
> 素星已半落，清輝猶未絕。
> 懸嶺疑有無，依雲欲明滅。
> 曙色正相催，佳景幽難說。

誠然接近陶令「眾鳥欣有託，吾亦愛吾廬」之意境，然其著墨於殘夜景色，又可謂別出機杼矣。若就用字而言，竊以為第三聯可謂恰到好處。「懸嶺疑有無」顯然出自王維〈漢江臨眺〉的「山色有無中」一句，但此處所描寫的乃是夜景，山容不見乃是因為月色昏暗，而非雲氣太盛。非唯如是，此時的雲氣反而把吸納的月光投射於山體，導致山容明滅無定，一個「欲」字，意態全出。與王閑同齡的著名學者鄭騫（1906-1991）在〈詩人的寂寞〉一文中寫道：「千古的詩人都是寂寞的，若不是寂寞，他們就寫不出詩來。」又說：「只有寂寞，是苦悶漸趨舒緩，悠閒無所棲泊時的心情。」而〈曉月〉詩以觀覽殘月來慰藉寂寥，恰與鄭氏所言桴鼓相應。此時此刻，女詩人甚至擔心曙光過早

來到，破壞了這一派幽玄之美。

王閑學陶，固得其「閒適自喜」之意；又因其為畫家，故能把握王維「詩中有畫」的神韻。如七絕〈春陰〉云：

> 雲煙漠漠暗江濱。暝色連天更惱人。
> 一縷斜陽明樹外，卻能寫出幾分春。

春光難得而堪惜，卻被這連天的漠漠陰雲所耽誤了，故云「惱人」。然而，惱人的春光卻又充滿了驚喜，這不，它又讓陰雲乍開一縫，從天外溢出一縷斜陽的殘照。這縷殘照灑在樹梢，使葉子顯得更加鮮明亮麗，彷彿整個春天便鍾注於這棵樹上。而那縷陽光卻又像一管造化之筆，在黯淡窮陰中繪出了一樹青翠的春天。類似的意境也出現在王閑的詞作之中。如〈點絳唇‧江樓晚眺〉：

> 薄暝樓頭，長空蒼靄凝寒色。
> 野鷗飜白。點破江天碧。
> ◎佳句題成，好景收吟筆。
> 蘭燈熄。新蟾窺客，有意穿簾隙。

同樣是描繪相似的天氣，但這回打破一派窮陰的不是陽光，而是野鷗。在那亦灰亦碧的無邊蒼莽中，整個世界彷彿就凝固了。而這時幾點野鷗飛過，那流動的潔白便予人以清新之感。隋煬帝〈夏日臨江〉頸聯：「鷺飛林外白，蓮開水上紅。」出句依稀似之。下片寫到晚間景象，當燈火熄滅後，一輪明月穿簾而窺人（用蘇軾〈洞仙歌〉「繡簾開，明月一點窺人」意），灑在地上變成斑斑點點，猶如未熄滅前的燈火，又像黃昏中看到的野鷗。整首詞作在色調上有「化整為零」的漸進之美，而使用

入聲韻，似乎也呼應著這一抹抹的色點光斑，不知是否有意為之。

　　1949年後，王閑的詩詞創作頻率下降了許多。她受到的那些衝擊，很少形諸筆端——即使創作，也依然維持著一路以來的恬淡素淨之風。如創作於1976年秋的〈鷓鴣天·丙辰重九，筠軒讌聚，賦贈倩石〉云：

> 翠巘雲開已展眉。袷衫天氣賞秋時。
> 籬邊採菊愁都遣，竹裡行廚醉莫辭。
> ◎邀舊侶，唱新詞。吟情不為世情移。
> 願君筆底花長燦，漫把吳霜著鬢絲。

當年重陽節為10月31日。而10月6日，四人幫集團遭到粉碎，中國進入新的局面。在如此大環境下，王閑才有機會參加讌聚，「邀舊侶，唱新詞」。所謂「展眉」，未必無一語雙關之意。下片數句，字字是賦贈，字字又是自道。「吟情不為世情移」，表示自己熱愛詩詞創作之心，不會因時局而改變。而「筆底花長燦」不僅是對友人倩石的祝願，同時也是自我期許。倩石讀畢，其會心一笑乎！

　　王閑之愛菊，其來有自。少時詩社名「壽香」，何振岱便指出是「同人祀陶所由名也」。陶淵明獨愛菊，社中諸才女皆瓣香之。而王閑詩詞中詠菊之作便為數不少。不僅如此，她還贈菊予人。如陳曾壽便有〈何堅廬夫人贈菊〉二首，其二云：「贈比瑤華重，還濃壹室秋。遺芳成遠負，晚節若為酬。大漠妖氛豁，冰天雁影收。我魂招未得，對酒恨淹留。」和陳曾壽一樣，王閑也看重菊花的「晚節」之象徵。故前引〈鷓鴣天·丙辰重九〉中「籬邊採菊愁都遣」一句，固然是重陽即景，卻也不無「菊殘猶有傲霜枝」的自得。1983年，福州小西湖舉行菊花展，

王閑有句云：「都道拒霜耐久性，獨憐清麗勝春芳。」以花喻人，可比處雖在晚節，但秋菊仍有佳色，而保有晚節之人卻鬢髮成霜，此又不可比處矣。

步入 1980 年代，王閑先後將近作及早年作品編成《味閒齋詩稿續集》、《心印草稿》、《翼齋詩草》等。其謙稱云「小詩俚句，不足問世，聊當影集，以誌鴻爪」，不過篇數也頗為可觀。相形之下，其夫何知平雖也幼承庭訓，但長年為口奔馳，作品數量就頗為不及了。就集內所見，也有與王閑的和詩。如1958 年農曆十月十四，兩夫妻侍母賞月，王閑作七律云：

> 永夜團欒作道場。攜樽插菊更焚香。
> 月明滿院憐花影，人靜空庭斂夕光。
> 坐對同心商酒意，捋將美景入詩腸。
> 歸途餘興尤清絕，話舊閒行履碧霜。

何知平答云：

> 小園石畔吹燈飲，粉壁同看菊影清。
> 美酒未酣人勸續，晚風乍冷雁飛鳴。
> 開懷靜覓花間趣，聯袂微吟樹底行。
> 淺醉不忘今夜景，爐香裊處月華明。

如此時世，如此雅興，也難怪這對伉儷能處變不驚、福壽同歸了。

2023.07.07.

女中稼軒陳璇珍

鐵馬金戈聲已沉。
香江老盡故人心。
休云彤管多變徵，
婉約須從詩裡尋。

陳璇珍、馬維岳夫婦
與公子合影

從王土到共和——「清末一代」古典詩人淺談

　　1959 年，香港女詞人陳璇珍（1910-1967）出版《微塵館詞鈔》，自序云：「民國以還，女詞人亦寥若晨星，僅推呂碧城（1883-1943）、張默君（1884-1965）、陳家慶（1903-1970）、茅于美（1920-1998）、徐自華（1873-1935）數人而已。」然據今人徐燕婷的統計，民國女詞人之詞集便有近七十種之多。且就陳氏所言此數人觀之，茅于美生於民元以後，呂、張、徐三人則乃年輩較長之新女性，清末之世已開始工作、甚至參與革命活動。與陳璇珍同屬「清末一代」者，唯陳家慶一人。如央大梅社的尉素秋、曾昭燏、沈祖棻、游壽等，皆與二陳年齡相仿，陳璇珍卻未有齒及。筆者以為如此情況蓋因五四以後，詩詞體裁邊緣化、流派碎片化，兼以戰亂接踵，故而創作者之間不易互通有無。其次，不論文學或出版原因，這些創作者在盛年之際多未將作品結集付梓，偶有片鱗隻爪發表流傳，也未必能引

起文壇的廣泛關注。而陳璇珍能在上世紀四、五十年代先後出版兩本詩詞集，已屬難得。此外，筆者在陳氏《微塵吟草》中檢得一首〈惜分飛〉，小註云：「褚君問鵑，江南才女也，承贈詩數首。丙戌夏，余南行，有感賦此惜別。」詞云：

> 荔子灣頭商滌暑。忽作銷魂別處。
> 君是多情雨。淚痕點點留人住。
> ◎不恨相逢時已暮。恨我忽忽又去。
> 握手更相覰。詩箋寫盡斷腸句。

丙戌即 1946 年，當時褚問鵑正任職廣州，兼以陳璇珍亦軍界人物，因此二人惺惺相惜，不難理解。所可惜者，褚問鵑贈予陳璇珍之詩，今已難覓矣。就本系列談過的女作家而言，如褚問鵑、蘇雪林、尉素秋、蔡德允的詩詞皆在晚年方才出版，曾昭燏、游壽、唐怡瑩、周鍊霞等更是生前從未正式出版詩詞集，作品頗有散佚。僅有陳小翠、沈祖棻二人與陳璇珍相似。沈祖棻負笈央大時已是梅社魁首，1949 年又梓印詞稿，但其作品廣為傳布卻要到她去世兩年後、夫婿程千帆為她箋注《涉江詩詞集》之時。其敘錄云：「先室沈氏夙工吟詠，然未嘗輕以所作示人。及不幸逝世，余陸續刊布其遺著，始為海內外所共知。」因此，活動於粵港一帶的陳璇珍不了解如此狀況，是很正常的。

陳璇珍祖籍廣東大埔，生於印尼蘇門達臘。少承家學，浸淫辭章，最喜讀詩詞與新詩。及笄之年回國，負笈廣州中山大學法律系，課餘拜文壇耆宿黃榮康（祝蕖，1877-1945）為師，於詩詞吟詠頗下一番功夫。因璇珍愛辛棄疾詞，下筆亦每每效其風格，與一般閨閣詞人甚不相同。又善丹青，尤工松樹，下筆渾厚古拙。畢業後，歷任廣州民生中學校長、惠陽女子師範

國文教師、桂林道慈中學國文教師、財政部食糖專賣南寧分局業務科科長。抗戰軍興未幾，與國軍將領馬維岳在漢口結縭，新婚一週便因戎馬倥傯而話別。任三十二軍法官，二十集團軍總司令部秘書，主持《抗戰導報》。轉戰大江南北，曾獲殊勳。勝利後，國府聘為參政員。自此潛心著述，精研詩詞。大陸易幟後，隨夫遷居香港，為風社之主力，與詩畫同人多有交流唱和，曾多次在本港及新加坡、吉隆坡、檳城、怡保等地舉辦演講及畫展，並於各大報章發表詩文。如 1957 年 8 月 27 日起，陳氏一連六晚在電臺播講詞學，講稿後題為〈詞學漫談〉發表。除了詩詞書畫的主題外，陳璇珍一直關心婦女問題，曾擔任潮汕文教聯誼會婦女部主任，於 1958 年 5 月在聯國港協會發表〈人權與婦權〉的演講，批評當時婦權「並未受到真正的尊敬和社會所重視；婦權未能伸張，是人權的諷刺。為什麼同工不能同酬，這是女性的不幸，也是人類的污點」，且指出女性受到桎梏而才華未能表露。陳璇珍與張紉詩（1912-1972）齊名，張擅詩、陳擅詞，故時人分別有「詩姑」、「詞姑」之戲稱。（郭偉廷〈盧前王後話詩姑詞姑〉）及陳璇珍去世，張紉詩贈以輓聯云：「萬億里天上人間，倘得重逢，分我騷壇一席；多少輩盧前王後，都成長往，羨君詞筆千秋。」

　　1959 年，徐文鏡為《微塵館詞鈔》作序，謂陳璇珍「詞學稼軒，有挾山超海之勢；更欲挽天河而攬日月，稼軒雖狂，莫能過也。」雖不無過譽，然陳氏自序亦稱「於稼軒雄奇瑰偉之概，黃鐘大呂之音，景慕彌切，致力學步」。這正是時人對陳氏詞風的典型印象。1938 年秋，陳璇珍隻身北上，投商震將軍（1888-1978）二十集團軍麾下，「由是足跡遍粵湘鄂豫，更參與徐州蘭封羅王諸役，關山戎馬，彈雨槍林，奚囊必俱，有所閱歷，輒盾鼻磨墨，詩以紀之，詞以歌之，胡笳羌笛，鐵撥銅琶，語雜雄快，聲情激楚」。（黃棪〈微塵吟草序〉）茲舉陳

氏作於此時的〈浣溪沙〉為例：

> 畫角聲聲動壯思。城頭堞上展旌旗。
> 少年鞍馬兩相宜。
> ◎仗策出關真勇士，揮戈守土是男兒。
> 憑君聽取岳王詞。

其慷慨激昂，自不待言。今人徐燕婷認為民國女詞人的創作有蘇辛詞風轉向的現象，其根源乃是女詞人得益於現代教育，受過系統的詞學訓練，打破了傳統純任性靈的學習填詞模式，逐漸形成在一定詞學思想指導下的創作實踐。她們在創作實踐中提倡豪放與柔婉互濟，推動女性詞從附庸地位匯入詞壇主流。（〈民國中後期女性詞的蘇辛詞風轉向及其詞史意義〉）可謂獨見。如汪東評騭其門人尉素秋的詞作，便稱其「音節抗爽，與祖棻之淒麗婉曲者異」。相較之下，陳璇珍更有隨軍轉戰的切身經歷，形諸吟詠，不在話下。不過綜覽陳氏詞集，這種金戈鐵馬之聲雖然突出，卻畢竟數量有限，蓋其應物斯感、因時而發也。觀其居港後所作，則易悲壯為曠逸，如〈念奴嬌·漫遊梅窩〉，上片謂「向梅窩尋覓，梅花消息」，下片則云：

> 縱眼天末游龍，翻騰巨浪，捲起滄桑跡。
> 脈脈孤情誰省記，祇有詩魂知得。
> 萬斛愁來，都付一醉，未信人間窄。
> 臨風笑問：月明今夕何夕？

其語意仍有東坡〈赤壁懷古〉的意趣。然梅窩相傳為南宋幼帝端宗夭折之處，梅花又被國府奉為國花，故「梅花消息」一語，蘊藏多少故國之思。於今人在天末，追憶往事，唯能在舊日辭

章中尋覓痕跡。篇末「月明今夕何夕」雖是笑問，但也笑中帶淚，於曠逸中仍有幾分不釋之念。

不過在軍旅之中，陳璇珍也不乏婉約詞作。如〈一斛珠‧民廿九年夏青山灣軍次偕諸友遊桃源洞〉云：

> 劉郎老矣，蕭騷一片無情緒。
> 落花流水歸何處。借問漁人古洞誰為主。
> ◎世事滄桑知幾許。殘碑斷碣渾難數。
> 遣愁呼伴興歌舞。添得痴心萬斛傷時苦。

1956 年，陳璇珍在報上連載〈錦繡的桃源〉一文，追憶當年湖南桃花源洞之行。原來 1938 年冬，陳氏所在的二十集團軍總司令部奉命由南昌移駐桃源縣，因此才得以與同僚在餘暇中遊覽桃花源。了解背景後再讀此詞，就不難看出詞人面對這著名的美景全無耽戀隱遁之情，而依然「傷時苦」。誠然，在敵軍步步進逼之際，何處更能逃世容身？唯有奮力抗擊而已。此外，陳氏於 1964 年曾以〈評張惠言的詞論〉為講題，指出張氏所推舉的溫庭筠並非詞家最高者，而南唐君臣也非雜流。她認為張惠言的問題主要在於：（一）對宋代詞人有偏見，（二）有自尊自大之非，（三）分析詞作頗有曲解。如此看來，陳璇珍的婉約詞與沈祖棻之作雖同有幽微寄意，但詞學見解與書寫策略又有相異之處。

陳璇珍尊夫馬維岳將軍，原籍廣東新會，1920 年與堂弟維仲一起入讀港島拔萃男書室。1927 年畢業後負笈日本士官學校，專修工兵科。學成回國後追隨張發奎將軍（1896-1980），曾任第四軍高級參謀及柳州邊防司令，於抗戰中建樹良多。陳璇珍詩詞集內多有贈夫之作，最早大約是 1938 年的〈鷓鴣天〉，其小註云：「廿七年七月十四日與維岳結縭，後一週即話

別，寫於漢皋。」詞云：

> 並蒂花開燦爛時。角聲驚起繡羅幃。
> 離懷潭水難為喻，淚向楊花折一枝。
> ◎愁萬斛，酒千巵。個中滋味幾人知。
> 今宵羞對鴛鴦錦，纔賦新歡又別離。

老杜〈新婚別〉尚是模擬新嫁娘的口吻而作，陳氏此作竟是現身說法矣！而正因此契機，令陳氏同樣投筆從戎，在沙場上與夫君遙相為伴。陳璇珍雖以填詞名世，亦有不少詩作，且詩集中贈夫之作更為頻仍。如〈送別維岳〉：

> 一夜悽悽未敢聽。傷春惜別杜鵑聲。
> 庭前紅紫都憔悴，恨煞垂楊不縮人。

相對其詞作而言，竟更饒溫存宛轉之致。又如〈寄維岳〉一首，小註云：「壬午冬，維岳以自來水筆鉛筆各一相寄，題此用誌不忘。」詩曰：

> 誰將彤管合鴛鴦。萬里傳來用意長。
> 應是姮娥留指爪，與儂描繪紫薇郎。

壬午即 1942 年。「彤管」一詞出自《詩經·靜女》，傳統認為是一種紅管的筆。由宮中女史用以記錄后妃事蹟。〈靜女〉篇又云：「匪汝之為美，美人之貽。」禮物本身雖普通，卻因是情人所贈而顯得價值連城。陳氏詩作大抵暗用了這一層涵義。非但如此，她不僅將二筆合稱為鴛鴦筆，還將之比喻為嫦娥的指爪，可用以描摹所愛之人，造意工巧，筆觸熱烈而不失含蓄。

而〈與維岳玩月〉則描寫了相聚的快樂：

> 蟲聲陣陣透窗紗。語至嬌羞鈿影斜。
> 猛覺兔兒雲裡出，人間偷看並頭花。

詩題雖是玩月，首聯除「鈿影斜」外卻並無一語直接及月，而是以「蟲聲」起興。蟲聲陣陣，以致喁喁細語雜糅其間而不易聞得，足見其語如何「嬌羞」。且驟看「鈿影斜」三字固佳，而讀者或以為僅言月光或頭飾的角度而已，可能輕易放過。第三句轉折甚妙，告知讀者原來月亮前此一直為輕雲所遮。這般說來，天上無月，又有何可「玩」？乃見詩人之意本不在月。亂世之中但能相聚，有月無月更有何關係？此時此刻，一輪人見人愛的明月倒成為「電燈泡」了。何以見得？末句「並頭花」一語總收前文，既承襲三句之天上月兔偷覷人間情侶，又呼應次句：「鈿影」之所以「斜」，竟是指女主角將頭側倚於情人處！所謂「歡愉之辭難工，愁苦之言易巧」，讀罷此詩，吾人不由讚嘆於陳氏歡愉之辭何其慧巧。誠如褚問鵑在《微塵吟草》序中所論：「詩清婉，風懷旖旎；詞尤峭拔，天才橫溢處，不屑屑於律呂，而格調自高。」我們不妨為陳氏作出這樣一個推論：婉約詞筆，多在詩中！

2023.07.14.

野草詞人韋瀚章

離愁恰似草青青。
劃盡明年還復生。
棲得南溟梧鳳老，
陽春白雪若為情。

　　1949 年大陸易幟，南來香港的舊體詩人可謂不勝枚舉。若就「清末一代」的詩人而言，人們較少措意的有兩位以歌詞寫作著稱的人物——那就是韋瀚章和陳蝶衣。陳蝶衣創作以海派時代曲（包括電影歌曲）為主，韋瀚章則主攻藝術歌曲。近年新梓之《香港文學大系 1950—1969・歌詞卷》，國語歌詞就時代曲及電影歌曲來說可謂齊備，但罕有包括藝術歌曲，因此也未見齒及韋瀚章——也許將來出版的「1970 年至今」那一卷會談到他？

　　香港的藝術歌曲繼承了民初以來的文士抒情傳統。記得大學時期造訪內地一位叔父輩的聲樂家，他十分詫異我竟會唱〈踏雪尋梅〉、〈長城謠〉、〈花非花〉、〈紅豆詞〉、〈白雲故鄉〉等曲。其實這在香港並不奇怪：我們中小學時期依然有機會接觸一些民初藝術歌曲。高中那幾年隨男聲高級合唱團參加校際

比賽，中四選曲為〈旗正飄飄〉，中六選曲為《長恨歌》選段〈漁陽鼙鼓動地來〉。而中六與協恩中學合組高級混聲合唱團，選曲為〈碧海夜遊〉，三曲都由韋瀚章作詞。前二者創作於抗戰時期，後者則寫於 1970 年的香港：

> 皓月出天際，風動晚潮生。
> 浪花翻起千疊，爭與遠山平。
> 我待乘槎一去，好共魚龍遊戲，空闊任縱橫。
> 仰首作長嘯，胸臆豁然清。
> ◎思家國，懷舊雨，若為情。
> 滄桑畢竟幾換，屈指寸心驚。
> 差幸此身頑健，笑憶當年豪氣，跨海欲屠鯨。
> 興發引高吭，一曲和濤聲。

當時合唱團由協恩的潘老師指揮，她要我試著向同學講解歌詞大意。以我當時的能力，雖只可從字面來解釋歌詞，卻仍詫異地發現這竟是一首〈水調歌頭〉！因此，我縱不知韋氏何許人也，其為高手必然無疑。若干年後，我才知曉韋氏畢生以「詞人」自居；而這首〈碧海夜遊〉乃是創作於自南洋返港之際——更想不到的是，就在我們當年演唱〈碧海夜遊〉前後，韋瀚章適以高齡逝世。於是我暗中發願，要為他寫一篇相關論文。2010 年 6 月，中文大學舉辦「第三屆香港舊體文學國際研討會」，我藉此良機草成拙文一篇，對韋瀚章其人其詞有了進一步的了解。

韋瀚章（Harold H. T. Wei, 1906-1993），字浩如，筆名野草詞人，廣東香山翠微鄉人。少時即喜愛文學，得其師吳醒濂點撥，研習聲韻，學習創作詩詞。1924 年考入上海滬江大學，師從吳遁生、林朝翰等教授。畢業後，擔任上海音專（今上海

> 柳絲繫綠，
>
> 清明才過了，
>
> 獨自個憑欄無語。
>
> 更那堪牆外鵑啼，
>
> 一聲聲道：
>
> 「不如歸去！」
>
> 惹起了萬種閒情，
>
> 滿懷別緒。
>
> 問落花：
>
> 隨渺渺微波，
>
> 是否向南流？
>
> 我願與他同去。

雖是自由體詞，卻婉約柔媚，直追宋人堂奧。當時黃自（1904-1938）正任教於音專，看到此詞，隨即譜成佳曲。韋瀚章自此開始與黃自的合作，並決定以歌詞創作為一生志業。此後韋瀚章的歌詞或為自由體，或為長短句——由於有詞牌之長短句符合了韋氏聲調和諧悅耳、句度長短相間等主張，故為其所樂用。其晚年所編《野草詞總集》所收有詞牌之歌詞共計 38 首，佔了全部作品的三分之一。

　　〈思鄉〉創作未幾，韋瀚章有感東北淪陷，日軍步步進逼，於是創作《長恨歌》歌詞十段。黃自以半年時間譜成七段合唱，成為中國現代音樂史上第一部清唱劇。如上文所言〈漁陽鼙鼓動地來〉：

> 漁陽鼓，起邊關，西望長安犯；

六宮粉黛，舞袖正翩翩，

怎料到邊臣反，那管他社稷殘。

只愛美人醇酒，不愛江山。

兵威驚震哥舒翰，舉手破潼關，

遙望滿城烽火，指日下長安。

全曲抑揚頓挫，氣勢磅礡，表面是斥責唐明皇晚年荒政，其實
係以古喻今，表達了對時局的憂慮。其用字措詞雅俗共賞，難
怪今天有人誤以為是唐代白居易的作品，其果能亂真乎！而其
同代人亦云，讀韋瀚章歌詞，以為作者乃老師宿儒，見面方知
一翩翩美少年爾！

　　1933 年，韋瀚章與表妹吳玉鸞成婚。同年，與黃自等合編
《復興初中音樂教科書》出版。1937 年抗戰爆發，前往香港商
務印書館擔任編輯。1941 年香港淪陷，攜妻逃回廣州，任教
於近郊之中學。據韋氏友人廖輔叔（1907-2002）回憶，韋瀚章
不肯靦顏事敵，最後找到沙灣這塊日寇認為戰略上無足輕重的
地方作為避難的落腳點。勝利後，返回上海滬江大學任教。

　　1950 年，韋瀚章定居香港，於中國聖樂院（香港音專前
身）教授歌詞寫作。1958 年，應邀前往沙勞越首府古晉，協
助成立婆羅洲文化出版局，兼任華文編輯主任，負責策劃出版
書籍、培訓人才。1967 年，香港基督教文藝出版社負責人黃
永熙親自前往南洋拜訪韋氏夫婦，邀請韋瀚章重新修訂聖詩集
《普天頌讚》，欣然允諾，隨後以數年時間完成任務。1968 年，
向文化出版局申請退休，旋於古晉橫濱中學任教翻譯及中國文
學。1970 年返港。這二十年間，韋瀚章有十二年旅居印尼，
不過在香港仍有歌詞問世。如 1957 年，就有兩首〈浪淘沙〉由
黃自門人林聲翕譜曲，其一題為〈植樹〉，係為初中音樂教材
而作；其二為〈寒夜〉，為同名電影主題曲。此外，又為電影

《人海孤鴻》創作同名主題曲，為電影《戀春曲》創作擬山歌〈放牛歌〉、擬東江民歌〈送別〉，皆為自由體。而韋、林合著的初中音樂教材中，韋氏更有近二十首原創或翻譯之歌曲。如〈浪淘沙·種樹〉：

> 春雨又春晴。節近清明。
>
> 如茵小草嫩芽生。
>
> 快趁春光猶未老，著意經營。
>
> ◎今日盡青青。他日林成。
>
> 樹人樹木一般情。
>
> 結實開花誰管得，且待群英。

文字淺顯，內容明朗，平仄格律和諧，對學童的啟迪想必不止是音樂而已。

而旅居印尼期間，韋氏也不時有詞作問世，只是其中一部分要到回港以後才為林聲翕、黃友棣（1911-2010）諸君譜曲。而最令筆者根觸的，乃是一首自度腔〈紅梅曲〉：

> 久處南溟，渾忘節序如輪。
>
> 畫圖裡，一枝忽報先春。
>
> 料舊園窗外，幾經摧折，無限酸辛。
>
> 怪道鉛華卸了，香腮點點，不是胭脂，應是啼痕。
>
> 祇如今，夢殘故國，銷盡香魂。
>
> 何日江南重到，賞橫塘疏影，暗月黃昏。

1967年，畫家陶壽伯在南洋古晉舉行父女畫展，與韋瀚章相會，即席畫紅梅一幀相饋。此圖激發了韋氏的創作靈感，遂寫下這首詞作。梅花不僅象徵著故鄉，也是故國的國花。韋氏在

詞中不但嗟嘆現況，更希望在有生之年重到江南。在千里之外的南洋，韋瀚章懷念的不僅是故鄉的「舊園」，甚至早年以遊客身分經過的西湖，也成為了故國殘夢的一部分。

回港後，韋瀚章全情投入音樂事業，並時時前往臺灣。如1972年，為紀念為《長恨歌》創作40周年，韋瀚章應林聲翕之約，合力續成《長恨歌》，於臺北「紀念黃自逝世三十四週年音樂會」上首演，轟動一時。此外，韋氏此時所作〈民族軍人〉、〈四海同心〉、〈寶島溫情〉等歌詞，也可窺見其心境。對於寶島風光，韋氏時有描繪。如〈西江月‧天祥道中〉：

> 曲徑颷輪相接，巖邊燕子穿梭。
> 岡陵抱翠石嵯峨。隱約遊人個個。
> ◎我愛山容嫵媚，問山看我如何。
> 放懷仰首恣呵呵。引動群山笑我。

該詞化用辛棄疾〈賀新郎〉「我見青山多嫵媚，料青山、見我應如是」句意，描寫了花蓮名勝太魯閣天祥道的山景，呈現了人與大自然融為一體的思想。

1974年，韋瀚章喪偶；翌年創作《鼓盆歌》，全曲分成三大樂章，一、遺照，二、紀夢、三、週年祭。是年與林聲翕合編《中學音樂教本》六冊（臺北東大）。冬，香港音樂界為慶祝韋氏壽辰，華南管弦樂團出版部將其作詞之樂曲編印成專集兩冊，一為林聲翕作曲之《晚晴集》，一為黃友棣作曲之《芳菲集》。1976年，將所輯詩詞百餘首編為《野草詞》，以贈親友，並備授課之用（此後又增補為《野草詞總集》）。

1986年，韋瀚章八十誕辰那天：「他覺得人生七十古來稀，能夠活到八十歲，已經是不簡單的事，而人生能夠有如此成就，也更不枉此生了。然而，這八十年來，也不是過得十分

容易。他想起了翠微鄉，想起了上海，想起了沙勞越，想起了香港，他想起了黃自，想起了吳玉鸞，他覺得好像一場夢，但又是如此的真實……」（文谷〈韋瀚章傳〉）隨著韋瀚章身體日衰，他在親友和學生的幫助下入住安老院，1993年於銅鑼灣聖保祿醫院去世。

韋氏別號野草詞人，據夫子自道，乃是將看似微不足道而具有強韌生命力的野草比喻為自己的歌詞：

> 我的詞是寫給作曲家譜曲獻與藝術歌唱者演唱的，可是藝術歌曲卻少人注意，但它是恆久的有生命力的，更有一份奉獻的心靈。雖然要捱受被冷落的傷感，可是對美的嚮往和藝術的執著，我深信好的藝術作品一定不會永遠不為人識。所以這些歌這些詞一旦給人們注意了，馬上便活潑起來，彷如過了寒冬一樣，它的意義是給生命多點滿足和啟迪。（周惠娟〈中秋懷故人：記野草詞人韋瀚章老師〉）

不僅如此，韋瀚章的「野草」精神還呈現在教育方面。香港音專是全港歷史最悠久的音樂院校，但港英政府「積極不干預」的政策下，不僅得不到資助，更有任其自生自滅之傾向。然而音專同仁滿懷對音樂和教育的熱忱，辛苦經營。韋瀚章〈金縷曲·七十四初度抒懷〉自謂「願把斯文傳後學」；而黃友棣稱許韋氏溫柔敦厚、扶掖後輩，欣賞其作品「詞中有樂」、「寓教於詩」，亦非虛言。時至今日，但凡在校內有歌唱經驗的香港學子對韋瀚章之名至少不會太陌生，如此正見野草精神之所在。

2023.07.21.

一代詞宗陳蝶衣

誰憶連天烽火時。
別傳響外最相思。
衷情一段何由訴，
時代曲兼春婉詩。

與韋瀚章相比，陳蝶衣的名聲也許更大，這是因為他長期投入的是海派時代曲填詞與電影劇本撰寫工作。陳蝶衣（1907-2007）本名諜，字哲勳，又名元棟、滌夷，筆名狄薏、陳式、辛夷、玉鴛生、方忭、方達等，江蘇武進人。其父為前清秀才，民國後應聘上海《新聞報》書記員，因此舉家移居上海。十五歲時，陳氏便到《新聞報》實習，從抄寫、檢字、校對一直做到記者、編輯。當時陳氏看了一本鴛鴦蝴蝶派小說《蝶衣金粉》，遂以「蝶衣」為筆名。大約此時，陳氏拜步章五為師，詩文水平大有進益。1933 年，獨立創辦娛樂報刊《明星日報》，並策劃「電影皇后選舉大會」，由胡蝶當選。

1941 年，應邀參與創辦《萬象》雜誌，出任首任主編，逐漸享譽文藝界。此後又擔任娛樂小報《鐵報》、《大報》之主編。1943 年，聽到李雋青所作電影《鸞鳳合影》插曲〈不變的心〉

的歌詞，大受感動，領悟到歌聲的傳播力量遠大於文字。未幾，陳氏在演員顧也魯介紹下，為方沛霖執導的歌舞片《鳳凰于飛》填寫了八首歌詞，從此一發不可收拾。〈鳳凰于飛〉、〈闔家歡〉、〈春之晨〉、〈愛神的箭〉、〈香格里拉〉、〈知音何處尋〉、〈訴衷情〉、〈慈母心〉等等，都是這個時期的名作。以兩首〈鳳凰于飛〉來說，現在歌手、聽眾一般喜唱第二首，以其輕快喜慶之故。而我個人則偏好慢板的其一：

> 在家的時候愛雙棲
> 出外的時候愛雙攜
> 當年的深情，當年的蜜意
> 沒有一刻曾忘記
> 鳳凰于飛，比不上我們的甜蜜
> 鴛鴦比翼，比不上我們的親暱
> 到如今這段美麗的事蹟
> 只成了一片追憶
> 只成了一片追憶

周璇演繹的前四句略帶沉思而甜美靜好，次二句陡有變調傾向，漸起波瀾，回憶往事而心緒跌宕，末二句回復平靜，卻看山非山、看水非水。所謂一張一弛，有了其一的分離，才有其二的重逢。（見拙著《上海‧香港‧時代曲紀夢詩》）根據陳氏自言，這些創作於亂世的歌曲皆有「響外別傳」——亦即深一層的涵義，他往往都是掉著眼淚創作的。有研究者指出陳氏這個時期的詞作頗有五四白話文學風格，這不足為奇——因為他本來就是懷著文化使命感而投入填詞事業的。不過，從一些雅麗的文辭中，更能看出他深厚的詩詞功底，出古入今，游刃有餘。以《鳳凰于飛》插曲〈嫦娥〉為例：

左右飛繞著祥雲

遠近閃耀著繁星

這裡是理想的樂園

這裡是瑰麗的仙境

一處處琳宮貝闕

洋溢著鳳韶鸞音

一簇簇琪花瑤草

散播著異香清芬

靈鵲是活躍的綠衣使

明月是瑩澈的菱花鏡

我們管領著這一片青冥

享受著永遠的承平

說什麼天長地久有時盡

說什麼碧海青天夜夜心

配上黎錦光冷麗變幻的旋律，益發襯托出歌詞的精緻淑美，搖人心魂，描摹出一位遺世獨立、紆素領而迴清揚的月中仙子。後來，陳蝶衣被譽為「一代詞宗」或「詞聖」，由此已可見端倪。

1952 年，陳蝶衣偕繼室梁佩瓊移居香港。在編輯報刊、撰著專欄、填寫歌詞的同時，還開始寫作電影劇本。1953 年，其劇本處女作《小鳳仙》面世，由邵氏公司出資，屠光啟執導，李麗華、嚴俊主演。此後又陸續編寫了《小鳳仙續集》、《秋瑾》、《碧血黃花》、《櫻都豔跡》、《新漁光曲》、《紅樓夢》等劇本。自百代唱片自滬遷港後，時代曲進入繼興期。1950 年代，陳蝶衣作詞、姚敏作曲、姚莉演唱的鐵三角組合於焉形成。陳

氏曾自言畢生追求的是美，推崇的是愛，希望聽眾透過這些情歌，把男女之愛昇華至家庭之愛、社會之愛乃至於家國之愛。這個時期，他的名作包括〈春風吻上我的臉〉、〈南屏晚鐘〉、〈留戀〉、〈情人的眼淚〉等。值得注意的是，陳蝶衣、韋瀚章雖然其道不同，但畢竟都領受過傳統詩教，因此在自由體歌詞寫作方面也會展現相關影響。如韋瀚章思念未婚妻，其〈春思曲〉卻是以女子的口吻道出對愛人的思念：「瀟瀟夜雨滴階前，寒衾孤枕未成眠。今朝攬鏡應是梨渦淺，綠雲慵掠，懶貼花鈿……」而陳蝶衣的〈我有一段情〉也是如此：「我有一段情呀，說給誰來聽？知心人兒呀出了門，他一去呀沒音訊……」歌詞實際上乃因思念滯留內地的子女而寫。只有了解傳統詩教，才聽得明白這「響外別傳」。

好景不常，1967 年，年僅五十歲的姚敏猝逝，「鐵三角」被打破，姚莉從此淡出樂壇，陳蝶衣也在詞壇封筆，繼續在邵氏負責編劇工作。1978 年，陳氏擔任《香港時報》副刊編輯，因故遭社長無理勸退，退休金竟分釐不得。1987 年，獲香港電臺頒授金針獎。1996 年，榮獲香港創作人協會終身成就獎；在頒獎禮上致詞時，陳蝶衣說是代表所有已經故去的第一代音樂人來接受這個獎項，令人動容。2007 年 10 月，陳氏在睡夢中安祥辭世。

陳蝶衣早年師從步章五學詩，據說數十年來累積詩詞作品逾十萬首。1997 年起，由香港藝術發展局資助近三十萬元，出版《花窠詩葉》上中下三厚冊，收詩甚多，但比起十萬首的數量，九牛一毛而已。與韋瀚章不同，陳蝶衣極少以詩詞為歌詞，這當然是由於他所填詞的大率為時代曲，內容需要婦孺皆曉。但這並不妨礙陳氏致力於詩詞寫作：在他看來，詩詞創作之目的在於「述經歷，誌見聞」。陳氏高壽而見多識廣，先後定居上海、香港，對兩地時局掌故文化風俗了解甚多。故此，

其詩作完全可以詩史視之。不過誠如陳氏所言：

> 予天性跅弛，不耐準繩之束縛，而詩筆終罕妙悟。凡
> 所闡寫，類多一時之情味；但知真率，而尠假雕鐫；略曉
> 變通，而未諳儇巧；是則為予之所短。（《花窠詩葉·自
> 序》）

其言雖不無自謙，但一定程度上也屬實況。且陳詩宗宋，往往
「無一字無來歷」，《詩葉》自註固詳，但有時讀起來未免窒礙。
但整體來說，畢竟瑕不掩瑜。又如其〈凡近集〉小序謂唐人元
稹稱許杜詩「脫去凡近」，而「予詩取徑唯恐不夠凡不夠近」，
而其「凡近」之作往往每有佳句。如〈客裡〉七律：

> 客裡輕於擲歲華。常將寬譬代興嗟。
> 國方與我同多難，海亦為家判兩涯。
> 能認故鄉唯有月，可撩老眼莫如花。
> 良宵花月按歌罷，便覺風土清且嘉。

首聯謂客居港上，光陰荏苒；每有嗟嘆，輒多方譬喻以自我寬
慰。（「寬譬」出《後漢書·馮異傳》）頷、頸聯頗為精警，頷聯
出句將自身與國家之厄運相扣連，對句謂兩岸三地之阻隔，彷
彿天塹。頸聯出句承頷聯意，謂兩地阻隔之際，若望故鄉唯有
寄心於明月；對句承首聯意，謂遊子已老，兩眼茫茫，唯有鮮
花才勉強看得清楚。尾聯收束前語，以「花」「月」為頂真，謂
既然歸鄉不得、旅居已成定局，不若趁此花月良宵欣賞一曲，
但求此心安處而已。其中頸聯尤其「儇巧」，可見陳氏自謙之
語，亦不可盡信。

陳氏在香港的生活，一直是十分簡樸的。但這並不妨礙這位「半生家在江南住」之人對香港的喜愛。這從他〈雨中啼子規聲戲作〉七絕可以得知：

落紅無數覆蒼苔。杜宇聲聲復漫催。
若使不如歸去好，緣何冒雨自飛來？

杜鵑的啼聲，在古人聽來是「不如歸去」，聞之使人斷魂。陳氏偏偏抓住了這種感性表述的邏輯漏洞，幽默地問：如果杜鵑認為歸去更好，那就自己歸去吧，何必還要冒雨來向人們饒舌，叫個不停？這雖然是「戲作」，卻透露出陳氏的心境：身居香港，固然懷念故鄉，但是否真要「不如歸去」？因此陳氏在詩詞中極少以外來者的視角來觀照一個「陌生」的香港，而是大有隨遇而安之心。如〈清水灣道中遇霧〉七絕：

迷空步障礙行車。最怕經過狹路斜。
山下人間聞轉轂，定疑天際泛星槎。

自註云：「《清異錄》：《博物記》謂霧曰『迷空步障』。」大抵無此語典，也不太妨礙讀者理解。清水灣道向以陡斜著稱，若遇上大霧，交通擠塞可想而知。堵車令人心急如焚，而陳氏卻恬然自若，且詩興大發，謂大霧瀰漫之際，山下止聞輪聲而難見車輛，是否會懷疑那是天上的星舟在來回？如此一轉念，便將困窘之情消解於無形。他對香港生活的適應，也就不言而喻了。

　　陳蝶衣詩的另一特徵，就是平居事無巨細皆可入詩。生活如飲茶、交稅、寫稿，文具如原子筆、文件夾，食物如糖炒栗子、茶葉蛋，皆是詩料。至於懷舊、感時、會友、遊觀、詠物、論詩、考據等等題材，更不待言。詩集中關於樂壇乃至文藝界

的作品，可謂俯拾皆是，真可收以詩證史之效。限於篇幅，茲僅舉五古〈送吳鶯音北歸〉為例：

> 人生何所似？飄忽風中葉。
> 朝為枝柯聚，暮已隔音塵。
> 子從歌浦來，萬里事行役。
> 尊前重相見，語未及契闊。
> 倥裝又登程，返櫂附游月。
> 馳光促延佇，流景速暌別。
> 汽笛一長鳴，背面遂頃刻。
> 有家終當寧，豈宜久滯跡？
> 不知數歸期，我復在何日？
> 悠悠羈旅情，勞勞勸路客。
> 觸緒動紛繁，無由寄鄉國。
> 煩子到滬壖，試為故舊說：
> 平生飛動意，至今未消歇。
> 埳壈志不違，或堪慰交識。

吳鶯音（1922-2009）為老上海七大歌星之一，當時便唱過陳蝶衣的作品如〈大地回春〉等，但 1949 年後並未移居香港。 1957年，吳鶯音以收取百代唱片版稅的名義來到香港，停留期間，姚敏特別為她製作一張專輯，包括〈我有一段情〉、〈醉酒〉、〈南風〉、〈小倆口問答〉等歌。陳氏為〈我有一段情〉填詞，顯然是有睹人思舊之意。當時在港老友們都勸吳鶯音不要回去了，但吳鶯音考慮家人都在上海，還是決定回去。

吳鶯音臨行前，陳氏寫下這首五古，既為她餞行，也有自抒胸臆之意。前四句謂人生如葉，當年都在一棵樹上生長，一夕之間卻各自飄零異處。次十二句謂吳鶯音自滬來港，行色匆

匆，尚未能一敍舊誼，又要整裝回國。「有家終當寧，豈宜久滯跡」一聯，正點明了吳鶯音當時的顧慮。次八句自謂旅居香江，不知何時能有歸國之行。心緒紛陳之下，唯有請吳氏為滬上故舊捎句口訊。末四句則是口訊的內容。所謂「飛動」，有飄逸、飛揚、生動、振奮等義。此處陳氏乃言自己平素一直懷抱著奮發向上之志，老而益壯，窮且彌堅，絲毫沒有改變。只要保持正向思維，日子就能踏實過下去。以這番話來「慰交識」，既是讓他們放心，也是予他們鼓勵，誠然言淺意深矣。

2023.07.28.

一代詞宗陳蝶衣

夢迴何處是家鄉。
久慣浮雲掩月光。
塵影梨園都幾許，
半隨海浪半爐香。

盧一方漫畫（董天野製）

從王土到共和——「清末一代」古典詩人淺談

　　六月下旬與俞肇熊教授、沈西城先生餐聚，向沈先生詢及盧一方其人。沈先生說：「他也是上海人，本名盧溢芳，又名盧大方。我和他當年都是《大成》雜誌的撰稿者。」吾生也晚，於 1980 年代聽到潘秀瓊演唱的〈未識綺羅香〉，即驚豔於歌詞，並得知填詞者名為盧一方：

　　　　蓬門未識綺羅香，託良媒亦自傷
　　　　相依有弟妹，生小失爹娘
　　　　妝成誰惜嬌模樣
　　　　碧玉年華，芳春時節
　　　　空自迴腸

　　　　夢迴何處是家鄉？有浮雲掩月光

問誰憐弱質？幽怨託清商
舞衫歌扇增惆悵
隨處飄萍，頻年壓線
空自淒涼

此歌由梁樂音譜曲，原是 1953 年代香港遠東影業所拍攝《歌女紅菱豔》中的插曲，由屠光啟執導，「一代妖姬」白光、鮑方和歐陽莎菲主演，原唱者為白光，其後被不少歌手翻唱過。歌詞顯然取材於晚唐秦韜玉的〈貧女〉詩：

蓬門未識綺羅香。擬託良媒益自傷。
誰愛風流高格調，共憐時世儉梳妝。
敢將十指誇針巧，不把雙眉鬥畫長。
苦恨年年壓金線，為他人作嫁衣裳。

詩中這位女子是一位刺繡女，因家境清寒，連終身大事都難有保障。到了北宋，晏幾道〈浣溪沙〉詞云：「日日雙眉鬥畫長。行雲飛絮共輕狂。不將心嫁冶遊郎。」反用秦韜玉詩，將「不把雙眉鬥畫長」脫換為「日日雙眉鬥畫長」，由繡女轉寫舞女。而盧一方的歌詞，則是一面使用秦詩字面，一面承襲晏詞意涵。歌詞中的這位歌女，因父母早亡而要撫養弟妹，不得不流落異鄉，在歌舞場營生，滿腹悽酸。不過，「壓金線」在秦詩中真講刺繡，在盧詞中則成為「作嫁衣」的借代語。此外，如果掩住「相依有弟妹」、「問誰憐弱質」等四個五言句，就字數來說，整首歌詞看上去倒像一首平韻的〈青玉案〉了。正因如此，盧詞相對於同時期的其他歌詞而言，傳統文士氣息就更為濃郁了。

盧一方和陳蝶衣一樣，祖籍江浙、早年在上海灘從事紙

媒工作、大陸易幟南下香港而從事填詞工作。除了《歌女紅菱豔》，盧氏還參與過《近水樓臺》（1952）、《一代歌后》（1955）等電影的製作，但如今最膾炙人口的歌詞只有〈綺羅香〉一曲而已。陳蝶衣年紀與盧氏相若，一生勤於筆耕；而年輩稍晚的海派文人馮鳳三（1918-2006），不僅以司徒明的筆名創作了不少時代曲歌詞（最著名的作品大概是〈今宵多珍重〉），且善於為西曲填寫中詞，如把“Mambo Italiano”改成〈叉燒包〉，“Jambalaya”變作〈小癩痲〉，“Seven Lonely Days”化做〈給我一個吻〉等，洋為中用、信手拈來。（黃霑《粵語流行曲的發展與興衰：香港流行音樂研究（1949-1997）》）不但如此，馮鳳三為了養家，替報刊所撰稿件每日萬字，由此亦可見其才華。當然，盧一方此時疏懶，大概也與他年事漸高、體弱多病有關。

盧一方原籍無錫梁溪，十四歲喪母後隨即失學。他愛好詩文而苦無師友，於是報名參加陳栩園（1879-1940）的國學函授班，成為「遙從弟子」。但直至三十歲以後，才正式結識陳栩園所遺子女陳定山、陳小翠。盧氏在《香港紀事詩·自序》中回憶：「余在二十歲左右，吟興甚豪，其後因生活所繫，成為職業報人，筆政既繁，吟興銳減……於是輟筆吟壇者，幾及廿載。」大概要到1940年代，盧氏才重拾吟事。

盧一方早年與另一位報人馮夢雲（1901-1943）合租一屋，劉半農（1891-1934）戲將他們的居室題名「非驢非馬之室」。意為盧少馬旁而不成驢、馮多兩點則並非馬也。據說盧一方是「初以落拓文人之姿態，遊戲於十里洋場之間」。當時盧氏替小報供稿，為了尋找新奇素材，往往出入龍蛇混雜之所，而大世界遊樂場乃是他發跡之地。當時大世界內的舞臺有十多個戲曲劇場，共六千多個座位，演出的戲曲劇種達幾十個，而以京劇最受歡迎。因此，藉藉無名而文筆佳勝的盧一方就成為了一個「捧角家」——為《大世界報》撰寫讚美戲劇名角的文章，以賺

取稿費。此外，他又喜歡在大世界的的共和廳打詩謎條子——所謂詩謎條子，乃是指紙條上寫著謎語，用以猜測古詩成句，以賭勝敗。盧氏年少多才，有扎實的詩詞根柢，允稱創作詩謎的健將，因此外號「條子小盧」。

名聲鵲起後，盧一方成為職業報人，先後主編《華美晚報》、《社會日報》、《福爾摩斯報》等小報，春風得意，被馮鳳三譽為「小型報壇的兩員大將」之一（另一位為唐雲旌，人稱唐大郎），1935 年，有署名萬里者在《時代日報》發表〈盧溢芳與其太太〉一文，提及「溢芳每月的收入，約二百番左右，說起數目來，絕不能說少」，而「他每月的全部收入，有十分之八，是用在交結朋友，（包括男的女的。）和跳舞場裡的。」盧一方不僅因報務而出入舞榭歌臺，自己還與友人徐善宏創辦了高樂歌場，成為大股東，一手捧紅了蘭芩、鄭霞、歐陽莎菲等歌星。因此，以前稱他為「條子小盧」的此際也改口為「條子大王」、「歌場權威」了。對於盧氏的外表和個性，有署名史難安者於 1946 年在小報《吉普》上連載〈海派文壇一百〇八將〉，描述如此：「先生之造形為矮胖身材，花旗橘臉孔，常著常青西裝，足登黑皮鞋，步履蹣跚，酷似大腹賈。」又說「先生為人急公好義，虛懷若谷」。甚至還有人稱許其牌品：「勝負不現於詞色，一也；不喋喋煩言，二也；不怨牌尤人，三也。」由牌品可知人品。如此看來，盧一方能在上海灘發家致富，除了才華，個性更是重要因素。

大陸易幟前夕，盧一方便已與香港結緣。據馮鳳三於 1949 年 1 月 7 日發表的〈羨慕盧一方〉所記：「一方兄今年四十好幾了，擁了兩位太太，子女一大群。」「（1948 年）秋冬之交，一方忽發雅興，乃有香港之行。他赴港決不是逃難，也沒有像富豪一樣，帶了黃金美鈔港幣走。他之所以赴港，當然是另謀出路。據各方寫述，一方在港，舞會盛筵，常有芳跡，服用起居，

亦頗登樣，優游快樂，得其所哉！」盧氏當時家用雖非拮据，但畢竟食指浩繁，因此要到香港拓展事業、交際應酬，故在這段時期往返於滬港兩地。直到 1950 年，局勢丕變，再度隻身赴港，一去不返。

盧一方的文才，馮鳳三謂其「年未弱冠，詩文即斐然成章」，「詩才性靈潑辣，不及（唐）大郎兄，而對仗之工，措詞拈句之細膩熨帖，實較大郎為勝。」史難安則稱許他「讀書之多，少壯派同文中當佔首席，即元老派中亦無與抗衡者」。索居香港日久，盧一方囊中漸轉羞澀，遂在從商之餘，重拾故業，賣文為生。晚年，盧一方將報刊文章先後結集為《香港紀事詩．龍城詩話》(1977) 及《上海灘憶舊錄》(1985)，不僅文字可喜，更保存了不少文史掌故。

盧一方確切生卒年待考。生年方面，如前引馮鳳三 1949 年發表的文字謂其「四十好幾」，史難安於 1946 年文字中謂盧氏「四十轉彎」。再觀盧氏《香港紀事詩》中有〈得阿平近照〉一詩，作於 1953 年左右。詩云：「汝生墮地逾千日，我髮如霜近五旬。」自註云：「最小的兒子阿平，在我離家以後，始呱呱墮地，算來已經四歲了。」設盧氏此時虛歲四十九，生年當在 1904 年左右，可見與陳蝶衣、馮夢雲等同屬「清末一代」。至於盧氏卒年，則當在 1985 年《上海灘憶舊錄》出版以後，亦不可不謂老壽。

雖然盧一方少年時代便開始吟詠，但 1949 年以前之詩作從未結集，僅散見於報刊。如 1922 年 6 月 18 日發表於《新世界》的兩首〈滿江紅〉詞，雖不無現代生活經驗的書寫，但竊以為畢竟接近廣告詞。較為可誦的有〈和文慧寄別韻〉：

> 秋風吹別緒，楊柳挹輕塵。
> 驪歌出遠道，天涯失知音。

> 流水亦有情，海水宜有濱。
> 竦林隔長嘆，日腳下白蘋。
> 白蘋日冥冥，何以訂來因？
> 青驄飛綠草，玉珮結紅巾。

全詩接近永明體，尤其是尾聯對仗，色澤明麗，直追齊梁時人。而如「流水亦有情，海水宜有濱」之複沓，「日腳下白蘋，白蘋日冥冥」之頂真，「白蘋日冥冥，何以訂來因」之不對偶，有意打破排律的機械性，令全詩不失清新動人的風致。

　　至若移居香港以後的詩作，所幸在好友周棄子、王新衡的敦促鼓勵下結集為《香港紀事詩》，「為一己供欣賞，為他時作紀念」。其自序云：「余於某報日寫一文，惟稿酬甚少，因再佐一詩，如此方可月得百餘金之數，聊以補助澆裡。」讀之令人感慨。此書所錄詩作以七絕與七律為主，大多寫於1950年代。今人易大經謂盧氏的詩、註都寫得雋永清新，變俗為雅（〈一起吃蠶豆的宋詞人〉），誠然。如〈歲晚寄內〉其二云：

> 一夜鄉心五處同。憑誰噓問訴情衷。
> 家書欲寄還遲寄，歲晚應知客況窮。

自註云：「太太來書……想見彼等之在海上，猶能強顏歡笑，若余天涯搖落，愈久而愈感其乏善足陳。值歲晚，已草家書，遲遲未敢發出，蓋家書雖就，安家銀紙，尚待張羅，正如鳳三兄之日向姚敏兄處打聽好消息，藉以解決該項難題，真是大傷腦筋之事。」作曲家姚敏當時為百代唱片總監，常與馮鳳三合作創製時代曲，所謂「打聽好消息」即詢問稿費也。如前所

歌場權威盧一方

言，馮鳳三年紀較輕，又能配合當時樂壇潮流而為西曲填中詞，其人尚且如此。更何況盧氏年屆五旬，獨居香江而無人噓寒問暖，詞風因典雅而不合時宜，只能於報刊賣文餬口？這種有家不得歸、有書不能寄的心情，若非親歷，焉可形諸文字？

復次，從《香江紀事詩》中仍可窺見盧氏「歌場權威」的餘風，因此也時有輕鬆文字。如〈聽顧媚歌聲作〉：

> 橫波一顧總傾城。況復當筵百媚生。
> 隔座初看花弄影，臨歧欲指水為盟。
> 晚妝似帶惺忪態，妙曲頻翻婉轉聲。
> 莫怪劉郎成苦戀，半關風韻半關情。

首聯不但緊扣歌星顧媚之名，且連帶提及明末「秦淮八豔」之顧橫波（原名亦為顧媚）。頷聯謂初聞歌聲即有春花弄影之感，臨別不禁離情纏綿，思向伊人吐露衷腸。頸聯補述賞歌之見聞：顧媚之歌喉婉轉，自不待言，而其妝容的「惺忪之態」，不由令人聯想起司馬光的〈西江月〉詞：「寶髻鬆鬆挽就，鉛華淡淡妝成。」自然自在而毫不造作，深愜人意。尾聯可看盧氏自註：「此詩結尾的劉郎，是指作客南洋的劉以鬯兄。他對顧小姐的色藝非常欣賞，常為文字揄揚，因此彼此友情很篤。至云彼此間有婚事之傳，則顧小姐告人，謂猶『言之尚早』也。「劉郎」一語，自是謔而不虐。（關於這段情事，細節可參顧媚回憶錄《從破曉到黃昏》。）

回觀晚唐詩人秦韜玉出身寒門，屢試不第，學界往往以其〈貧女〉詩為隱喻自況。如此看來，盧一方的〈未識綺羅香〉也頗堪玩味：第一段謂早年家貧，因流連歌舞場而成名；第二段則謂晚年流落他鄉，有家難歸。雖為電影歌曲作詞，卻也有自

身之寄託。由於盧一方填詞不多，筆者前年撰寫《時代曲紀夢詩》時，未有專門談及盧氏。本篇之作，乃勉力補苴當日之闕漏。若拙文能引起學界對盧一方的關注，則允稱佳事矣。

2023.08.05.

外交詩翁王家鴻

文章得失寸心知。
勘破蒼茫自詠詩。
朱墨斑然存舊帙，
遙思五馬渡江時。

從王土到共和——「清末一代」古典詩人淺談

　　這首拙詩作於 2015 年。前一年赴臺參加成功大學「蘇雪林及其同代作家國際學術研討會」之際，在二手書店購得外交詩人王家鴻的《匃廬詩集》，扉頁題簽曰：「則芬先生教正，王家鴻敬贈。」且鈐有「匃廬」朱印。我當時懷疑受贈者便是軍中史家李則芬。後獲李氏《八十自選詩詞》，中有〈王家鴻先生見賜匃廬詩集賦謝〉一作，果然驗證了我的猜測。兩位前賢當年的詩緣，竟被我「目擊」，何幸如此，於是有感而塗鴉。由於蘇雪林會議上宣讀的論文以易君左為主題，我一直仍希望寫一篇與蘇氏有關的拙文。翻閱新買的《匃廬詩集》，中有〈柏林吟〉二十八首，係王氏作於 1920 年代留德時期。我忽然靈機一觸：這輯詩歌不正與蘇雪林的〈旅歐之什〉珠聯璧合麼？於是在返港後，隨即動筆撰寫了〈登樓信美非吾土，東望淒淒百感并：王家鴻、蘇雪林詩中的戰間期歐洲生活〉。

王家鴻（1896-1997）字仲文，號蘧廬，後改劬廬，湖北羅田人。清末前往武昌就讀新式小學，後入讀湖北省立外國語專門學校（前清之湖北方言學堂），主修德國文學。1921 年畢業，先後擔任德商捷成洋行學習員、湖北省立醫科大學助教、德文翻譯。1926 年起，歷任國民革命軍總司令部參謀處秘書及總政治部國際編譯局、南京軍事委員會參謀廳翻譯員。1928 年 10 月，國府派蔣作賓（1884-1942）為駐德奧公使，劬廬成為公使館主事。抵德後除負責會計、收發、學務、政治旬報等工作外，又至柏林大學經濟系攻讀博士，指導教授為德國國策顧問舒瑪赫教授（Geheimrat Prof. Hermann Schumacher, 1868-1952）。1933 年，以《中國鋼鐵經濟論》為題獲得博士學位。1936 年返國，供職外交部情報司。

抗戰爆發，遷居四川，曾任四川大學經濟史教授、武漢大學文學院德文教授。勝利後，擔任駐瑞士使館參事。1950 年赴臺，任外交部禮賓司幫辦兼護照科科長，公餘參加春人詩社及六六詩社，多所酬唱。1954 年，奉派為駐埃及大使館參事，後調往比利時、多明尼加。1964 年自外交部退休，轉任中國文化學院德文系教授、系主任。1979 年至西德依子定居，1997 年逝世於彼邦。著有《中國鋼鐵經濟論》、《中德文化論集》、《第三德意志》、《外交詩話》及《劬廬吟草》、《劬廬續集》、《劬廬三集》、《劬廬詩集》、《劬廬雜組》等，譯作有赫塞（Hermann Hesse）《玻璃珠遊戲》、里德（Georg Ried）《德國詩歌體系與演變》及海法特（H. Herrfahrdt）《孫中山傳》，及《德譯孔學今義》、《德譯戰國學術》等。劬廬自清末求學武昌之際就開始寫舊詩，一直堅持到去世前。可惜由於長期任職外交部，退休後執教系所又是德文專業，因此不僅香港、大陸所知不多，臺灣的中文學界亦不太了解。

劬廬剛入讀柏林大學的博士班時，業師從舒馬赫教授以一

幅張之洞的畫像拓本相贈。劬廬很詫異，問其緣故。舒馬赫說，當年去過武昌拜會湖廣總督張之洞，此畫乃是張之洞的禮品。又向劬廬建議：「你是湖北人，負笈武漢許多年，現在又讀經濟系，為什麼不以漢陽的鋼鐵事業為博士論文題目呢？要建設中國，當從重工業入手，漢冶萍公司在武漢，初學經濟政策，當以此大企業為目標。」劬廬獲此珍貴禮物，緬懷張之洞對中國的貢獻，非常感觸，故作〈某德教授以張文襄畫像拓本見惠敬題短章〉五古云：

> 兒時識公名，不識公可貴。
> 讀書走江漢，佩公富經緯。
> 抱冰思沼吳，布衣圖霸魏。
> 楚人被遺澤，甘棠猶蔽芾。
> 蛇山拜遺像，清高起敬畏。
> 眼球右稜烱，霜髭磔如蝟。
> 先民逝不作，撫事增噓欷。
> 西來得清照，精神逅髣髴。
> 靜對獲師承，慕公有正氣。

漢陽鐵廠的設立，正是張之洞當年湖北新政中的重頭戲，劬廬的博論遂以《中國鋼鐵經濟論》為題。而他畢生致力於中德文化交流，也肇端於此。

由於旅居德國期間，劬廬身兼外交官之職，因此很多內容不便形諸詩歌。他晚年在自傳中寫道：「予在德將及九年，德國第一次大戰後至第二次大戰前之內政發展，由社會民主黨至納粹專政種種變化予均親經歷。」自言在德期間，印象最深刻的大事有三件：一為參加興登堡總統（Paul von Hindenburg）在柏林威廉街總統府舉行的園遊茶會。此時興登堡已年逾八十，

精神矍鑠，站在迎賓處與來賓一一握手為禮，毫無倦容，令人肅然起敬。二為 1933 年希特勒（Adolf Hitler）受興登堡任命為德國內閣總理，王氏在大街上親睹其由帝國大飯店至總理衙門，走馬上任的一幕。三為納粹黨每月在柏林菩提樹下街（Unter den Linden）阿德隆大旅館（Hotel Adlon Kempinski）舉行晚餐演說，戈林（Hermann Göring）、戈培爾（Paul Goebbels）等均輪流出席。因劬廬以隨員經常招待記者，德政府便以其為新聞專員發給出席證。不過，這些回憶的片段皆不見於〈柏林吟〉諸詩中。直到晚年所作〈古稀雜憶〉二十四首，才於其九、其十寫及：

> 萬國衣冠拜將壇。威廉街畔擁千官。
> 生平心折興登堡，尊俎雍容帶笑看。
> （其九）

> 叱吒風雲大獨裁。一時攀附儘多才。
> 廿年納粹興亡史，親聽三呼萬歲來。
> （其十）

不過，當時劬廬在柏林時的詩作雖多關涉日常生活，卻也頗有可觀處。如〈秋日柏林萬牲園散步〉：

> 西風漸作十分涼。媚眼雲山似故鄉。
> 野鴨倦游耽晚睡，美人期客倚新粧。
> 斜陽猶戀秋林好，溪柳全非向日狂。
> 節候循環一指彈，片時景物費平章。

萬牲園即柏林的城市公園（Tiergarten），也是世界上最早的現

代意義上的動物園。此詩乃是公餘休憩到公園散步所作。詩中鋪墊著西風、雲山、野鴨、夕陽、秋林、溪柳、仕女等意象，營造萬牲園的幽靜美好，帶出歲晚懷鄉的輕愁。另一首（〈民國二十四年八月由愛省至杜色多夫參觀德國煤鐵工業區旅次書懷〉）則紀錄了他作為外交部官員，到杜色多夫（Düsseldorf）參訪工廠：

> 一路濃煙送客行。道旁爭看亞東人。
> 勞生初飲來因酒，衣袖猶沾愛省塵。
> 故國農桑原要政，此邦煤鐵粒蒸民。
> 臨淵真有思魚意，望望神州誰與論。

濃煙自然是工廠的煙囪所冒出。「爭看亞東人」也極有意思，不止中國人愛看老外，德國人也會看東方人。最後「臨淵真有思魚意，望望神州誰與論」一聯，可見當時中國工業化嚴重落後，詩人希望中國可以「見賢思賢」。

也許劬廬經歷過晚清、北洋，見過天下大亂、四分五裂，所以他有一種尊王思想。這也影響到他面對德國政治和歷史的態度。前面已引到他「平生低首興登堡」的詩句，而另一首〈德意志角弔威廉第一銅像〉則吟詠摩澤爾河和萊茵河的交匯處的德意志角（Deutsches Eck）的威廉一世（Wilhelm I）銅像：

> 威廉英武世無雙。銅像巍峨古道旁。
> 一角荒寒餘霸氣，兩河浩淼送斜陽。
> 揮刀躍馬人安在，眾志成城國不亡。
> 東望鄉關渺無際，且隨佳客醉壺觴。

威廉一世在由俾斯麦（Otto von Bismarck）的輔佐下建立了德意

志帝國。此詩第六句自註稱威廉一世雕像的底座有一句名言：「忠誠一致，國決不亡。」（Nimmer wird das Reich zerstöret, Wenn ihr einig seid und treu!）劬廬以為是威廉的遺言，其實來自詩人申肯多夫（Max von Schenkendorf）的〈給祖國春天的問候〉（Frühlingsgruß an das Vaterland）。劬廬他如此描寫威廉一世，大概是聯想到中國當時的處境，「言在此而意在彼」。

德國大詩人海涅（Heinrich Heine）根據民間傳說，寫有一首〈羅麗萊〉（Lorelei）。羅麗萊是萊茵河畔的女妖，以美妙的歌聲誘惑船上水手，使之觸礁遇難。1925 年 8 月，劬廬泛舟萊茵河時，曾作〈舟行來因即事〉：

> 好山片片都堪畫，新釀家家可解愁。
> 若把來因比揚子，小姑羅奈各風流。

自註曰：「揚子江之小姑，來因河之羅奈，皆娟秀。德詩人海勒有句云：『余不解何故，朝朝如許愁。』蓋為羅奈而作也。」查宋歐陽修《歸田錄》卷二云：「江西彭澤縣南岸有澎浪磯，隔江與大、小孤山相望，俚因轉『孤』為『姑』，轉『澎浪』為『彭郎』，云『彭郎者，小姑婿也』。後遂以此相傳。」小姑、羅奈（羅麗萊）皆是水中小山，又被民間故事敍述為美麗的仙女、妖女。劬廬此詩不僅將萊茵河與長江相提並論，還拈出了小姑與羅麗萊的相似性，已具有比較文學的意識。至 1957 年，劬廬攜家再度泛舟其地，舟抵羅麗奈峰前時，船長由收音機播送海涅原詩。劬廬以為此舉甚有風韻，於是即興把詩作翻譯成四言體：

> 憂心悄悄，莫知其由。
> 言念古事，使我心愁。

茱茵湯湯，幕靄蒼蒼。
江上有峰，映彼斜陽。

有美一人，宛在中央。
佩玉鏘鏘，晞髮金黃。
言櫛其髮，言詠其歌。
美哉音調，既諧且和。

招招舟子，汎彼扁舟。
念彼佳人，履險忘憂。
滔滔江水，言覆其舟。
聲色誘之，其又誰尤。

文字典雅清麗而不失原詩意境，由此足見劬廬之中西文學底蘊及捷才。

　　劬廬外交生涯數十年，見聞皆以舊詩記錄，甚至將詩作視為自傳的代替品。他後來出使埃及、比利時、多明尼加，亦皆有詩作傳世。盧一方曾說，在臺灣的眾多詩人中，「比較上，我喜愛王家鴻先生的詩。王氏是一個外交官，學貫中西，更有著嶄新的思想，因此他的詩也是流暢清新，不落俗套。」「王氏作詩，有時也用典，但不用冷僻的典，而善用通俗的典。由於所見的淵博，筆調遂很自然，他更喜以現代的名詞入詩，這在舊派詩人是力持異議的，但正因此而可想見其創作力的強大。」(《龍城詩話》)這是十分中肯的評價。

　　自外交部榮休後，劬廬定居臺灣，與島內詩人多有唱和。與此同時，劬廬又編撰《外交詩話》，將古往今來與外交活動有關的詩作加以裒輯、評論，甚具特色。1967年除夕，詩話脫稿，劬廬吟成一律：

池荷籬菊共迎年。衣璲酬詩似浪仙。
信有王師能北定，莫忘周室尚東遷。
遺民淚盡胡塵裡，蘇武魂銷漢使前。
我亦乘槎多難日，辦香今夜祝先賢。

詩中，劬廬緊扣自身的職業而特別提到蘇武，表達了大陸變色後有家難歸的心情。1979年，年過八旬的劬廬赴西德就養子舍，有「客來細問臺灣事，笑指白日青天旗」之句，仍有以臺灣為「復興基地」之思。九十歲時，《劬廬雜組》出版，其中尚有詩作〈雙溪蠶尾集〉及《外交詩話》續編。2017年購得此書，夾有抽印之〈耄期吟八首並序〉，從未見於他處。其小序云：「予今年九十矣，視、聽、言、動如恆，百歲詩人頭銜，可得聞乎？」此當為目前所知劬廬最晚之詩作。試忖之，柏林圍牆1990年倒塌之際，仍然在世的劬廬應當感慨萬千，不知有詩吟詠否？

2023.08.11.

外交詩翁王家鴻

五國使節金問泗

節持五國想皇華。

東望隋堤不見家。

何處蓴鱸猶可覓，

唯憑夢裡泛星槎。

從王土到共和——「清末一代」古典詩人淺談

王家鴻《外交詩話》中有〈談金問泗的詩詞稿〉一篇，頗為青睞外交詩人金問泗（1892-1968）其人其詩：

> 金大使問泗字純孺，為嘉興詩人金篯孫哲嗣。第二次世界大戰時，荷、比、盧森堡、波蘭、捷克均淪陷，五國流亡政府均在倫敦。金大使持五國使節，時人比之蘇秦佩六國相印。退休後，僑寓美國。歷年累積詩三百餘篇，恰似《唐詩三百首》的數量。全詩由其夫人美方女士以簪花格楷書影印，皆藝林佳話也。金使父子俱學義山詩，曾述其鄉先輩秦右衡詩說，謂義山用剛筆，西崑用柔筆，洵屬創見。金使各體規撫義山，不越玉谿一步。

對於金問泗的詩風及詩集的情況，作了簡單扼要的歸納。茲先就其生平再加以補充。金使之父籛孫先生本名金兆蕃（1868-1950），曾任內閣中書，辛亥後供職於北洋政府財政部。1919年起，參與清史館編修工作。1923年加入前總統徐世昌的晚晴簃詩社，參與吟詠及選編清詩活動，且協助修纂《清儒學案》。籛孫有四子三女，四子即問源、問洙、問泗、問淇。

長子問源（1889-1978）字敬淵，畢業於復旦大學財政學堂，曾任中央銀行科長，為南社社員，著有《話水集》、《勤齋詩詞集》。次子問洙（1891-1964）畢業於天津北洋大學土木工程科。曾擔任復旦大學理學院院長。1949年後留在大陸，1956年改任武漢測繪學院副院長。幼子問淇（1899-1968）在德國佛萊堡大學醫學院畢業。回國後擔任上海同濟大學醫學院擔任婦產科主任、教授。1955年，隨同濟醫院由上海遷往武漢。

金問泗排行第三，1915年畢業於北洋大學法學系，後赴駐美使館任學習員，並考入哥倫比亞大學，學習國際法、外交學。1919年，任巴黎和會中國代表團副秘書，乃顧維鈞之得力助手。1927年起，出任國府外交部秘書、第一司司長、農礦部秘書、實業部參事等職。1933年起，任駐荷蘭公使。至1943年，駐荷公使館升格為大使館，又升任駐荷蘭大使，其後兼任駐比利時、挪威、捷克、波蘭，戰後專任駐比大使並兼使盧森堡。1946至48年間，全程代表國府出席聯合國世界貿易會議，該會議於1947年10月制定了「關稅暨貿易總協定」（GATT，亦即WTO前身），作用重大。國府遷臺，金問泗仍在駐比大使任上。1952年，得悉比利時有意與中共建交，於是決定退休，到美國紐約依子女而居，至1968年於華盛頓逝世。著有《金問泗詩詞稿》、《中國與巴黎和會》、《中國與國際聯盟》、《從巴黎和會到國聯》、《外交工作的回憶》、《大戰中駐英四載》、《比王利奧波特三世退位記》（英文）等，並曾編輯出

版《顧維鈞外交文牘選存》。近年蔡登山重新整理金使的外交
回憶錄，在導讀中寫道：「金問泗整整三十年的外交生涯，見
證了一位外交人才從初出茅廬、國內歷練、國外獨當一面、國
際會議達到輝煌的成長。時光的長河，淹沒了無數在歷史的長
卷上留下印痕的優秀人物，金問泗無疑就是民國期間一直被忽
視和遺忘的一個人。」(《外交工作的回憶：金問泗的駐外生涯
回首》)

　　筆者藏有一部《金問泗詩詞稿》，1960 年在香港付梓，裝
潢素雅而精緻。而據載早在 2001 年，時任臺灣駐美副代表的
沈呂巡經介紹結識金問泗哲嗣金咸彬夫婦，得以翻閱乃父親筆
日記，當下建議開放給後人研究。2014 年沈呂巡重返華府，
金咸彬遂將全部日記二十餘本交付沈氏。隨後中研院近史所張
力教授將之編輯校訂，出版兩大冊，題為《金問泗日記 1931-
1952》。翻閱日記，不時可見收錄之詩作。再將詩詞稿與日記比
對，會發現詩詞稿中不少詩作應是從日記中抄錄出來，而加以
修訂裒輯。2018 年春，筆者參與舉辦「風雅傳承：第二屆民初
以來舊體文學國際學術研討會」，偶遇張桂瓊學棣，謂正在撰
寫一篇以金問泗詩詞為主題的論文，於是建議桂瓊參加會議。
當年 9 月，桂瓊於會上宣讀〈金問泗的社交詩詞初探〉，可謂
相關研究的首篇論文，反響甚佳，遂又提議刊登於承乏主編之
《華人文化研究》。桂瓊於大作中指出：《金問泗詩詞稿》與《金
問泗日記 1931-1952》互相補足，可資管窺金問泗詩詞內外的
社交生活。文末且附有金問泗的詩詞年譜，為其詩詞創作整理
了基礎材料。年譜顯示，詩詞稿所收錄的作品上及 1933 年，
下至 1960 年付梓前夕。

　　就張桂瓊博士統計，《金問泗詩詞稿》共收錄詩作 215 題、
308 首。而其最後一條日記為 1952 年 2 月 23 日，有云：「發伯
羽信，寄華胥詩。」其下又有附記：「二月底又大發目疾一次，

從此停寫日記，只寫小冊矣。」此時正值金氏辭任駐比大使而赴美之際。所謂「華胥詩」，即同月 8 日所作〈華胥五絕句〉，乃日記所錄最晚之詩作。筆者粗略計算，若以「華胥詩」為金使詩歌創作之分水嶺，1933 年至此共有詩作 94 題，此後至 1960 年共得詩作 121 題。蓋外交生涯事務繁多，以詩紀事雖為佳事，精力卻有不逮；何況不少密勿難以宣之於紙，故而未作。而 1952 年退休後，雖有目疾，而生活轉為悠閒，故能多事吟詠矣。桂琼又謂詩詞稿「其中一百一十九篇詩、廿七首詞為紀念交遊、通郵唱和、借閱題詞、饋贈文友、賀詩輓辭等社交需要所作，對象以家族親故、國府僚友、旅美人士為主，形成親疏兩種詩詞圈」。故目之為「社交詩詞」也宜。

沈呂巡為日記所作序言云：「金大使的外交生涯令人欽羨，他不但可以說是少年得志、一帆風順，而且所駐節過的國家均為歐洲王國，這些國家的歷史風貌、文物典章、儀節生活，已令人心嚮往之。」而詩詞稿中所錄年代最早的詩作，即為 1933 年 9 月 2 日的〈入覲和后奉呈國書〉，所謂「和后」即荷蘭女王威廉明娜（Wilhelmina，1898-1948 在位）。詩云：

> 隆準銅人立馬看。慈寧此日盛衣冠。
> 重樓聯步聲初穩，雙戶徐開室自寬。
> 雲靜璽書成五色，秋高天語畫千官。
> 殷勤為問神州主，槃敦從修兩國歡。

金使當天日記，記錄覲見女王之儀節甚詳，可以參看。前三聯當胎息自唐人王維〈和賈至舍人早朝大明宮之作〉：

> 絳幘雞人送曉籌。尚衣方進翠雲裘。
> 九天閶闔開宮殿，萬國衣冠拜冕旒。

日色才臨仙掌動，香煙欲傍袞龍浮。
朝罷須裁五色詔，佩聲歸向鳳池頭。

真可謂氣度冠冕，高華壯雅而音調琳琅。金詩首聯「慈寧」即
紫禁城慈寧宮。順治十年（1653），孝莊太后始居此宮，嗣後成
為太后住所，太妃、太嬪等人隨居。故金詩之中借指荷蘭女王
所居。尾聯所謂「槃敦」指珠槃與玉敦，係古代天子或諸侯盟
會所用的禮器，後用以指賓主聚會或使節交往。尾聯內容可進
一步參考日記：「女王當謂，想貴公使未見林主席（按：即國府
主席林森，時為國府元首）已有多時。隨詢主席現駐何地，答
以睽違主座約一年，主座現駐首都。旋又詢林主席亦赴海濱消
夏否，答以最近常往牯嶺避暑。女王詞氣之間，似以主席不赴
海濱為可異，謂殆因高山空氣較他處為清新歟。並謂，聞有人
言，南京天氣酷熱，我應之曰是……」此可為尾聯「殷勤為問
神州主」註腳也。由此可見，金使這類詩作，誠可收以詩證史
之效。

其次，金問泗日記中所錄詩作便有修改痕跡，至輯錄於
《詩詞稿》中復再修訂。所謂詩不厭改，這對於習詩者而言頗
具參考價值。如1941年4月26日之日記云：「今日余五十歲
生日，作詩一首。」詩云：

暫憩湖山逭劫塵。長途又到海南濱。
馳驅猶憶王尊坂，渾沌誰嘗張翰蒓。
豈意中年仍作客，每因誕日倍思親。
倚笻老父江干望，尚未歸來萬里人。

金使忙中小休，於4月24日由駐節處倫敦抵達巴塞隆那，故
首聯有「逭劫塵」、「海南濱」等語。頷聯出句所言王尊係西漢

官員，因彈劾丞相匡衡而遭貶職。後復出擔任京兆尹，政績卓著。又因對朝廷使者無禮而再度罷官，久而調遷東郡太守。其後，黃河的瓠子金堤因而洪水潰決，王尊親往救災，直至洪水消退，得到漢成帝下詔嘉獎。對句所言張翰為西晉官員，眼見天下紛擾，希望抽身返鄉。一日秋風起，張翰想到故鄉吳郡（今蘇州）的菰菜、蓴羹、鱸魚膾，於是棄官還鄉，得免於難。尾聯出句謂父親籛孫先生此時因抗戰而避難蜀中，想必正在長江邊扶杖守候遠方愛子的音訊。

三日後的 4 月 29 日，金使致函二兄問洙，附上修改後的詩作，詩云：

> 暫憩湖山逭劫塵。行吟又到海南濱。
> 戒途猶憶王尊坂，避世應懷張翰蓴。
> 何意中年仍作客，每因誕日倍思親。
> 遙知今夕高堂夢，總在東西萬里人。

筆者以為，此詩修訂後洵然更佳。次句原作「長途又到海南濱」，從駐節處來到南歐的西班牙，自是長途，不待贅言。將「長途」改為「行吟」，既符合事實，也增加了詩句的信息量。原詩頷聯「馳驅猶憶王尊坂，渾沌誰嘗張翰蓴」言勤勞國事，出句為正說，言奔波如王尊；對句為反說，言不得如張翰返鄉。然兩句之旨無差，且言下之意似略有抱怨。西班牙之行乃休假而非公務，使用「馳驅」未必妥當，一旦改為「戒途」（即上路之意）則有一種「模糊的精確」，且謂即使小休之際仍念念不忘王尊之勤政，用以自警。而對句在修改後，涵義就更為深至了：首先，張翰辭官返鄉自是為了避世，金使即使羨慕（應懷），卻因出於對家國的責任而無法仿效，只能停留在想望的層面。其次，金氏祖籍嘉興，距離蘇州不遠。但此時的故鄉已

經淪於日軍之手，父兄唯有逃難至大後方。換言之，若要再嚐故鄉的蒓鱸美味，就必須致力於抗日工作，絕不能避世。如此一來，情緒就更為積極了。而原詩尾聯本是描摹老父望子歸來的景象，已算不錯。金使仍作修改，蓋欲引發更多讀者的代入感，故棄「老父」而用「高堂」，棄實景而用夢境。且所謂「高堂夢」既可指父母夢子女，也可指子女夢父母，因此就與末句「總在東西萬里人」銜接得更為渾融，互動感也更強了。

此外值得一提的是，金使詩詞稿中還收錄了 1950 年代在晚晴簃詩社創作的〈友人約同江邊採枸芑頭佐夜飲晚晴簃詩酒會因未能赴〉、〈孔子生日為晚晴簃詩社作〉、〈孟子生日為晚晴簃詩社作〉等詩。由此可知，該詩社不但在徐世昌 1939 年辭世後依然存在了若干年，還可能分香海外，繼續吟詠活動。這是頗為難得的文學史料。

2023.08.18.

六朝風度伍叔儻

樓頭暮遠伴蛙聲。
蕭散空留魏晉名。
謝客風姿陶令骨，
多情卻似總無情。

大學時代，讀到溥傑之妻嵯峨浩的回憶錄《流浪王妃》，裡面提到戰後，長女慧生在東京上中學時，主動提出想學中文，於是她帶著慧生去拜訪伍俶（叔儻）先生。伍俶學問好、人品佳，本來受聘於東京大學，由於遭到某些學生排斥，索性辭職，住在涉谷一間只有六張蓆大的小房間，收了幾個學生，講授中國文學。對於慧生的好學精進，伍俶十分稱讚。伍俶的稱讚大概並非客套：因為過了不久，慧生竟以新學得的中文致函周恩來，請求讓父親溥傑與她們母女聯絡，未幾更得償所願。

入讀碩班後，在系上新出版的《歲華：香港中文大學三十五周年中國語言及文學系教師文藝作品集》內赫然看到叔儻先生的好幾篇詩文。其中五古〈花落〉云：

花落春已深，葉生色尚淺。

區區紅綠間，賞好寧有辨。

況乃楊柳枝，一條有舒卷。

風來易飄拂，誠輕但異輭。

……

魏晉玄風配上斑斕色澤，抒情與議論共冶一爐。此時才知道叔儼先生離開日本後，曾任教於崇基學院，好幾位師長都曾親炙。雖然他早在 1966 年便已駕歸道山，但驀地裡覺得這位在《流浪王妃》中轉瞬即逝的人物卻驟然跟自己親近了許多。於是，便去圖書館借來他的《暮遠樓自選詩》。翻閱之際，看到集末所附一篇〈談五言詩〉的講稿，開頭便說：

> 我想，〈離騷〉是怎樣產生的呢？要照詩人的句法，應該是：

> 日若高陽，有苗裔兮。於皇皇考，維伯庸兮。

> 屈原覺得，這不免有點「文繁意寡」，就提起筆來，開頭就把他四句併成兩句，寫成：

> 帝高陽之苗裔兮，朕皇考曰伯庸。

> 我以為五言，亦是由同樣的道理產生的。一天，五言作者，忽然感覺到〈離騷〉實在太浮華了，何必加上這麼多空字眼，同時又比曹操提早些發現出「兮」字的累贅，也提起筆來，專門取他中間重要的幾個字，寫成像下列的

句子來：

　　帝高陽苗裔，朕皇考伯庸。攝提貞孟陬，庚寅我以降。

　　居然很蒼古而且凝重，錘字堅，脂肪去得淨，所以五言就變成「眾作之有滋味者也」來了。

　　當時我正打算研究《楚辭》，看到這番議論，不由得頗有領悟。當然如今看來，詩體的演變未必是四言—騷體—五言那麼單線的發展，但伍叔儻先生對「文繁意寡」的認知，可說十分精準。叔儻先生是研究六朝文學的權威，同時又頗精英文，三十歲以後每天規定自己看西文的詩歌小說，四十年未曾間斷。因此當年在崇基授課，還會參考外文典籍，以西方思想來啟發中國古詩的創作。記得我們碩班就讀鄧仕樑主任的《文心雕龍》課，鄧老師亦喜用西方理論、乃至古典音樂來比對解說，此當是承自其授業師叔儻先生的法脈。

　　叔儻先生（1897-1966）為浙江溫州瑞安人，十四五歲習《昭明文選》，十六七歲時在永嘉城內春草池附近讀書，霑被謝靈運遺澤。此後負笈北京大學，師從劉師培、黃季剛諸賢。畢業後先執教於上海聖約翰大學，最著名的學生就是後來在臺擔任副總統的嚴家淦（1905-1993）。此後又短期執教於光華、中山、重慶等大學，1931 年移帳南京中央大學，1938 年任該學師範學院國文系主任，1945 年起兼文學院中文系主任及國立女子師範學院整改領導小組主任。1949 年 2 月，受聘於臺灣大學，講授陶謝詩及《文心雕龍》。1952 年，又兼臺灣師範大學國文系教授。未幾，應東京大學、東京御茶水女子大學之邀，赴日講學。1956 年起，先後擔任崇基學院、香港中文大學教授，

直至終老。

　　雖然早年受業於國學大師，叔儻先生的學術興趣卻在六朝文學，尤精《文心雕龍》與《昭明文選》，創作方面則詩尚五古、文主駢儷。正因如此，有一些關於叔儻先生對六朝以後詩文嗤之以鼻的傳聞。如陳豔群引述伍氏門人羅錦堂回憶有年《文心》課，教室與廁所相鄰，而叔儻先生有次上課時：「正說得神采飛揚之時，忽然停住，只見他鼻子嗅嗅，眉頭一皺說，『講如此之美文，怎可在廁所旁邊？廁所旁邊只能講韓愈的文章！』聽到這裡，眾人不禁啞然失笑。」（〈魏晉風骨話伍俶〉）又如陳耀南從學於崇基時：「有天，某位不失其赤子之心的女同學天真地問他（叔儻先生）：『杜甫是詩聖，為什麼我們不開杜詩？』我就眼見伍先生沒有什麼表情地說：『新亞已經開了。』」（〈香江半世憶群師〉）中大同事邵鏡人曾說，叔儻先生「極鄙少陵，謂為傖父」（〈記伍叔儻軼事〉），如此看來，他對這位女同學只是採取「沒有什麼表情」的態度，已經非常客氣了。

　　韓愈、杜甫是唐代文學大家，一以文鳴，一以詩鳴，但在叔儻先生眼中似乎都不值一提，儼然有「不讀六朝以下書」的態勢。錢谷融謂叔儻先生「很重文采，不喜歡唐宋八家以後的古文，而偏好漢魏六朝。蘇東坡稱讚韓愈文起八代之衰，因此他戲說自己治的是『衰文』。」（〈我的大學時代〉）當然，實際情況未必那麼簡單。如叔儻先生有一首〈讀李義山詩〉：

　　　　詩筆當時第一流。不妨哀怨卻溫柔。
　　　　平生最愛驚人句，海外徒聞更九州。

短短一首七絕，卻能打破人們不少定見，以為叔儻先生不喜唐詩、乃至不作五古以外的體裁。竊以為，除了由於叔儻先生覺得李商隱詩「怨而不怒、哀而不傷」外，大抵還因為其綺麗的

2
1
8

從王土到共和——「清末一代」古典詩人淺談

文字與六朝風格相應合。此外，「海外徒聞更九州」乃是李商隱〈馬嵬〉詩的首句，謂楊貴妃死後，唐明皇聽說她已化為仙子，居住在海外仙山。但這句可能引起叔儻先生的身世之感：當時他正在東京工作。〈讀李義山詩〉後一首〈有感〉也是七絕，有云「自別江源向海潯」、「為說蓬萊水淺深」，也表達了背井離鄉、羈旅東瀛之感。而其門人鄭文引述其語云：「《詩》《騷》《文選》以外，唐詩、宋詞、元曲，均應識其大體，窺其門徑，常自吟詠，體味其情態神韻。」（《金城續稾》）這依然是學習的正道。

此外，叔儻先生雖擅長駢文，卻更注重駢散結合。今人陸曉光指出，叔儻先生曾批評《文心雕龍》為「卑近」，其中唯〈時序〉及〈自紓〉兩篇為佳，乃是由於較為「疏逸」——亦即並非一味駢儷到底。陸氏引用叔儻先生門人錢谷融〈論節奏〉之說：「一篇文章裡，倘若一連七八句都是四字句，則讀起來就嫌呆板。像吳均〈與宋（朱）元思書〉這一篇清麗絕倫的短劄，就因為四字句太多而減色不少。假使能不時插入一、二句字數不等的散句進去，一定更顯得抑揚頓挫，錯落有致，就更令人喜愛了。」（〈伍叔儻先生談《文心雕龍》之跡〉）所言甚有道理。

叔儻先生中等身材而儀表堂堂，穿長袍則儒雅俊逸、著西裝則風度翩翩。其嘴唇上方有一撮修剪得方方正正，比鼻子還窄的仁丹胡，被洋人戲稱卓別林，被國人當成日本人。（（陳豔群〈魏晉風骨話伍俶〉））他的溫州口音數十年不變，學生必須要親炙一段時間才能聽懂。嚴家淦原籍蘇州，對於溫州話也一籌莫展。他回憶在聖約翰上課時，叔儻先生說：「秦始皇的五言詩寫得很好！」同學聽得一頭霧水：秦始皇幾曾會作詩呢，何況還是五言？這時叔儻先生在黑板寫下「陳思王」（亦即曹植）三字，同學們才茅塞頓開。（陳豔群引述）陳耀南則分享自己在崇基的聽課經驗：「一口濃重溫州口音的國語，一不留

神就整段要放棄，從下一段再特別用心聽起。」不過正如李學銘教授所說：「他的聲量不大，滿口鄉音，不疾不徐，初聽時極感費力，但聽懂以後，就知道他的解說能窮究原委，屢有勝義，而且時時語帶鋒棱，風趣幽默。聽著聽著，有時會忍俊不禁。」（〈農圃舊事〉）這一門是叔儻先生在新亞書院兼課的《昭明文選》，據李老師追憶，他在整整一學年中只講完了一篇〈月賦〉和半篇〈文賦〉，由此可推想其徵引的繁富和吐屬的從容。

叔儻先生是詩人，據說每日一詩；因此他也是性情中人，富於浪漫氣息。邵鏡人曾謂其興趣有四：讀書、作詩、跳舞、飲茶。1970 年代，適然樓主《香港詩壇點將錄》，為近二十年來的名家排座次，叔儻先生被推為詩壇舊頭領、托塔天王晁蓋，足見其人云逝，但餘風猶存。張之淦稱其詩「專學六朝，而調逸采輕，不作板重藻麗語，亦自雅致。」可謂中肯之論。茲以〈夜聽蛙聲〉為例：

2
2
0

從王土到共和——「清末一代」古典詩人淺談

鳴蛙作一聲，細聽知無數。
夜深正寂寥，賴此不生怖。
在靜思轉多，亦因祛所慮。
于人謂過喧，我則識其趣。
有時遠且疎，月落天欲曙。
伏枕眠未能，斷續類相語。
感激又自傷，中心況有慕。
誰與話今宵，邂逅冀一遇。

文字淺白易懂而詩旨能翻出新意，謂夜深之時，蛙聲正好作伴，能驅散心中的寂寥或紛亂，大有隨遇而安的豁達感。謂一片蛙聲細聽之下卻知有無數蛙鳴，又可見格物之細。不過，「感激又自傷」一聯，更洩漏了詩人真實的思緒：原來他並非一位

超然物外的魏晉名士。胡頌平說：「先生初聘於李氏，未婚而卒。繼娶張氏……十三年張氏病故，先後續娶程氏、余氏，都無所出，也都先後離開。」又謂「先生夫婦之道甚苦」。（〈追憶伍叔儻先生〉）張之淦則云：「叔儻在臺娶張沖（淮南）遺孀，極美而不識字。……叔儻自以為年老，不稱與美人耦，美人亦居室甚苦寂岑，叔儻乃促其去舞廳跳舞尋樂。未幾，遂結識一男士，叔儻因即遣嫁，並為主婚。婚後三日復詣候，問其生活何如。此老亦可謂善能用情矣。又讀其《暮遠樓集》中送妻去日小住及遣嫁諸詩，纏綿悱惻而不戾於止，誠為上乘之作，他人不能幾也。」叔儻先生自愧與妻子不匹，遂為她另外安排婚嫁，如此寬廣之胸懷，洵非普通人所能。但是，這不代表他自己不渴望家庭生活。〈夜聽蛙聲〉確切的寫作年代尚待考證，但詩中流露對家人溫暖的渴望之情，卻無法隱藏。

邵鏡人云：「叔儻《暮遠樓詩稿》，約有四千首，幾乎全為五古，近年亦偶為七絕，亦清新可誦。」然而叔儻先生下世後，崇基學院為他編印的線裝《暮遠樓自選詩》，總共僅有 26 頁、113 首，可見其選例之嚴苛。2011 年，方韶毅、沈迦編校出版《伍叔儻集》，列為「溫州文獻叢刊」的一種。書中不僅收錄了線裝版的所有作品，還補入集外詩 25 題，以及著作、講義、雜著及研究資料，洋洋六百餘頁，為未來的研究者奠下了堅實的基礎。然而，包括那四千首五古在內的遺稿是否仍存於天壤之間，至今依然是一個謎題。

2023.09.15.

江右商儒何敬群

江右流風到海湄。

商儒表裡繼鷗夷。

休嗟殘稿無尋處,

搖盪性靈尚有詩。

　　月前新生面世,聽到有同學提及:知道中文大學中文系(包括其前身的新亞、聯合、崇基三所書院)是兩岸四地罕有的依然將格律詩創作設為必修科目的學系,可謂欣慰。數十年來,「詩選及習作」的任課老師可謂濟濟多士,早期如曾克耑、何敬群、陳湛銓、蘇文擢諸老皆詩名顯赫,其後鄺健行、鄧仕樑、佘汝豐、吳宏一、何文匯、黃坤堯諸位老師亦為吟壇健將。傳統上,「詩選及習作」的課本會使用高步瀛《唐宋詩舉要》,因此諸位前輩任課之時雖然勤於批閱同學的詩作,一般卻述而不作,很少自行準備講義。數年前,鄺健行老師結合記憶與文獻資料,撰就大作〈曾克耑先生論作詩〉,使後學能窺見曾先生當年授課的旨趣。但其他老師宿儒的情況,現今就不易得知了。唯一的例外,大概是何敬群先生——他留下一本題為《詩學纂要》的教材,讓我們能較為系統地了解其講授內容。

何敬群先生（1903-1994）本名鑒琮，以字行，又號遯翁，齋名天遯室、益智仁室，江西清江人。遯翁自幼好學，卻因家貧而無法上學，於是母親沈氏親自為他講授《論語》，時而隨舅父學習《孟子》。十四歲時，從宿儒楊蘭階講授《詩經》。十五歲入樟樹鎮立小學，校長沈慶林是遯翁表舅，光緒間曾擔任乳源、寶安等地知縣。這時，遯翁方知為學讀書之門徑，於是孜孜不倦，自修五經，涉獵史書，並開始創作詩文。但好景不常，年未二十，遯翁竟遭父母雙亡之痛，迫於環境，只好到藥材行擔任學徒，學習辨別藥物乃至商業會計事務。囊中但凡有餘錢，便用以購書。一有餘暇，就遍讀諸子百家乃至釋道書籍，且依然不廢吟詠。縱然遯翁在十五歲以前接受的教育只可謂斷斷續續，但皆以儒經為課本。這種薰染令他在十五歲就讀新式小學、乃至在藥材行學師時期皆能積極自修國學典籍，並從事詞章之學。如此看來，真是商表儒裡、以商養儒，可謂「商儒」了。

1949年遯翁遷港，繼續經商。新亞書院中文系黃華表主任（1897-1977）欣賞遯翁博學，相邀到系上兼課，於是開啟了遯翁的壇坫生涯。新亞以外，他先後任教於珠海、經緯等書院，並與本地詩人過從甚密，每有聚會酬唱。1963年，新亞書院併入新成立的中文大學，遯翁依然執教。其後，又轉職浸會學院。

兩岸四地自1950年代以降，數香港高校中文系仍勉力將「詩選」設置為必修課；而在偏重古典範疇的歲月裡，該科是少有的涉及創意寫作之課程。遯翁先後於諸院校講授該科，《詩學纂要》作為課堂講義，累積了多年教研與創作心得。而其最後脫稿則是1973年秋在浸會學院售課詩。那時他將講義油印，發給學生，系主任徐訏於是建議排印成書，以廣其用。對於「詩選」課，遯翁有這樣的認知：近代以來，中小學僅教

散文而不講詩，直到大學的中文系才有「詩選」課。但是，這門課的課時有限，僅能使修課者知其大概而已。不過對如此窘況，遜翁仍抱樂觀態度。他認為「詩選」一科並非孤立的，其他科目皆可為詩歌創作提供素材。假如將其他科目的學習成果應用於詩歌創作之上，「詩選」課便游刃有餘了。

高步瀛《唐宋詩舉要》卷帙較廣、註釋詳博古雅，對於大學新生未必便利。因此，歷來「詩選」任課教師仍會在《唐宋詩舉要》以外往往會提供額外教材。何著《詩學纂要》大概是以《唐詩三百首》及《唐宋詩舉要》為基礎，而更為精簡。《詩學纂要》共分為三編，上編〈詩學導論〉，包括〈詩之淵源及體制〉〈詩之聲韻及律法〉〈詩之聲調〉三節。中編〈唐詩選讀〉，下編〈宋詩選讀〉，則以詩人為綱，依時代先後為次，繫以作品。中、下編各有總序，概論一朝詩風。中編〈唐詩選讀〉分為初、盛、中、晚四節，共收唐代詩人 29 家、作品 160 首；下編〈宋詩選讀〉分為北宋、南宋兩節，共收宋代詩人 12 家、作品 83 首。每節各有小序。作品選錄超過 10 首者，唐代有王維、李白、杜甫三大家，宋代有歐陽修、王安石、蘇軾、黃庭堅、陸游五家。

此外，遜翁將學詩分為五個階段：其一為熟規矩，關鍵在於掌握聲調格律；其二知運化，關鍵在於熟讀唐宋詩；其三為試言志，關鍵在於不斷寫作；其四為鍊其辭，關鍵在於泛覽漢魏六朝篇什；其五為厚其氣，關鍵在於涵泳《詩經》《楚辭》。然就為期一年之「詩選」課而言，僅能帶引學子進入前三個階段。這三個階段乃是以體式論和欣賞論為基礎，而以創作論為依歸。在遜翁看來，二三百篇唐宋詩便能作較完足之體式展示、欣賞範例，而不必如文學史教學那般，依照時序由先秦詩開始講起。

簡介詩歌淵源之餘，《詩學纂要》從五言古風、七言古風、

樂府、五言律詩、七言律詩、排律、絕句七方面，就詩歌之體制展開論述——這幾種都是當時學生在詩選課上必須習作的體裁。例如絕句方面，遯翁頗能拿捏五七絕之異趣，以及絕句不同於律詩之處：

> 五言絕句，音節短促，不易迴旋，故作者多從拗體仄韻，以清峭冷雋為工，以偏師出奇制勝。七言語句紆徐，利於舒捲，故其體出不旋踵，即於近體之中，蔚成大國。蓋律詩有如垂紳立朝，瑟入合樂，要在鋪陳典重，吐屬高華。而絕句則當如持麈引盃，清談戲論，么絃低唱，妙趣橫生，此其大較也。

他認為五絕篇幅短小，採用拗體仄韻能在有限的文字中產生更多的變化；而正因拗體仄韻之不和諧感，導致清峭冷雋的詩風。箇中因素可謂環環相扣。而正因七絕句式較五絕為長，有轉圜之餘地，故能以近體律句為依歸，音調和諧，為人所喜作喜讀。相對於律詩而言，絕句之對仗並非必須，間以篇幅短小，故能靈動活潑，不似律詩之莊矜典重，故遯翁喻為「么絃低唱」。

遯翁的創作，最早結集者為 1944 年所編《天遯室詩輯》，錄存作品五六百首，僅為稿本，未幾亡於戰火。至 1956 年，「偶默憶舊作，及朋友抄寄」，得三十篇左右，題為《天遯室舊作詩存》。其中如作於 1936 年的〈上海旅邸〉七絕：

> 八王倡亂終亡晉，六國紛爭竟入秦。
> 把劍沉吟天未曙，朔風寒雨滿春申。

上海租界縱然繁華，卻本來就是清朝遭西方列強侵凌後的產物。兼以 1936 年，抗戰之爆發迫在眉睫，上海的朔風寒雨自然更令有人砭肌骨之感。

1961 年，遜翁在《舊作詩存》的基礎上編成《遜翁詩詞輯》，新增皆為居港以後所作。這些詩中固然有懷鄉之思、遊子之感的主題，但比例並不算高。更多的是對於當下生活的紀錄，包括授課、出行、題畫、唱和等等。儘管為口奔馳，但詩中卻往往流露出一種隨遇而安之態。如七絕〈攜兒子歷耕沙田訪竺摩上人不遇〉：

攜幼南山訪遠公。一庭花藥幾番風。
上人剛入雲深處，猶裊爐香滿室中。

此詩首句把高僧竺摩比喻為東晉時期隱居南山的慧遠大師，次句的「一庭花藥」為詩歌的空寂感增添了幾絲清麗的色調。第三句化用唐代賈島「只在此山中，雲深不知處」的詩意，又在末句翻出新意：為什麼能確認這位高僧騰雲駕霧了呢？他居室中可以找到證據——那裊裊的爐香，不就是殘留的雲霧麼？不過，將爐香與雲霧相扣連，也許還可追溯到李清照的〈醉花陰〉：「薄霧濃雲愁永晝，瑞腦銷金獸。」想必這也是遜翁靈感的一大來源。

1983 年八十大壽，又增入近二十餘年所作，合訂為《遜翁詩詞曲集》，全書共收錄韻文七百餘篇，最為齊全。也正是在這個本子中，我們得以讀到遜翁的詞曲。遜翁自謂「壯歲耽詩、老去耽詞」，其詞作每見曠達之風，有時甚至不無幽默感。如 1974 年秋久旱成災，幸而風送雨來，於是他創作了一首〈清平樂〉。寫完後，他意猶未盡，又填了一首〈踏莎行．再詠風姨〉：

昔號風姨，今名風姐。婀娜潑辣威難惹。
能鳴萬籟駭爰居。須懸五兩迎蓮駕。

◎憐目憐蛇，飄簷飄瓦，無蹤無影何瀟灑。
水塘喜汝送甘霖，船家怕汝當頭打。

風姨是古人對風的戲稱，而港人稱為風姐，乃是因為當時天文
臺為颱風取名，皆使用女性英文名。據記載，1974 年 10 月 14
日，颱風嘉曼（Typhoon Carmen）襲港，天文臺於是懸掛九號
熱帶氣旋信號。儘管嘉曼對華南地區的破壞不輕，但是豐沛的
雨水卻紓緩了香港的旱情，促使香港政府全面撤銷該年的制水
措施。正因如此，這首〈踏莎行〉中既說她「婀娜潑辣」、「船
家怕汝當頭打」，又稱許她送來甘霖，十分瀟灑。此外，下片
「憐目憐蛇」出自《莊子·秋水》「蛇憐風，風憐目」，「飄簷飄瓦」
出自李商隱〈重過聖女祠〉「一春夢雨常飄瓦」，兩句與第三句
的「無蹤無影」形成鼎足對，風格與散曲相近；但第三句又加
上「何瀟灑」三字，有意破壞鼎足對的純粹，也令行文不致過
於諧謔，而能保持詞的溫厚。可見遯翁誠然深諳詞曲之辨。

　　據當年學生回憶，遯翁上課時非常投入，興到之時甚至手
舞足蹈。批改同學的詩詞習作，更是非常細緻。只是遯翁江
西口音極重，新生一時之間難以習慣。有一次，幾位女生趁著
課間休息時走到講臺前對遯翁說：「以後您上課，可以用國語
講授嗎？」可見她們作為香港本地人，認為聽國語都比聽江西
話好太多。誰知何老師回答道：「幹嘛要講國語？我一直都在
講廣東話啊！」新亞研究所劉楚華所長當年上過遯翁的課，說
他固然不是在講江西話，而所謂「廣東話」，其實只是採用粵
語詞彙而已。例如他口中的「了哥仔」（小八哥）雖是粵語的講

法，但發音依舊是江西腔。儘管如此，邈翁一直用江西腔講粵語，而不貪圖方便直接講江西話或國語，就是想讓學生多明白一些。這種入鄉隨俗的心態，以及良苦的教學用意，仍是令人讚賞的。

　　邈翁著述頗富，生前付梓者十部、遺稿待訪者五種，尚有大量單篇發表之論文、詩作。數年前，有供職出版社的師弟打算重梓其書，與我商洽。我希望盤點邈翁著作，卻苦難抽身。得悉孫廣海博士比年究心於本港先賢著述輯考，遂相邀肆其餘力於邈翁遺著。未及朞年竟成近十萬字之書稿，令人感佩。前此復機緣巧合，在網上拜識邈翁次公子歷耕醫師，慨然賜贈邈翁遺著多種，感念不已。是故撰成〈謂我識途馬，宜作知津告：何敬群《詩學纂要》創作論初探〉，於 2021 年宣讀於公開大學之研討會。今再藉此機會，草成本文，以向邈翁在天之靈致意，並質於歷耕醫師、廣海博士。

2023.09.22.

國學泰斗錢穆

從來詩教尚溫柔。

鬱壘胸中自可抽。

安處此心當物與,

緣情言志各春秋。

「清末一代」南下香港的學者中,以吟詠著稱多為中文系背景者,如伍俶、夏書枚、曾克耑、熊潤桐、何敬群、涂公遂諸君。其他學系的教師雖也有能詩者,卻往往為其專業研究之名所掩,如錢穆先生便是。在《錢賓四先生全集》第 53 冊中,輯錄了白話詩 10 首、舊體詩 86 首,但歷來關注者遠不及對其史學及思想著作之多。年前,筆者蒙《重訪錢穆》一書主編區志堅教授相邀撰稿,於是撰成〈閒情壘鬱且吟詩:從錢穆詩作看其「安心」觀念〉一文,所論固然淺陋,卻畢竟為新亞先賢奉上一瓣心香。

身為國學泰斗,錢穆的生平對讀者來說多少會知道一二。為便後文展開,茲再作略述。錢穆(1895-1990)原名恩鑠,字賓四,江蘇無錫人。七歲入私塾學習,後就讀常州中學堂。辛亥鼎革,學校停辦,仍自學不絕。民元後在小學、中學、師

範執教，同時撰成《先秦諸子繫年》、《劉向劉歆父子年譜》。1930 年秋，獲顧頡剛推薦，任燕京大學國文講師，其後任北京大學史學系副教授，並於清華、燕京、北平師大等處兼任。抗戰時期，先後撰有《國史大綱》、《文化與教育》、《政學私言》等書，建立國人對中華文化的自信。1949 年來港，創立亞洲文商夜書院，翌年與唐君毅、張丕介諸君改組為新亞書院，出任首任校長。1953 年新亞研究所開始籌備，至 1955 年正式落成，任所長。1963 年，新亞書院參加組創香港中文大學。1965 年，辭任新亞書院院長。1967 年遷居臺北，次年獲選中央研究院院士，後任中國文化學院史學教授。1986 年，完成《晚學盲言》六十萬言。1990 年逝世，享壽九十六。1998 年，《錢賓四先生全集》出版，共 54 冊。

　　錢穆早年即有志於道，南下香港後更以承繼中華文化道統之使命自任。他認為，人同時有心生活和身生活，最重要的問題是「如何安心」。讓心安得穩、安得住，是「解決當前一切問題之樞紐」。錢穆雖不以詩人身分著稱，但身處如晦風雨，舊體詩創作往往是他「安心」的一種方式，藉以排解煩憂、寄託感興；這種方式的運用，與他從事史學、哲學的同儕相比，尤為顯著。錢穆全集中的〈詩聯輯存〉共分為十一題，前三題為大陸時代所作，後八題皆成於易幟之後。若僅就舊體詩而言，則共計 87 首。其中 18 首作於大陸，此後 69 首作於南下以後，佔了現存全部舊體詩作的四分之三。自 1949 年抵港至 1967 年離港遷臺，若不計旅馬所作，則居港前後十八年間所成詩僅 16 首而已。而卜居臺北雙溪四、五年間，便有「閒吟」三十五首及〈我屋哦〉一首。究其原因，不外居港之時驚魂甫定，而新亞書院行政、教務繁雜，甚少吟詠之逸致；到遷臺之時，年已古稀，雖仍有教務在身，然心境遠較在港時為閒適，故吟詠亦較多矣。

錢穆現存最早的詩歌，作於 1922 至 23 年任教廈門之時。畢明邇〈錢穆先生閩南詩〉一文指出：「民國初年，錢穆先生在無錫村鎮一些小學執教多年，在民國十一年十二年間，獲聘在廈門集美中學任教，一年時間是很短的。但是多年以後，錢穆逝世，臺北聯經編印《錢賓四先生全集》，卻在素書樓存稿中發現了先生寫於這一年中的詩稿二十一首，後來分別編成〈閩南白話詩稿十首〉和〈閩南詩稿十一首〉。」如其創作於這個時期的〈海上〉詩：

> 若有人兮海之湄，欲與晤兮訴襟期。
> 我獨來兮海上，沙中跡兮紛然。
> 若有人兮海之央，欲與晤兮剖中腸。
> 我獨來兮海上，孤帆去兮渺然。
> 若有人兮海之涘，欲與晤兮結生死。
> 我獨來兮海上，波濤起兮茫然。
> 沙跡泯還有，孤帆故復新。
> 波濤長如此，永不見斯人。

畢明邇認為此詩簡直是「念天地之悠悠，獨愴然而涕下」的感覺。當時錢穆雖也創作白話詩，但眼見五四運動鋪天蓋地而來，心中對於中華文化何去何從的憂慮，是不言而喻的。此詩獨立蒼茫之感，似乎正正體現出如此心境。從句式而言，前三段為楚歌體，末段為五言，形成一種新穎而錯落的節奏。且前三段末句「沙中跡兮紛然」、「孤帆去兮渺然」、「波濤起兮茫然」的句末虛字前後押韻，而不與各自段落中的前文相押，亦可見錢穆求新的嘗試。

　　居港時期，錢穆忙於教研工作，吟詠甚少。現存最早的作品已是作於 1964 年的〈海濱閒居漫成絕句四首〉。編者按云：

「民國五十三年九月，先生辭卸新亞書院院長職，屏居青山灣海濱，偶成四絕句，曾發表於《人生雜誌》。」其詩云：

> 海樓一角漫閒居。雲水蒼茫自豁如。
> 擺脫真成無一事，好效少年日親書。
> （其一）

> 禍難奔亡歲月侵。居然賞樂有如今。
> 商量碧海青天事，俯仰前賢古籍心。
> （其二）

> 山作圍屏海鏡開。鳶飛魚躍亦悠哉。
> 從容鎮日茶煙了，夜聽濤聲入夢來。
> （其三）

> 風月宵來醉欲醒，雲山長護日閒清。
> 無情都作有情客，卻覺有情無著情。
> （其四）

錢穆主持新亞書院校政十五年，全副精力，盡瘁新亞書院，然亦不廢學術研究。此刻卸下行政擔子，更為他重新潛心學術研究提供了條件。他在青山灣租來的寓所中潛心書冊，盡日讀朱子之書，為日後撰寫《朱子新學案》作準備。詩中所言「擺脫真成無一事，好效年少日親書」，「商量碧海青天事，俯仰前賢古籍心」，便是他當時心境的真實寫照，同時也將辭職後種種不愉快的心情統統拋之腦後。其言甚是。十五年過去，當日的流亡青年多已成家立業，安定下來，自己從此也樂得清閒。從「海樓一角漫閒居，雲水蒼茫自豁如」一聯可知，「海樓一角」

固言青山灣的寓所，也未嘗不可指自己寓居香港的情況。芸芸生徒學有所成，中華文化不至斷裂滅絕，則縱是「海隅荒陬」的香港，又一樣可以雲水蒼茫，氣象萬千，豁人眼眸。這一派山屏海鏡、鳶飛魚躍雖然充滿勃勃生機，其何陋之有？其四尾聯「無情都作有情客，卻覺有情無著情」，饒有回環往復之致，但其涵義卻頗不易窺測。出句蓋云背井離鄉日久，已將他鄉認作故鄉，遂於此心安處轉無情而為有情矣。對句「無著」應出自佛教，乃無礙之意，謂諸行圓融而無執著障礙。此蓋言閒居之地，人跡罕至，風來月去、雲動山靜，雖皆怡人，卻也變幻莫測，習慣如此，有情之人面對風月雲山，也就心無罣礙矣。

　　1965 年夏，新加坡南洋大學商請錢穆擔任校長，同時馬來亞大學也有講學之邀請。錢穆不欲再涉行政，遂應馬來亞之聘，前往講學八個月。旅居馬來亞為時雖短，卻留下〈遊金馬崙成詩三首〉、〈北馬之遊成十四首〉，較現存居港所作數量為多。〈遊金馬崙成詩三首〉後編者按語曰：「民國五十四年七月，先生雙目施手術，不久即赴馬來亞大學任教。其時不能多用目力，惟吟詩消遣。」不僅如此，錢穆講學期間畢竟無須參與行政工作，且馬來亞不與中國大陸毗鄰，政治民生影響波及較小，心緒隨而平伏，故能萌發詩興。金馬崙高原位於馬來西亞彭亨州西北，為著名避暑勝地。錢穆〈初上金馬崙開始吟詩消遣〉云：

> 歲月崢嶸供作客，閒情疊鬱且吟詩。
> 試看窮谷千紅紫，正待清溪一洗之。

所謂「歲月崢嶸」，出自宋人陳傑〈仲宣樓〉詩「崢嶸歲月欺人事，浩蕩乾坤入客愁」，形容不平凡的年月。錢穆稱所處的時代「歲月崢嶸」，一來固然點出當下動盪的時局，二來也隱含

了「客愁」的潛文本。此時錢穆初到馬來亞，長年累積的憂愁依然揮之不去，故有「閒情壘鬱」之語。然而，他非常期盼異國的花卉、清溪能洗去重重憂愁。求得「安心」，大概正是他願意遠赴南洋的原因。

自南洋歸來之際，正值文革爆發，香港時局不穩。此時臺灣發起「中華文化復興運動」，力邀散居海外的大師級人物赴臺。1967年7月，錢穆親赴臺北郊區，在士林外雙溪覓得一地，作為新居。翌年7月，錢穆夫婦入住外雙溪素書樓，直至去世前夕。居臺期間，錢穆留下了〈雙溪閒吟三十五首〉及〈我屋哦二十韻〉一首。前者題下註云：「民國六十三年—七年」，結合詩題，可知大抵皆作於外雙溪素書樓中。這組短歌的撰寫，一是作著述餘暇之調劑，二是作臥病床榻之排解，亦可視為安心自適之舉。如其十三：

園松離披立，天矯各不群。
儼如同朝闕，共扶一乾坤。

園中的松樹雖然各自參天，卻可形成一片松林。錢穆將之比喻成士大夫、知識分子，雖然各有所專、傲視同儕，但同朝為官、並肩修德，就應齊心合力，以社稷蒼生為念。這對於歷來文人相輕的情狀，顯然也是一種針砭。又如其七：

翠竹成堆秀，楓林滿徑陰。
諸松齊肅立，佇待病翁臨。

其十三將松樹比喻成知識分子，而此處的翠竹、楓林、諸松也未嘗不若是。此詩之意，蓋謂同道者正殷切期待自己早日康復，為中華文化之復興而協力奮鬥爾。

黃祖蔭《蘿窗詩話・廿・錢穆》論〈海濱閒居漫成絕句四首〉云：「物以稀為貴，錢詩甫出，一時轟傳，有謂意境雖好，奈何表現技巧不足，至若平仄用韻尚待斟酌。細研四詩，實多李商隱痕影，少許朱熹味道。蓋學者為詩，臨池其精神狀態不易調整之故。詩文殊途，兼而美之者，世不一見，……況樹大招風，春秋責脩賢者，源自遠耳。然老而能學，正今日後生所不及也。」徵引時人評論，謂詩作瑕瑜互見，且以學者為詩為解，並對錢穆「老而能學」頗為推崇。

　　錢穆舊體詩作的風格不失春容平緩，青年之作偶而流露哀婉激憤之情，中晚年之作則更趨平和，這自然與錢氏長年積學、涵養漸增、安心功夫日益到家有關。錢氏之詩既反映出其學養所由自，也呈現出其面對生活的喜怒哀樂時如何運用所學，這自然是拜舊體詩獨特的體裁與功能所賜。不過無可諱言者，除黃祖蔭批評處外，再如錢詩喜用冷僻字，虛字運用可進一步打磨，近體對偶未必工穩等，都未嘗不屬瑕疵。這固是「學者為詩，臨池其精神狀態不易調整」之故，也說明了錢氏志於著述，無暇磨礪詩藝的實況。不過其詩仍具較高的價值，若就以人存詩、以道存詩的角度來看，就更不在話下了。

2023.10.06.

江山故人黃佩佳

漫將舊界名新界，
寧認他鄉是故鄉。
宋世衣冠清世冑，
幾番明月照鰲洋。

　　戰前的香港雖是英殖民地，卻依然強調國學教育。這又要分兩階段來看。十九世紀後半，香港的商業活動雖已十分發達，但毗鄰大清國的在地華人居民，不少仍有「學而優則仕」的傳統觀念。即使官辦的中央書院（Central School，後稱皇仁書院），依然非常注重國學：因為學生的未來遠遠不止於香港本地，畢業後如果回到內地參加科舉考試（如周壽臣、唐紹儀等皆然），中文教育僅限於日常生活乃至公文的程度，那就完全不具競爭力。民國以後，五四精神在內地勃興，這時以金文泰總督為首的港英政府在香港推行國學，甚至在港大成立中文學院，乃是與內地流行思想相抗衡，希望透過弘揚儒學乃至國學達到「民德歸厚」的效果。無論如何，在戰前的如此環境下，接受中英雙語教育的香港學子中，卻往往能培育出舊體詩人。如協恩中學首任校長張陳儀貞女士早年畢業於聖士提反女校，

不僅精通雙語，舊詩也寫得非常不錯。而中央／皇仁書院校友中，以舊詩著稱者就為數更多了；近年新發現的，就有黃佩佳其人——這當然要感謝今人沈思對黃氏遺著《新界風土名勝大觀》和《香港名勝風光》的整理出版。

黃佩佳（1906-1943後），筆名江山故人，原籍廣東順德，自幼居於鴨脷洲，為遺腹子，事母至孝。1922-26年就讀皇仁書院，畢業後在港英政府擔任庫務司署文員。黃氏是香港早期的旅行家，熟讀《新安縣志》，時常獨自或組團走訪香港各處，觀覽風景之餘更了解民生、抄存文獻。1935年起，在報刊以專欄形式介紹香港風土名勝。據沈思統計，黃佩佳從1928年6月7日開始在《華僑日報》的〈香海濤聲〉寫作開始，至1943年回國失蹤的十五年間，共寫下約六十多萬字的文章，其中主要專欄著作有《本地風光》二百餘篇、《琴寒館漫話》五十篇、《額涼集》二百三十八篇、《新界風土名勝大觀》三百二十九篇、《綿綿孝憾廬隨筆》一百零七篇，《香島日報》的〈風簽絮語〉十五篇，以及有《南強日報》附刊〈旅行週刊〉文章十餘篇、《香港新界百詠》四十七篇等。至1943年忽然贈七律一首予兩位堂弟，尾聯曰：「中原滿眼烽煙裡，豈獨神州掉臂行。」又解說曰：「民國三十二年六月十二日，將歸國，賦此留念，吾弟業榮、業昌。此人海蒼茫，不知再見何時。吾生茫茫，吾念茫茫，書此存念。但願吾中國人永為中國人也。」據說黃氏此後獨上廣州，音訊全無。由此可見，生長於英屬香港的黃佩佳有著濃厚的故國意識，最後投筆從戎，不知所終。

沈思指出，《香港新界百詠》乃是1938年5月至7月間刊登於《南強日報》，連載四十七篇，是黃氏論述香港風光的文集，從中可看到其文筆的歷練轉化，對香港本土論述的寬敞情感空間。其八十三〈煙墩山〉更由羅香林（1906-1978）所編《一八四二年以前之香港及對外交通：香港前代史》加以徵引。

《百詠》共收錄七絕百首，每首之下配有一段簡短的文言解說，主題包括社區、村落、山水、寺廟等。筆者以為《百詠》的內容大抵可與《新界風土名勝大觀》和《香港名勝風光》二書參看，當是二書內容完成後再行撮寫，每條補以七絕一首——這無疑仍係舊派文人習尚的孑遺。由於前此已有大量資料的累積，故《百詠》乃是由前此諸作所提煉而成。何況黃佩佳撰寫《百詠》時，抗戰已經爆發，兼以古典詩具有較強的抒情特質，《百詠》透發的情感因而遠較其他相關著作為甚。

有報導點出：「黃佩佳年輕時與當時的社會主流並不一般，他喜歡探索香港鄉郊的陌生地方，深入與華南傳統一脈相承、但不一樣的新界地域『遠足』探索。」就港島、南九龍而言，兩處的本地人口並不多；由於係割讓而非租借，兩處的本地人並未得到港英政府賦予一定權益。一旦開埠，大量外來人口移居，本地人口早已稀釋，而文化傳統也難以為繼。至於新界（包括北九龍），面積為港九之七倍有餘，1898 年方為英人併入香港，農地郊野甚多，與港九繁榮擠迫之市區面貌大異其趣，故為黃佩佳等遠足愛好者所青睞。再者，正因新界係以租借形式併入，故港英政府實施懷柔管治，承認前此在新界各鄉村定居者之「原居民」身分及權益，不少故清舊文化風俗也因此得以保留。故對定居港九者而言，新界展現出一種與市區截然不同、或云更接近於傳統中國的文化面貌。

黃佩佳生長於香港，早年受到中西合璧之教育，雖是港英政府的公務員，卻又心繫故國。其遊記較少涉及港島，而《百詠》更以殖民文化較為淡薄的新界為觀照，這除了古典詩修辭與內容可能存在的限制外，也許還關乎作者自身的文化認同。故其詩作中一方面有「江山洵美非吾土」之句，另一方面又對於本地風物往往帶有一種悅慕欣賞之情，並非如某些南來作家

那樣簡單將此地看作「南荒陬隅」。就香港而言,《百詠》既體現了黃佩佳對香港這片美麗土地的熱愛,也承載了對此處作為殖民地之事實的遺憾。對於生長之地,黃佩佳卻說是「非吾土」,此語固然是從政治角度而發。若從人文地理觀之,黃氏不僅視香港為「吾土」,這「吾土」的疆域還以香港為起點而延展至北方的故國——哪怕他對於這個故國所懷有的鄉愁毋寧說是以想像居多。無論如何,熱愛與遺憾的並陳、牴觸與互滲,形成了黃佩佳「吾土」情懷的主要內涵。而對於「吾土」香港,黃佩佳的認知至少有兩個層次,其一為寄託文化鄉愁的「吾土」,其二為賴以生息蕃庶的「吾土」,兩者間又相互依存。

由於清楚意識到自身的華人身分,以及香港割讓租借的背景,黃佩佳依然懷有故國之思——亦即「吾土」情懷的一種面貌。而如此情懷在《百詠》中不時流露於字裡行間,尤其首尾兩首可謂提綱挈領。其一〈九龍城〉曰:

> 一屏列岫擁孤城。此日烽煙百感生。
> 惟有龍津舊時月,照人無限別來情。

解說先扼要說明了九龍城自宋代以來的歷史,又云:「茲值寇焰東來,避居港地者日益重,九龍城易已樓臺歷落,馬路縱橫,半江漁火,一片滄桑,龍津夜月,感慨彌深矣!」黃氏《百詠》刊載於 1938 年,當時日軍已攻陷江西,武漢會戰一觸即發。而英國由於綏靖政策,尚未向軸心國宣戰,香港地區遂仍享有一霎寧靜,以致大量內地難民湧入。然而,此詩「孤城」一語,除了指涉作為三不管地帶的九龍寨城,更隱喻著香港在抗戰初期的「孤島」情狀。今夕相勘,宛如鏡影,香港乃至整個中國的磨難接踵如此,自然令人百感交集。

宋代以降，幾個大家族陸續定居於新界，居民人數日夥。故《百詠》於涉及宋代遺事的人文地理時有吟詠。如其三十二〈錦田〉：

> 黃雲四野田如錦，宋代衣冠見舊圍。
> 自是南陽稱望族，崇寧遺事有題碑。

其實錦田吉慶圍與泰康圍皆建於明代成化間（1465-1487），初無圍牆，至清康熙（1661-1772）初葉，為防盜寇，始增建圍牆、四角炮樓、連環鐵門，並於圍外加挖深壕。黃佩佳熟諳《新安縣志》，此等史實不會不知。縱然鄧氏定居可追溯至北宋，但詩中所謂「宋代衣冠」充其量只可謂宗祠中鄧符協等人的畫像而已，記錄「崇寧遺事」的題碑也斷非宋代故物。然而，正因詩歌語言精簡而引發的歧義，可能令人產生宋代法統仍保存於斯的想像——這亦自是詩人所期待的效果。強調「宋代衣冠」的正統，可進一步縫合香港與中國內地的關係，並突出新界在殖民地中的特殊地位。

新界始建於清代的廟宇甚多，而《百詠》相關詩作也為數不少。如其十六〈雞翼角〉：

> 雞公山下一逃禪。風磬煙鐘不計年。
> 此日天涯同冷落，牧羊人立海潮邊。

解說云：「院建於光緒廿九年，範以短垣，右側築茅舍，闢地牧羊。平海人丁慧鵬居此，內奉觀音，雖名禪院，與居士林等同。」此處本名普濟禪院，今已不存。禪院始建的光緒廿九年（1903），距離黃氏造訪不過三十餘年，若謂「不計年」似乎有點誇飾。然而建造之際，新界租讓未久；此後英治三十年間，

卻已滄桑變化。丁慧鵬既為在家居士，卻畜養羊群，當不會以屠宰為務，蓋別有襟抱。尾聯出句之「同」字，更顯示黃氏對丁慧鵬襟抱之領悟：史載蘇武出使匈奴遭到扣押，在北海邊持節牧羊十九年之久。相對於中原而言，香港與北海一樣，同樣是天涯海角，而丁慧鵬如蘇武一樣牧羊天涯，日復一日，不知春秋幾度，儼然大清遺民。從詩中筆觸可知，丁氏之舉無疑得到了黃佩佳的欣賞與稱許。

　　香港居民以華人為主，對北方故國存有念想，不足為奇。然而身處英治之環境，不可能期待這座城市立即回歸故國，更實際的選擇是以此處為家，好好生活，並學會欣賞生活之美。換言之，曾是中國領土的新界，承載著世家血脈、前朝遺跡，在香港人看來，這是一片浸染了歷史記憶和文化鄉愁的「吾土」；而有著明山秀水、皓月白沙、梵宇僧樓、漁舟農田的新界，卻也是現實中香港居民賴以生活的「吾土」。不難發現，《百詠》中抒發這一種「吾土」情懷的詩作也不在少數。如其七十八〈川龍〉：

> 寒林一谷蔭川龍。原有葛懷上古風。
> 添得教堂稱壯麗，此鄉不與舊時同。

解說略謂此處居民四十餘家，以耕種為業，天主教堂及雜貨店亦有之。據記載，1890年代荃灣發生瘟疫，川龍村民希望藉宗教力量消災解病，於是大部分人皆皈依天主教。教堂建於1932年，現已荒廢。而黃氏詩中似認為，天主教的傳入使川龍村民得以走出純樸渾淪的狀態，非昔日可比，這無疑是進步。故新建之教堂，詩中譽為壯麗，也很自然。黃氏畢業於皇仁書院，又供職港府，對西方文化之美頗能道之。如《風光》描述銅像云：「梅港督像，在歐戰紀念碑前，巷坐而拳握，對江遠

矚，若有所思，狀至閒逸。卜公碼頭前的干諾公爵像，挺立按劍，遙盼九龍，儀極英偉。」然因其著作多以新界及華人生活為主題，故於西方人文較少談及爾。

2023.10.13.

三湘才子易君左

一夕南來隔觸蠻。
豈堪顧反憶朝班。
莫嗟石室連宵雨，
霞色終回鑽石山。

　　2014年10月的「蘇雪林及其同代作家國際學術研討會」，乃是奉成功大學文學院長王偉勇老師之命而參加的。我猜想偉勇老師如此安排，乃因蘇先生是《楚辭》專家，而我的博論也與《楚辭》有關。但得悉陳怡良、廖棟樑諸位前輩皆應邀與會，拙文以此為題的念頭就打消了。彼時我對蘇先生的舊詩創作也有興趣，但時間緊迫，已無法撰成論文。幸好大會名稱有「同代作家」字面，而我當時正在撰寫一篇關於易君左（1898-1972）《中國百美人圖詠》的拙文，索性以此投稿，幸蒙成大同仁不棄。易、蘇年紀相若，在1921年曾有一段過節，這在易君左晚年回憶錄《火燒趙家樓》中有所談及（茲不贅），且對自己年少孟浪頗有悔意。後來易氏在港復辦《新希望週刊》，曾向蘇雪林邀稿，蘇也不吝惠稿，可見二人仍視對方為老友。至於前篇提及的王家鴻，也與易氏在晚年有詩歌往還。如易君左自港

回臺，恰逢誕辰，有自壽七律四首。王家鴻一一唱和，有「尚有清音追老鳳，似君未許怨蹉跎」的譽勉之詞。

易君左固非泛泛之輩。其人本名家鉞，以字行（《尚書·牧誓》有「左仗黃鉞」之語），別號三湘詞人，原籍湖南漢壽，其父為清末民初大詩人易順鼎（1858-1920）。1916 年，易君左負笈日本早稻田大學，主修政治經濟，後因反對北洋政府與日本簽訂「中日共同防敵軍事協定」而罷學歸國。1918 年，入北京大學法本科政治門二年級，為五四運動活躍分子。1921 年畢業後再渡日本，獲碩士學位。1926 年北伐軍興，請纓任國軍第四十軍政治部主任，此後長期工作於國民黨媒體。1948 年，任蘭州《和平日報》社長、西北大學教授。1949 年移居香港，與湖南同鄉左舜生（1893-1969）在鑽石山合股經營小士多「榮康商店」。其後曾任珠海學院教授、香港美國救助中國知識分子協會編輯所文藝組主任、《星島日報》副刊主編、香港浸會學院專任教授兼中文系主任、國際筆會香港分會理事兼出版主任。1969 年移居臺北，出任政工幹校教授兼臺灣銀行監察人，經常參與詩歌活動，1972 年病逝。易君左畢生著述近八十種，總計數千萬言，內容包括學術專著、詩詞、遊記、傳記、隨筆等，於臺港海外享有盛名。且詩、文、書、畫，無不精工，號稱「文壇奇人」。如其散文〈可愛的詩境〉等更收入臺港國文教材：

> 多謝西風！它把後園的桂花一齊吹放了，桐葉的飄零與黃花憔悴，是詩人的形容詞。這裡只有花的芬芳，水的澄清，天的莊嚴而純潔，以及一切秋蟲的歌唱……

民國初年，易君左隨父居京，常至江西會館參加寒山詩社的詩

鐘集會。寒山詩社的社員有許多前清遺老、失意政客，其中不乏像王闓運、陳寶琛、樊增祥、易順鼎、陳衍、林琴南、高步瀛、嚴復、梁啟超這樣的大家，一如易君左所言，「集當時詩人之大成，詩不用說了，即以詩鐘來說，名聯之多，美不勝收」。當時易君左只是一個中學生，卻也中過兩次狀元、一次探花。第一次是王式通主課，題目是「寸，人力車夫」，要使用籠紗格，也就是所用的事不用明言而用暗射。易君左奪魁的句子是：

> 小草三春心莫報；
> 軟塵一路足如飛。

上聯用的是孟郊〈遊子吟〉的典故，暗扣「寸草心」的「寸」字，下聯則講北京人力車夫健步之快，可謂妙絕。另一次經驗，易君左的原文是這樣寫的：

> 主課的記得是高閬仙，鐘題為「原、影」六唱。我又在拼命運用小腦筋。我想到「中原逐鹿」的典故，便成了上句：「劍提三尺追原鹿」，卻不容易想到下句。迫不得已，只好求教於父親。父親略一思索，向我提示：「不是可以用杯弓蛇影的故事嗎？」由於這一個有力的暗示，我靈機一動，便對上了：「杯照雙弓誤影蛇。」這一聯，對仗工穩，但如果沒有父親的指點，「靈感」是永遠不會找到的。

易順鼎有「鐘王」的美譽，為什麼要以「杯弓蛇影」的典故作為提示？易君左沒有闡明。筆者認為是考慮到上下句之間要有文意、風格上的統一性。《史記》記載漢高祖臨終前拒絕醫生的

診治道：「吾以布衣提三尺劍取天下，此非天命乎？」而杯弓蛇影的故事，同樣以患病為主題，只是兩者一為生理病，一為心理病。進一步看，漢高祖為雄猜之主，大肆屠戮功臣，所患的不正是杯弓蛇影之病嗎？兩句並置，一種歷史的蒼涼感不禁油然而生。詩歌之奇妙，實在不可思議。

易君左幼年習詩，終生創作不斷，但也並非故步自封。今人周興陸指出：「作為名父之子，他卻勇於接受新思想，努力擺脫父輩的影響。雖難免輕狂浮薄，但經過抗日戰爭的洗禮，成長為一位卓有成就的愛國詩人。他用長篇歌行的形式，為抗戰吶喊呼號，及時地紀錄抗戰中的重大歷史事件和英雄人物，弘揚堅強不屈的偉大的民族精神。易君左將抗戰中的詩歌創作經驗提升到理論層面，提出建立『中華民國詩』、建設『新民族詩』的口號，破除新舊體詩的界線，兼顧歷史性和時代性。這反映了抗戰時期的文學需求和詩歌自身的革新訴求。」（〈易君左「新民族詩」的實踐與理論〉）他這個時期創作的〈鐵血歌〉、〈救國歌〉、〈岳王歌〉、〈蘆溝橋血戰歌〉、〈姚將軍歌〉等，皆屬於這種體式。而抗戰爆發後，他的第一首作品則是一首〈漁家傲〉：

> 絕似晴空驚霹靂。蘆溝橋畔風雲急。
> 敵騎縱橫笳角起。刀影裡。血花飛濺頭顱碎。
> ◎地北天南千萬里。男兒報國今何計。
> 休灑新亭閒涕淚。祈戰死。葡萄酒向沙場醉。

此詞風格顯然繼承自北宋范仲淹的〈漁家傲·塞上秋來風景異〉的蒼勁渾樸，而更具變徵之聲。且全首上去入聲通押，也可見其詩詞革新嘗試於一斑。

移居香港後，易君左創作不斷，並出版了《南來香港八年

詩》。當時南下的內地人為求有瓦遮頭，多半會在山邊搭建木屋，略有積蓄的則會建造石屋。易君左就在鑽石山造了一座石屋，由於山前山後環繞著兩條清溪，因而命名為雙溪書屋，好友張大千（1899-1983）還特意繪製了一幅《雙溪書屋圖》，橫額、對聯則由梁寒操（1899-1975）所題，聯曰：「山綠娛魂，溪聲淨念；巡檐覓句，閉戶著書。」誰知入住不久，才發現石屋屋頂斜度不夠，一下雨就漏，「大漏大補，小漏小補，不補更漏，補了也漏。」有次好友鄭水心（1900-1975）來訪，正值易家因補漏而亂成一團。易君左戲言：「就因為你的名字，所以把我們圍困在水心。」鄭水心大笑說：「易君，左矣！」鄭水心告辭後，易君左當晚便寫了一首〈漏室歌〉，其中有句云：

太平山下平民居，流離人值亂離年。
朝看晴霞懸繡幔，夜燃明燈鋪瑤箋。
買菘剪韭近蔬畦，小窗自酌飄欲仙。
忽然昨夜大風雨，平地滾滾成流川。
風號雨嘯山震撼，擁衾竟夕未成眠。
室人蜷縮長嘆息，滿腔悲憤橫眉尖。
黎明下床涉水渡，四壁如睹淚潺湲。
……

對於當時香港木屋、石屋的居住情況描繪得纖毫畢現，今天看來依然掩卷，卻也不無親切之感。

　　早在 1923 年，易君左便著有《婦女職業問題》，較深刻地探討了女性地位的問題。他從就業的角度，將婦女的時代分成黃金、白銀、青銅、黑鐵四個時代，而認為當下乃是黑鐵時代。面對婦女問題，他提出的治標方法是從勞動權、生活權和教育權入手，而治本方法則包括從男性中心主義到兩性平等

主義、從政治改造到經濟改造以及從兒童私育到兒童公育。而 1956 年，易君左受新加坡《南方日報》之託，開設「百美圖詠」的專欄，「就中國歷史上及民間傳說上選出一百個美女，寫一百篇短文敍述她們，做一百首小詩歌讚她們，而且，畫一百幅小像替她們傳真」。該系列上起虞舜二妃，下及清末民初的秋瑾、賽金花、小鳳仙。不過，易君左刊登於報紙的只是簡圖，此後又花整年時間精繪了一百幅大型彩圖。可惜香港吳興記書局 1958 年刊印成專書時，鑑於精繪的印刷成本太大，只能沿用簡圖。如今一百幅彩圖未知去向，更遑論再版此書時珠聯璧合，令人嘆惋。但無論如何，《百美圖詠》詩、文相配的格局，以及歷史、傳說與小說人物共冶一爐的揀選方式，都體現出雅俗共賞的取向。

五四以後，人們對於女性容色之美展現出坦然的興趣，但卻多以純潔而不帶色慾的眼光來審視其美。而《百美圖詠》題詩中，易君左強調女性容色之美，也多半是就美的本身而論。如其題西施：

> 江山不上美人眉。亡國興邦自有之。

且稱許王維名作〈西施詠〉的好處「在就角色女子西施本人加以歌詠，並沒有滲入若何政治氣味，而西施的全貌畢現」。他認為王維的作品沒有政治氣味，而他自己的題詩也大抵少見情慾因素。以才華著稱的女性，易君左也大為讚嘆。如其題蔡文姬：

> 笳聲駝影共徘徊。絕代清姿擁百哀。
> 魏武生平無一善，幸將才女贖歸來。

詩中認為曹操一世奸雄，唯一做的善事就是把蔡文姬迎回中

國，對蔡氏才學之推舉，可謂不遺餘力。其次，易氏對於蔡文姬生平的遭遇深表同情，稱其「絕代清姿擁百哀」。比起道學家譏諷蔡氏「失身胡虜，不能死義」，易君左所論不啻高明寬厚得多了。

易君左的髮妻黃學藝是其同齡的表姐，1949 年赴臺依女而居，夫妻睽隔多年。易君左回憶學藝早年開朗，擅唱京劇鬚生，友朋稱其為「大姐」，易君左也有「詞客心情問柳永，荊妻歌調逼楊波」之詠嘆。1960 年暑假，易君左第一次赴臺探親，此時的學藝雖然兒孫滿堂，性格卻因顛沛流離而轉向內斂，虔信佛教。女兒易鷗遞來一束母親的詩稿，其中最令易君左嘆為名句的是〈有感簡呈敦偉兄〉其二：

> 到處飄零到處家。一生偏愛夕陽斜。
> 春光島上驚時暫，不似江南二月花。

學藝詩不多作，偶爾發表於《暢流》雜誌而已。1972 年易君左去世後，長子易鷗將軍隨即將先父詩稿編成《易君左四十年詩》，1987 年付梓。唯不知數十年後，才女黃學藝的詩稿尚存於天壤之間否？

2023.10.27.

曲學大師盧前

曲如惡少最存真。
立世唯求德潤身。
一林猶然鷺鷥笑，
振飛雙翼不霑塵。

從王土到共和——「清末一代」古典詩人淺談

易君左在大陸時期，有一位莫逆之交名叫盧前（1905-1951），時人呼為「易瘦盧肥」。1920 年代末，易氏隨北伐軍初入南京，住在孫園，盧前恰好是園主的表弟：「一天，看見一個青年胖子穿著一件長衫拿著一把扇子飄飄然來了，以胖子而飄飄然，可想見其風度。」由於彼此神交已久，此後就誼若手足，情義濃摯，時有詩作往來。如抗戰初期兩人在成都合照後，易君左戲題一詩道：

　　十載豪遊萬事乖。君肥我瘦共沉哀。
　　若非居易和元稹，便是勞萊與哈臺。

將自己和盧前喻為當時著名的 Laurel and Hardy——荷李活電影中一瘦一肥的喜劇搭檔，幽默之甚。不僅如此，他還將二人自

比為唐代新樂府推手的白居易、元稹，這是因為抗戰初起，盧前、易君左就協助于右任創辦《民族詩壇》，共同致力於「中興鼓吹」及舊體詩的現代化，桴鼓相應（《火燒趙家樓》）。盧前要比易君左年少七八歲，訂交時才二十來歲，何以得到易氏青睞如此？這是因為盧前當時以曲學家著稱，是知名的江南才子。此外就是盧前的性格極好。易氏在〈盧前傳〉中戲稱他為「胖哥」、「冬瓜」、又稱許他「綜其一生，無倦容，無惡像，無怒意，待人勤懇，交友忠實，生性和平」。人家叫他「胖子」，他也只作鷺鷥笑（悶聲笑）而已。

　　盧氏原名正紳，字冀野，自號飲虹、小疏，南京人。年僅十歲便寫得一手好文章，十二三歲開始創作詩詞。1921 年投考東南大學（中央大學前身）國文系，中文科成績優異，卻因數學科零分而落榜。翌年，以「特別生」名義被錄取入國文系，成為曲詞大家師吳梅的得意門生。由於盧前弟妹甚多，畢業後四出兼課，曾在金陵大學、河南大學、暨南大學、光華大學、四川大學、中央大學等處講授文學、戲劇。抗戰時期，盧前在大後方負責《中央日報》副刊〈泱泱〉主編工作。此後又擔任國民參政會參議員、福建音專校長、南京通志館館長、南京市文獻委員會主任等職務。謝冰瑩回憶：

　　　　三十八年（1949）大陸撤守的時候，冀野因為老母在堂，一時無法離開，便陷在南京了。為了一家老小要活命，他不得不改寫章回小說。在那種困窘的生活中，他還沒有忘記幫助比他更窮的朋友。後來有通志館的一位職員以莫須有的罪名控告他，於是清算盧前的風聲傳遍了南京，使精神上受到莫大的打擊。

　　　　同時，還有一件事，也是使他最痛心的。他親眼看到

當時有成千成萬的舊書和珍本，都當作廢紙，論斤出賣，怎不痛心疾首？這樣一來，血壓更高了。加上他原來就有腎臟炎、糖尿病一類的宿疾，至此一併發作，結果於 1951 年 4 月 17 日病逝於南京醫院。

盧前雖然喜好美食美酒，卻依然致力於研究與創作。據朱禧《盧冀野評傳》統計，其著作達 55 種，整理刊印書籍 43 種，此外尚有單篇論文及譯作若干。

吳梅曾說：「余及門中，唐生圭璋之詞，盧生冀野之曲，王生駕吾之文，皆可傳世行後，得此亦足自豪矣。」唐圭璋、王駕吾後來皆成為學術泰斗，早逝的盧前被恩師評價如此，可見其成就之高。盧前作為曲學大家，不僅研究，還致力於創作。作品除了戲曲若干，還有大量散曲（包括小令和套數）。據盧偓統計，其《飲虹樂府》中前六卷為小令，共 429 題 772 首；後三卷為套數，共 74 套。又如盧前在二十四歲時寫成授課教材《論曲絕句》四十首，除第一首為總論外，其餘各首皆以散曲家為綱，共論及元十五家、明十九家、清五家、民國三家。清人的論曲絕句，較知名者有凌廷堪、潘素心和舒位之作。但三者皆以戲曲為主，唯盧氏以散曲套令上承詩詞而抒情寫景，為韻語之嫡傳，與戲曲「截然兩途」，故其《論曲絕句》以散曲為中心，有補前賢不足之意。其一開宗明義地說：

> 十二科和十五體，同根枝葉各西東。
> 別開粉墨登場局，令套當然是正宗。

自註云：「自來論曲者，每以小令、套數與雜劇、傳奇並提，駁雜不清，誠憾事也。按：《太和正音譜》，列舉雜劇十二

科，……又所謂樂府十五體者，……蓋指令、套而言也。令、套上承詩詞，抒情寫景，為韻語之嫡傳。」傳統將曲分為散曲、戲曲兩類，甚至有學者認為「曲本是戲劇的文學，散曲不過是劇曲的支流」。但在吳梅、盧前師徒看來，元人稱雜劇為劇曲，乃是因其將散曲的形式借到自己的營壘中來，以唱曲作為一種新的表演手段，佐以科白，以增加其表現功能。因此散曲絕非「劇曲的支流」，倒是劇曲（雜劇）霑了散曲的光，既拉散曲加盟，又竊取了曲的外衣。這正是盧前大量創作散曲、後來更撰寫《散曲史》的主因。進而言之，同一作家在不同作品中可能展現出不同的體式風格。兼擅多體者，便可目為宗匠。如盧前論馬致遠云：

> 枯藤老樹寫秋思。不許旁人贅一辭。
> 百歲光陰成絕調，大都消息此中知。

他又在自註中引元人周德清之語，稱許馬致遠〈天淨沙〉為「秋思之祖」，而〈雙調夜行船〉「百歲光陰一夢蝶」一套「為元人之冠」。盧氏更提出，世人以馬致遠與關漢卿、白樸、鄭光祖為元曲四大家，若就雜劇而言則可，若言散曲，只有馬式足稱。再看《散曲史》，盧前對關漢卿的散曲只錄〈一半兒‧題情〉二支及〈不伏老‧煞尾〉；論鄭光祖則稱其劇作不少，令套則寥寥無幾、無足稱焉；而對馬致遠則稱譽備至，謂其作品幾無一不妙。由此足見其態度如何。

回觀盧前的散曲創作。小令方面，如 1946 年 7 月 1 日，新疆聯合政府成立，國府特派監察院院長于右任赴新疆監誓。當時盧前隨于右任前往新疆，沿途皆有文字紀錄。韻文方面，他創作了〈越調天淨沙〉108 首，合稱《西域詞紀》。稍後又將之與散文報導結集成書，題為《新疆見聞》。茲舉三首為例：

草原三兩天鵝。掠車一霎飛過。還似白雲幾朵。鏡天點破。不曾驚動明駝。(〈歸途原上見天鵝〉)

紅霞綠草藍天。博山白雪盈巔。馬踏黃塵路遠。畫圖中見。柳梢月正初絃。(〈老滿城歸途中所見〉)

垂臉簾一尺而強。有青灰黑白紅黃。望眉眼迷離惝怳。小街深巷。他揭來暗地偷張。(〈喀什婦女臉簾〉)

其一作於迪化(烏魯木齊)城郊，將天鵝比喻為白雲，藍天比喻成明鏡，並用「點破」二字狀貌遠處天鵝身影飛入天空的動感，真可謂曲中有畫。其二所謂老滿城，乃是乾隆年間清軍在迪化西北所築綠營基地；博山即博克達峰，為天山的最高峰，在吐魯番縣西。在這一片夐不見人的廣漠中，作者把紅、綠、藍、白、黃諸色有層次地展現在讀者眼前，令人驚嘆於大自然之奇美，篇末的柳梢透發出生機，新月也呼應著伊斯蘭教的文化背景。其三描寫帶著斑斕長面紗的喀什婦女，非徒具有迷離惝怳的神秘感，她們偶然在僻靜處整理面紗的情態，更是活潑靈動。這首特別增入「垂」、「有」、「望」、「他」等襯字，尤使全篇生色。

學者孟瑤謂詞如大家閨秀、曲如鄉野村姑，鄭騫則以翩翩公子喻詞、惡少喻曲，皆十分傳神。盧前的性格與外型一般討喜，而這種喜劇感也注入了他的曲作中。如友人在故宮中看到宋真宗(本名趙德昌)的畫像，以為與盧前酷肖，不但給他取了「宋真宗」的綽號，還邀著名攝影家羅寄梅為他與真宗畫像合照。於是盧前索性創作了套數〈趙德昌像我〉(共六曲)，不僅調侃真宗和自己的長相、自嘲只是「青衫客」，對真宗政績的得失加以評價。如其一云：

趙官家可是這喬模樣？卻早把紅袍穿上。看眉毛細細眼星星，不多隆的鼻準二寸來長。疏疏鬢髯襯托出龐兒胖，緊接著那不大而圓嘴一張。就算是官家相，還有的說德昌像我，我哪裡會像你人王？

可謂謔而不虐。其五云：

我只是青衫客，從來薄帝王。你宋真宗卻與我時相仿。並不因貌似嗟貧賤，任假手功名道短長。天書降，我要這天書何用？要自家發憤圖強。

對於真宗在位時大搞天書符瑞等迷信活動加以嘲弄，最後又以發憤圖強自勵。

不過對於古代帝王，盧前也頗懂得在曲中借其身分而善用之。1941 年，盧前在重慶復興關下與同為參議員的西藏高僧喜饒嘉措長談，得悉六世達賴喇嘛倉央嘉措（1683-1706？）其人——倉央是一位傳奇詩人，身為僧王卻有情歌六十餘首傳世。感觸之下，盧前創作了套數〈倉央嘉措雪夜行〉（共七曲），以倉央在雪夜偷走至拉薩酒肆與情人相會的片段為主題。如其一云：

壚邊淺笑，有個人如月。何以投之只一瞥，從茲繞花迷粉蝶。拉薩王城，願無虛夜。

不過最值得注意的，還是終曲將倉央與李後主、宋徽宗合稱為「三生聖哲」：

是三生聖哲，歷諸天浩劫。能幾個為著情殉，傳留下

蓮花妙舌？算帝王計劣，論文章不拙。唱倉央這回行雪，

莫笑是癡呆，普天下不癡呆的哪裡有情種也！

早在南宋張端義《貴耳錄》中，就有以宋徽宗為李後主後身的傳說，認為李後主因被宋太祖奪江山、又遭太宗毒死，因此轉世為其後人徽宗而討債，導致北宋滅亡。盧前且進一步把倉央視作徽宗轉世，皆遭罷黜之難，「歷諸天浩劫」。有人批評此說不倫不類，實際上，將漢地讀者比較陌生之倉央與後主、徽宗牽合起來，有納入華夏法統之感——特別是後主尚為偏安之主，徽宗則象徵著華夏正統。如此一來，盧前的創作目的就很清楚了：那就是近了漢藏民族的心理距離，進而促使其一致團結抗日。

　　盧前去世未幾，在香港的易君左又寫了〈易瘦盧肥〉一文，其言云：「我們發現，原來盧冀野所以胖態臃腫，是由於做曲太多；易君左所以瘦骨嶙峋，是由於做詩太多。這就是詩與曲的分別，也就是瘦與肥的分別。蓋詩也者，自漢魏古體以至近代嗎呀啊呢白話詩，皆主嚴謹，其詩心之餘回激盪，腸一日而九轉，故易致人於瘦；曲也者，直接解放於詞間接解放於詩者也，自關馬以下，皆主疏散，疏則鬆，散則泛，不著一字可以盡得風流，流水行雲而無所礙，故易致人於肥。」令人發噱之餘，也更懷念盧前了。盧氏在〈論曲絕句〉中說「願向北詞討生活，盧生尚未入中年」，後來竟中年而逝，令人嘆息不已。然其一生雖短而成就非凡，又令人敬佩有加。由於盧前的國民黨背景，導致其人在身後長期被世人所遺忘，其文其書為得不到充分肯定。直到千禧年後，兩岸各大書局才逐漸整理出版其遺作，學界對於盧前的研究日漸興盛，兩岸研究生學位論文以盧前為主題的也不乏人。盧前在天有靈，當重作鴛鴦一笑罷。

2023.11.03.

倉央功臣曾緘

孰為譯主孰為賓。

微笑拈花知鳳因。

勝道傾城皆莫負，

本來面目有情人。

曾緘夫婦晚年合影

　　當人們在現代社會的喧囂營役中棲居得並不詩意，對純樸與自然的想望就會滋生。神秘的西藏高原，恰好滿足了這種想望。大學時代頗愛《阿姐鼓》和《央金瑪》，兩張專輯都由朱哲琴演唱，詞曲大率為上海音樂學院何訓田教授手筆──除了《央金瑪》中的〈六世達賴喇嘛情歌〉是把傳為六世達賴倉央嘉措（1683-1706）所作的六首情歌拼接而成。二十年後撰寫相關論文，偶爾上網搜尋，竟發現六世達賴名下平添了不少何訓田的歌詞。回觀兩張專輯十四首歌曲中，〈六世達賴喇嘛情歌〉固然是最引人注目的作品之一。而相形之下，何訓田自作的歌詞既能保持主旨一致，又踵飾增華，更符合內地漢人的審美觀，網路上以訛傳訛，就毫不奇怪了。由此推想，六世達賴生活在三百年前，此後多少無名詩人的作品會歸在這位詩僧名下，實在不得而知。

倉央嘉措是門巴族人，世代信奉紅教。前此，五世達賴向蒙古借兵，在西藏建立政教合一的政權。五世達賴圓寂後，其親信第巴桑結嘉措成為攝政王，物色倉央嘉措為轉世靈童。倉央博學多才而身為傀儡，又因紅教背景而生性浪漫，所作詩歌每多綺思。其後蒙古拉藏汗入侵，處死桑結，還向康熙皇帝奏請廢黜倉央嘉措。押解至北京途中，倉央在青海湖濱染病圓寂。

　　倉央的情歌文字質樸而深受民歌滋養，傳入民間後又回頭影響了民歌。這些情歌多為藏人日常隨唱的短歌形式，一般每節四句、每句六個綴音，琅琅上口。1930年，藏學家于道泉（1901-1992）首度發表倉央情詩的編譯本，共收錄詩歌62節、66首，包括藏文原文，以及漢文、英文逐字翻譯和串譯。對於自己的譯事，于道泉説得很謙虛：「我在翻譯時乃只求達意，文詞的簡潔與典雅，非我才力所能兼顧。」此後二十年間，新譯至少又出現三種，最著名者當推1939年曾緘的譯本。

　　曾緘（1892-1968），四川敍永人，字慎言，一字聖言，1917年畢業於北京大學中文系，受業於黃侃，工詩詞。畢業後任職蒙藏委員會，歷任四川參議會議員、四川國學專門學校教務長、四川大學文學院教授、西康省臨時參議會秘書長、雅安縣縣長、四川大學中文系系主任兼文科研究所主任。大陸易幟後，任四川大學中文系教授。後於文革中遭迫害致死。著有《磨兜室雜錄》、《玩芳館筆記》、《西康雜著》、《戒外吟》、《人外廬詩》、《寸鐵堪詩稿》、《諸宋龕詩草》、《玉德菴詩》、《人外廬集》、《西征集》、《寸鐵堪詞存》、《西征詞》、《宣華詞》等。任職蒙藏委員期間，曾緘以七言絕句形式譯成〈六世達賴情歌六十六首〉，刊於《康導月刊》1939年1卷8期。現當代以舊體詩翻譯倉央情歌的諸本中，曾本的文字流暢清麗，富於韻味，成就較高，故亦膾炙人口，客觀上推進了這組詩歌在漢地的傳播。

1938 年，曾緘抵達西康省會康定市，接任公職。他隨即有了采風的想法，卻未必馬上就產生從頭改造于道泉所譯倉央嘉措情歌的念頭。如于本第 17B 首，曾本作：

> 靜時修止動修觀。歷歷情人掛眼前。
> 肯把此心移學道，即生成佛有何難。

曾氏在此詩下自註云：

> 藏中佛法最重觀想，觀中之佛菩薩，名曰本尊。此謂觀中本尊不現，而情人反現也。昔見他本情歌二章，余約其意為〈蝶戀花〉詞云：「靜坐焚香觀法像，不見如來，鎮日空凝想。只有情人來眼上，婷婷鑄出姣模樣。◎碧海無言波自盪，金雁飛來，忽露驚疑狀。此事尋常君莫悵，微風皺作鱗鱗浪。」前半闋所詠即此詩也。

〈蝶戀花〉上片顯然是檃栝自于本第 17B 首，那麼下片又來自何處？筆者嘗試考察劉家駒編譯之《西藏情歌》（1932），發現其第 36 首云：

> 海水高低蕩漾，
> 是微風鼓動著的；
> 金色的鷹兒，
> 你不要誤會驚疑啊！

比勘可知，這正是下片的出處。因此，曾緘自云「刺取舊聞」，當非虛言。從他「約其意為〈蝶戀花〉詞」一事，可以說明幾點：

其一，這次創作自然在抵達康定以後，當時曾氏尚在閱讀、消化各種與倉央相關的資料。

其二，這次創作可能只是一時戲筆，曾氏既然還選用了劉家駒本的作品，當時大抵尚未打算整體改譯于本。

其三，小令〈蝶戀花〉的體式含有上下片，篇幅與兩首七絕相若，故曾氏將兩首作品共冶一爐。由此可見，他當時猶未考慮到以絕句體式來改譯于本。

不過，以七絕改譯的想法不久便產生了。如于本第 32 首，曾氏改譯云：

> 少年浪跡愛章臺。性命唯堪寄酒杯。
> 傳語當壚諸女伴，卿如不死定常來。

而其自註曰：

> 一云：當壚女子未死日，杯中美酒無盡時。少年一身安所託，此間樂可常棲遲。

相較可知，其初稿雖頗有格律瑕疵，但就內容及章法來看卻誠然比稍後的定本更忠實於原作及于本。定本不但大量使用了句序置換及壓縮增補的方法，還至少添加了兩個語典。末句「卿如不死定常來」，採用了《穆天子傳》中西王母對周穆王所唱〈白雲謠〉：「將子無死，尚復能來。」至於所謂章臺，原指西漢長安城的章臺街，引申為妓院集中之處。由此且可推測曾氏在正式開始改譯工作前，便曾以七絕形式試譯一二，以作練筆之用。此時曾氏擬採用之七絕體式，未必合乎格律，蓋竹枝詞之類而已。但不久決定改譯全部作品，則回頭採用格律嚴謹之七

絕，以免貽人口實。而譯本定稿後，仍將試譯的篇章納入自註中，以為兩存采覽之資。當然，一旦決定整體改譯于本，曾緘面對各本內容之歧義時，依舊以于本為準。

美國學者奈達（Eugene Nida, 1914-2011）指出：「只在極少數情況下，翻譯可以同時複製形式和內容。而一般來說，形式往往被內容犧牲掉了。」相對於于譯本，曾譯本的句數有增減、句序有調整、句法有更易，形式上的「犧牲」可謂時時有之。甚至可以說，舊形式往往被新形式「犧牲」掉了。根據于譯本可知，藏文原詩有不少排偶句式，前二句往往與後二句相對，類似漢語古詩所謂「扇對」，例如：

> 我默想喇嘛的臉兒，
> 心中卻不能顯現；
> 我不想愛人底臉兒，
> 心中卻清楚地看見。（17A）

> 若要隨彼女的心意，
> 今生與佛法的緣分斷絕了；
> 若要往空寂的山嶺間去雲遊，
> 就把彼女的心願違背了。（22）

前兩句正說、後兩句反說，文字相近而文意相對，形成一種張力。不過，曾譯卻往往將這些排偶解散，替換成起承轉合的形式。如前引的 17A，曾譯本是這樣的：

> 至誠皈命喇嘛前。大道明明為我宣。
> 無奈此心狂未歇，歸來仍到那人邊。

如果僅看曾譯本，難以想像原文竟是由兩個排偶句所組成。曾緘如此改譯，大概有三個原因。第一，排偶句式的文字多有重複，而近體詩一般卻盡量避免相同文字。第二，一首七絕中，四句的平仄大抵都不相同；如果要保持排偶形式，一、三句和二、四句的平仄必須一樣，但這在近體詩格律是不可能的。第三，正如曾緘的詩友沈祖棻所言：「用偶句寫絕句詩，一般說來，由於十分齊整，容易失之板滯。」倉央情歌往往含有兩個排偶句，以西藏民歌角度觀之也許質樸可親，但從近體詩的角度來看，篇末未免戛然而止，無法營造高潮，難有弦外之音。我們看看曾緘是如何改譯前引第 22 首的：

> 曾慮多情損梵行。入山又恐別傾城。
> 世間安得雙全法，不負如來不負卿。

稍作比照不難發現，曾譯首句概括了于譯前二句，次句概括了于譯後二句，首句講耽情遠法之慮，次句講修法棄情之苦。曾譯這兩句的排偶色彩雖不顯著，卻足以概括原詩的全部內容；而作為一首七絕來而言，篇幅才剛剛過半。因此可以斷言，「世間安得雙全法，不負如來不負卿」兩句，並無對應的原文，從文字上說是獨創，從文意上看則是對於原詩主旨的提煉。換言之，曾緘所補這兩句，不僅滿足了七絕的形式，更充分地概括了原詩。無論在形式還是內容上，這種翻譯方法都很難說忠於原文，卻成功為漢地廣大的讀者紹介了一新耳目的詩家、增添了膾炙人口的警句，誠可謂歸化翻譯（domestication）的極致。（由此看來，何訓田歌詞的風格雖與曾緘譯筆有顯著差異，但其所營造清新靈動、冷暖交融而不乏異域情調的「西藏感」，也未嘗不是一種符合漢地聽眾期待視野的文化歸化（cultural naturalization）策略。）

再看舊體詩中的疑問句，除偶有如朱慶餘「畫眉深淺入時無」這樣的開放式問題外，更多的是反問（或稱激問、詰問）與設問兩種。如杜甫〈贈花卿〉：「此曲只應天上有，人間能得幾回聞？」便是反問。這種無疑而問、明知故問的修辭方式，十分常用。反問不必回答，因為答案便在問題之中。適當運用反問能增強語氣、激發感情、突出主旨，可謂四兩撥千斤。而賀知章〈詠柳〉：「不知翠葉誰裁出？二月春風似剪刀。」則是設問。設問包括了一問一答，可以突出感情的波盪起伏，雖然未嘗不能在一句中完成，但以兩句來承載設問的例子顯然更多。由此可見，設問一般使用的文字較多，涉及章法謀篇，而反問往往改定陳述句中的一兩字便能達致效果。因此曾緘改譯倉央嘉措情歌，使用反問的頻次也遠遠高於設問。不過，設問的運用也非全然不見，如以于道泉原譯本第 50B 首為例：

> 薄暮出去尋找愛人，
> 破曉下了雪了。
> 住在布達拉時，
> 是瑞晉倉央嘉措。

曾緘改譯為：

> 為尋情侶去匆匆。破曉歸來積雪中。
> 就裡機關誰識得，倉央嘉措布拉宮。

于本三、四句並無問句在內，而曾本則以第三句設問、第四句作答。曾本之所以能有如此轉圜餘地，乃因「住在布達拉時，是瑞晉倉央嘉措」的資訊含量有限，足以壓縮成「倉央嘉措布拉宮」一句。如此一來，便能騰出第三句的空間，放入「就裡

機關誰識得」的設問了。

　　曾緘當初選擇以七絕來重新翻譯，當是考慮到藏文原文的形式。兼以下筆時多有潤色，文采飛揚，因此膾炙人口。再者，他還以長篇歌行體創作〈布達拉宮詞〉，詠嘆倉央其人其詩，據說南懷瑾晚年還能倒背如流。此外，前篇談及盧前創作〈倉央嘉措雪夜行〉，也參考過曾緘的作品。可見倉央情歌在漢地廣為流傳，曾緘實為一大功臣。

2023.11.24.

左翼詩人劉希武

寒光萬里獨忘機。

靈動高華世所希。

滋味五言怎生說，

朗吟劉譯也芳菲。

民國時期倉央嘉措情歌的舊體譯本有兩種，一是曾緘的七絕譯本，二是劉希武的五絕譯本。曾氏具有儒釋雙修的傳統士人之風，劉氏則是共產黨員。劉希武（1901-1956），四川江安人。1919年赴北京，在法文專修館學法文。1920年入讀北京大學，與劉伯青、蔡和森等主編《嚮導》，宣傳社會主義。1925年加入中國共產黨。1926年北大畢業，於四川萬縣國軍第二十軍第十三師擔任政治部主任。此後曾執教於成都女師及四川大學，任《白日新聞》社編輯、瀘州川南師範學校校長、四川邊防軍總司令李家鈺部任司令部秘書、成都成屬聯中教授。抗戰爆發後，隨軍出川抗日，轉戰於山西。1939年1月，任西康省教育廳秘書。1940年7月起，歷任西康省立西昌師範學校校長、軍事委員會委員長西昌行轅及西康省政府寧屬禁煙聯席會任秘書、重慶市立圖書館館長、萬縣輔成學院任教授

兼秘書主任。1950年，任四川教育學院教授兼秘書主任，後調往西南農學院（今西南農業大學）。1956年夏去世。劉希武擅長舊詩寫作，風格清新俊逸，諸體皆備，尤擅長歌行體，有《遺瓠堂詩草》、《瞿塘詩集》、《希武詞集》，較知名者當為〈第六世達賴倉央嘉措情歌六十首〉。劉譯本比曾譯本短少的六首，內容都與佛法關係較大，而較少涉及情愛。這般選擇當然與劉氏的無神論思想有關。

劉希武、曾緘二人皆不諳藏文，改譯工作皆以于本為底本。1938年中，曾緘來到西康省會康定縣，隨即有采風的念頭。他先蒐集倉央嘉措的相關資料，創作長篇歌行〈布達拉宮詞〉，直到「戊寅年祀竈日」（臘月廿三），也就是1939年2月11日，才完成情歌的改譯。不過此前十餘天，劉希武竟拔頭籌，完成了情歌的五絕改譯。根據劉氏譯序，他是1939年元旦抵達康定，1月5日造訪友人、西康省政府顧問及參議員黃靜淵（1898-1993），「靜淵抽案頭藏英文合璧羅桑瑞晉倉央嘉措情歌一冊以示余，曰：『試譯之，此西藏文藝之一斑也。』」落款云「戊寅仲冬」，即1938年農曆十一月（初一為1938年12月22日，廿九為1939年1月19日）。由此推斷，其改譯工作必在1月5日至19日之間，前後不超過兩週。筆者懷疑劉、曾二氏皆為四川詩人、北京大學校友，又皆於抗戰爆發後前往西康供職，當有交集，改譯工作甚或有分工之共識。

曾緘在〈六世達賴倉央嘉措略傳〉結尾處談到自己改譯的原因：「頃始從友人借得于道泉譯本讀之，于本敷以平話，余深病其不文，輒廣為七言，施以潤色。」由於譯本乃是以研究為動機，盡量忠實於藏文原文，因此在當時漢地讀者眼中，文字也相對平實。而曾緘改譯本更側重於文學推廣、增飾藻麗，在漢地自然更易於流傳，乃至受到喜愛。可以說，曾譯本無疑是一種再創作。此外，劉希武的五絕譯本風格也較為質

樸，比較接近藏文原版和于本的面貌，可說是既有意識地沿襲于本風格，也下意識地受到于本影響。而曾緘的「再創作」能夠天馬行空，也與「求其逼真」的劉譯本在前有很大關係。

對於倉央其人其詩，劉希武是深受吸引的。其譯序云：

> 倉央嘉措者，第六代達賴喇嘛而西藏之南唐後主也，倜儻不拘，風流自喜，寄情聲歌，沉湎酒色，或謂其迷失菩提，或謂其為遊戲三昧，或謂其夜無女伴則終夜不能眠，然雖與婦女為伍而實無所染。康熙四十年，拉藏汗等否認其為黃教教主，彼亦恬然自願棄其教主尊位。康熙四十五年，以奉詔獻北京圓寂於途，僅二十有五。概其生平，酣醉於文藝而視尊位如敝屣，其與南唐李煜何以異？惟不識其辭廟之日，有無揮淚對宮娥之悲；赴京之秋，有無不堪回首之恨耳？

將倉央與李後主相提並論，固因二人遭遇皆受擄而終，且足見劉氏向漢地讀者推廣倉央辭章之心。前篇已言，盧前創作於 1941 年的〈倉央嘉措雪夜行〉把倉央視作李後主和宋徽宗轉世，以溝通漢藏文化的異同，打破民族的隔閡，團結一致，對抗外敵。而劉希武《瞿塘詩集》中，亦時有涉及抗戰的篇什。其身為蜀人而眼見中央政府播遷大後方，或許不難聯想起李後主乃至倉央的「辭廟」舊事。再者，劉希武説倉央「其事奇，其詞麗，其意哀，其旨遠」，是抱著采風的心態來改譯倉央情歌的。對於漢地讀者，「事奇」可勾起異域想像，「意哀」能引發移情共鳴。所謂「旨遠」雖未進一步闡釋，但以劉氏政治取向揆之，當知固不在於傳統美刺。

和倉央一樣，其前任的五世達賴阿旺羅桑嘉措（1617-

1682）同樣富於才學、有詩作傳世。但他的詩作遠不及倉央作品流傳廣遠，這是因為倉央之作「幾乎全係俗語，婦孺都能了解」、「歌詞多半是講愛情的，人人都感生興趣」。于道泉將倉央情歌採用的體式歸為 gtang-thung-bshad——亦即「短歌」：「普通每節四句，每句六箇綴音。西藏人日常口頭隨便唱的，及跳舞時普通所唱的歌曲，都是這一種。倉央嘉措底〈情歌〉即係此種。」今人段寶林也指出：「倉央嘉措情歌全是民歌體。」倉央作品在性質上近似大眾化的民歌，字面上必然以淺顯為基調，而不同於文人之雕章飾藻。但是，其文本也會產生一種以上的詮釋可能（如 Sørensen 挖掘之雙關語所引致者），甚至連後世藏人也未必解讀通順。而「短歌」的體式，不難讓漢地讀者聯想起絕句；劉本與曾本分別使用五絕與七絕體式來改譯，便是例證。曾本 66 首七絕全為近體，格律精嚴、辭藻華美；而劉本 60 首五絕中，律絕僅 1 首，其餘為拗絕 11 首、古絕 48 首。古絕不講求格律、平仄兩聲皆可押韻，且對於句法和章法也沒有太多限制。如此一來，五絕不僅更能保存原作質樸的民歌特色，且譯筆彈性較大，不至加深讀者解析倉央詩歌的難度。

如前篇所論于本第 22 首，于道泉譯文為：

> 若要隨彼女的心意，
> 今生與佛法的緣分斷絕了；
> 若要往空寂的山嶺間去雲遊，
> 就把彼女的心願違背了。

可見原文一二句與三四句分屬兩個排偶，而曾緘的七絕雖然動人，卻把原來的排偶體式解散掉了：

曾慮多情損梵行。入山又恐別傾城。

世間安得雙全法，不負如來不負卿。

曾本首句概括了于本首二句，謂耽情遠法之慮；曾本次句概括了于本次二句，謂修法棄情之苦。三四句則為曾氏所添。相比之下，劉希武本則保留了原文的句序，未有顯著的更動：

我欲順伊心，佛法難兼顧。

我欲斷情絲，對伊空辜負。

七絕往往有起承轉合的章法，五絕質樸，未必有此要求。因此劉本首聯與尾聯乃整齊之排偶，一似藏文原作之格局——縱然其文辭未必如曾本般具吸引力。

　　不過，劉譯本也自有優勝之處。近體律詩、絕句皆一韻到底，但五言古絕卻有換韻的可能。如東晉王獻之〈桃葉歌〉其三：「桃葉復桃葉，渡江不用楫。但渡無所苦，我自迎接汝。」由於逐句押韻，使全詩節奏較為緊湊；而一聯一韻，又使前後兩聯之文義層次分明。這種換韻古絕的體式，劉本也偶有採用，如于本第 60 首：

第一最好是不相見，

如此便可不至相戀；

第二最好是不相識，

如此使可不用相思。

曾譯本一樣將原文的排偶解散掉了：

但曾相見便相知。相見何如不見時。

安得與君相決絕，免教辛苦作相思。

而劉譯本不僅保留排偶，還索性使用了一聯一韻的 AABB 式：

最好不相見。免我常相戀。
最好不相知。免我常相思。

如此可謂匠心獨運，兩聯間的排偶方式遂得以凸顯。且「最好不相」、「免我常相」各有兩次重複，二十字中佔用了十六字，比例達 80%，這在七絕中是難以想像的。至於曾譯本的七絕獨立來看雖有回環往復之美，但若與于本、劉本合看，尋繹原作之意，則未免相形見絀矣。

　　近體詩由於文氣及文字密度的考慮，很少使用對話式的直接引語。尤其就絕句而言，文勢以一氣呵成為上，一旦穿插二人對話，不但篇幅不夠，更令文勢往復搖擺，故為詩人所不取。但古體方面，長篇如〈陌上桑〉、〈孔雀東南飛〉等作品卻能納入對話；這種情況在五言古絕中依然能夠保留。如于本第 21 首：

因為心中熱烈的愛慕，
問【伊】是否願作【我底】親密的伴侶？
【伊】說：「若非死別，
決不生離。」

曾譯本云：
情到濃時起致辭。可能長作玉交枝。
除非死後當分散，不遣生前有別離。

雖然婉轉流暢，卻省卻了「問」、「說」、「言」等字，僅有「起致辭」一語；又自註云：「前二句是問詞，後二句是答詞。」由此可見，曾緘亦知七絕之體鮮用直接引語，譯文可能引起讀者誤會，遂預先自註以備考。而劉譯本云：

> 情癡急相問，能否長相依。
> 伊言除死別，決不願生離。

「能否長相依」、「除死別，決不願生離」二處，皆為直接引語，而韻律上又能與敍述文字契合無跡。

　　一首二十字的五絕，基本足以承載一首藏語短歌的內容。正可能有鑒於藏文原文較質樸的風格，使劉希武選擇了五絕體式。就內容的脈絡來看，劉譯本比曾譯本更能趨近原貌，譯筆彈性也較大，不至加深讀者解析倉央詩歌的難度。甚至因為五絕文字表達較為含蓄，或反能扣緊倉央原作之意。當然，由於劉本五絕每首字數有限，節拍較短，文字上未必能進一步潤色發揮，漢地讀者乍閱之下殆覺得古雅有餘而靈動不足。是以劉本無論在內容、措辭、章法、風格等方面，固不及曾本般受漢地歡迎，卻顯然視于本乃至藏文原作為近，這與他採用五絕體式有很大關係。若論「求其逼真」，劉本庶無愧色。

　　劉希武的詩集今日已頗為罕見，所幸夏靜、丁延峰年前主編之「近代詩文集彙編」付梓，使讀者能一窺鱗爪。限於篇幅，筆者就不更饒舌了。

2023.12.01.

楚辭專家游國恩

歌嘯如聞萬壑松。

雲霞蒸蔚想全龍。

人之所極同心賦，

鱗爪方知造化鍾。

從王土到共和——「清末一代」古典詩人淺談

　　著名學者游國恩（1899-1978），以《楚辭》學及文史研究知名於世，同時也擅長舊體詩，有專文論及創作與欣賞。由於世亂之故，游氏現存詩作為數不多，幸賴其女游寶諒蒐集出版《游國恩文史叢談》一書，仍頗有可觀者。游國恩（1899-1978）字澤承，江西臨川人。六歲讀儒經、詩文，1919 年畢業於臨川中學，旋入讀北京大學中文系，開始從事古典文學研究。1926 年畢業，先後在江西省任教於數間中學。1929 年起先後執教於武漢大學、山東大學、華中大學、西南聯合大學、北京大學。1946 年隨西南聯大遷回北京，長期任教於北京大學，致力於《楚辭》學。1978 年逝世，享年七十九。

　　游寶諒於《游國恩文史叢談》輯錄其父舊詩僅 26 首，且云：「如此少量的詩篇自然很難反映先生在舊詩寫作方面的實際成就，因為在大量丟失的詩作中肯定還會有不少佳作。然而

吉光片羽，人們從這些留存的詩中也能約略體會到先生舊詩創作的風采。」儘管游國恩現存舊體詩作為數有限，卻仍不乏佳篇。另一方面，游氏關於舊體詩的論述，主要見於〈論寫作舊詩〉、〈論詩的欣賞〉二文，較全面地反映了游國恩關於舊體詩創作與欣賞的理論內涵，值得與游氏詩作參看合論。

〈論寫作舊詩〉開宗明義地指出：「詩是情和意的組合體，而這情和意又必須借託事物以見；所以無論寫一事，或詠一物，必須要不離乎作者的情和意，才算得是詩。尤必須辭意渾成，言中有物；或者情中有景，景中有情，情景融會，打成一片，才算得是好詩。若徒有其辭而無其意，不足以言詩。徒有其辭，而無性情在內，也算不得是好詩，甚至不能算是詩。所以托事物以見情意的詩，必須要把情意融化在事物之中，同時又把事物分解在情意之內，一經一緯，組織得天衣無縫，不可端倪，這才算寫作的成功。」情與意發自內在，事與物則屬外在。在游氏看來，一首好詩必須具有作者內在情意與外在事物交相融會、不可湊泊的特徵。游氏列舉杜甫「感時花濺淚，恨別鳥驚心」、岑參「塞花飄客淚，邊柳掛鄉愁」、劉長卿「秋草獨尋人去後，寒林空見日斜時」、柳宗元「嶺樹重遮千里目，江流曲似九迴腸」等作，作為情景交融的實證。要達到情景交融的地步，游氏認為具體的方法包括了煉字、煉句、煉意、煉聲，亦即寫作舊體詩的「四要」。

整體而言，抗戰時期旅居西南大後方，是游氏創作成果較為豐碩的時期。這固然因為家國遭難、生活困苦而有感而發，而與友人之間的酬唱，也成為一種心靈取暖的重要途徑。這個時期的詩作，在主題上基本可以分為幾類。第一類為靜處感興之作，如〈望月〉：「伴我鳴孤憤，猶憐照老蒼。」〈秋日遣興〉：「療貧何用肱三折，作賦真慚手八叉。」如此不一。第二類為家居即事之作，如〈苦雨〉：「中庭積潦瀰為河，舉足霑衣無乾

土。」〈移居龍頭村〉：「三遷而始定，獲共幽人處。」第三類為讀書觀畫之作，如〈讀陶集題其畫像〉：「攢眉有意誰能會，捲舌無聲世與違。」〈題可澄先生山水冊〉：「圖罷丹青驕眾史，想君磅礴解衣時。」第四類為贈答友人之作，如〈別來有懷滌非先生〉：「欲命千里駕，相望煙水深。」〈答修人嘉州〉：「積健為雄能壓敵，乍涼如水最思君。」此後的作品不多，但除了靜處感興及贈答友人作品以外，還有贈妻、追悼之作，此二者為抗戰時期所未有之類別。

游國恩師承黃節（1873-1935），而黃氏以詩著稱，為近代嶺南四家之一，有「唐面宋骨」之譽，兼具唐人風華與宋人骨格。游氏蓋亦受其濡染。以〈雨夜不寐有作〉為例：

> 積晦低天夏伏陰。平林漠漠水淫淫。
> 風穿破壁來強寇，雨漏中宵敗苦吟。
> 此意直從何說起，九州不信汝將沉。
> 卻看稚子真酣睡，淒絕難為此夜心。

1942 年，游氏卜居雲南喜洲，屋宇簡陋，戰亂又逢夜雨，心情可以推想。然而，如此一種淒涼的景象，卻被他寫得剛柔兼濟、悲欣交集。首聯「積晦」出自《世說新語》、「伏陰」出自《左傳》、「平林漠漠」出自李白〈菩薩蠻〉，造語典雅而不生澀，雖用語典而渾然不覺，且予人雄健之感。頷聯出句「強寇」之喻，可謂意想不到，驟然打破首聯之寂岑，有萬馬奔騰之勢——而這「強寇」自然也讓人聯想到侵略軍。對句則謂自己本慣在深夜以苦吟來排遣愁悶，但此刻漏雨不斷，竟把這一點生趣都剝奪了。筆勢雖返動於靜，卻有迴腸蕩氣之力。頸聯直承頷聯出句的愁悶之意而進一步申發，謂眼見風雨如晦，洪水似乎要淹沒茫茫大地，由此聯想到神州陸沉之虞，但詩人對於抗戰必勝

始終懷抱著信心。此聯且採用流水對形式，文字似非對而實對，語意一往直前。這種略帶明朗的情調，在尾聯中有所承襲與轉折：看到稚子熟睡，於風雨渾然不知，不禁百感交集：悲的是年齡老大，且未能為孩子提供更好的生活環境，喜的是孩子畢竟在健康成長，他的未來就是自己的未來、這個國家的未來，可謂曲終奏雅。整體而言，此詩固然令人想到杜甫〈茅屋為秋風所破歌〉，但在近體的有限篇幅裡，游氏不僅將那股沈鬱之氣濃縮在短短五十六字中，且將對自身、子女和家國那乍喜還悲、哀樂相接的複雜心緒錘鍊得渾融一片。

再者，游國恩為《楚辭》研究大家。其現存詩稿中雖無騷體或楚歌作品，影響卻不時可見。最顯著的，自然是句式方面。如〈聽查阜西鼓琴贈之以詩〉，全篇七言，共二十二句，就平水韻而觀之，所押或為真韻、或為文韻、或為元韻，實則古韻通押，一韻到底。尤其是從第十三句「同來萬里緣避秦」直至篇末，連續十句，逐句押韻。傳統固然將此體稱為柏梁體，而漢武帝柏梁臺聯句以前的楚歌體，如項羽〈垓下歌〉、高祖〈大風歌〉等，皆為逐句押韻之體，柏梁體大抵由此沿襲而來。游氏此作，當亦受其影響。其次是語典方面。如〈滌非學長寄示聽雨見懷之詩，並索近作，次韻奉酬〉有「獨慚瓦釜鳴」句，出自〈卜居〉「瓦釜雷鳴」。〈苦雨〉有「中庭積潦殫為河」句，出自漢武帝〈瓠子歌〉「浩浩洋洋兮慮殫為河」。如是不一而足。至於語典與句式兩相結合方面，則〈冬夜望月〉最具代表性：

> 幾回坐起立貪看。若有人兮見面難。
> 夢裡老親頭已雪，眼中稚子褲猶單。
> 石交千里同明月，勁節三冬共歲寒。
> 我欲從之怯霜露，仰天贏得兩眉攢。

就語典而言，「若有人兮」來自〈山鬼〉「若有人兮山之阿」，「千里同明月」來自謝莊〈月賦〉「隔千里兮共明月」，「我欲從之」則來自張衡〈四愁歌〉「欲往從之梁甫艱」。值得注意的是，騷體或楚歌體的虛字較多，音步與純七言也不盡相同；尤其是七律的頷聯和頸聯需要對仗，更不容易採用楚歌體的句式。雖然在七律中營造楚歌體風格並非易事，可是游國恩筆下卻顯示出一種與眾不同的嘗試。此詩頷聯、頸聯如果抽離來看，固仍是中規中矩的七言對仗句法，但「千里同明月」之語已與〈月賦〉互文，因而暈染上一絲楚歌體的色彩。這絲色彩且因前文的「若有人兮」和後文的「我欲從之」而顯得更為濃郁。值得注意的是，游氏有意將「若有人兮」置於首聯對句中，將「我欲從之」置於尾聯出句中，這兩句恰與受格式拘束較多的頷、頸聯相連接，形成一種「包圍」之勢，加上「千里同明月」句「裡應外合」，前後三點連成一氣。故而誦讀下來，不覺其為七律，而儼然楚歌之姿矣。此非深於近體與楚歌之體式特徵者不可為，反映出游氏對於舊體詩創作的新嘗試。

游國恩提及「四要」，那麼這套觀念在其詩作中是否行之有效？茲略舉二例說明之。煉字方面，如游氏〈望月〉頷聯：

篆牆枝駁影，墮地夜生涼。

出句謂月光透過植物的枝椏照在牆上，也把斑駁的枝影篆刻於牆壁。「篆」、「駁」此處皆作動詞用，頗為尖新。對句「墮」字看似平實，卻也有巧思在焉：因月光普照，大地一片潔白，彷彿變成了廣寒世界；月光雖無重量，卻用「墮」字，似乎意指整座月府落入凡間。然從整聯觀之，出句之煉字尖新、對句之看似平實，形成一種虛實相生的對比，富於趣味。

煉意方面，可舉〈移居龍頭村〉後半為例：

> 三遷而始定，獲共幽人處。
> 幽人絕塵俗，龍頭真算汝。
> 彈琴仰飛鴻，嘯歌倚高樹。
> 生是略忘貧，媚茲古肺腑。
> 四壁更無錐，有竹不受暑。
> 寒餓支元氣，談笑尚論古。
> 微恨山妻憊，柴立持門戶。

游寶諒註云：「游國恩到昆明後，徐（按：名夢麟，雲南大學教授）盡地主之誼，將游一家請到自家暫住。後游家搬到西南聯大教師居住較集中的龍頭村，先住在王力曾住過的小樓，後來才搬到查阜西處，故曰『三遷而始定』。」又云：「查為著名古琴家，當時任中央航空公司副總經理。」游氏有七古〈聽查阜西鼓琴贈之以詩〉，稱許其「使我胸次無纖塵」，故〈移居龍頭村〉以幽人稱譽查氏，理所自然。「彈琴仰飛鴻」句出自嵇康〈贈秀才從軍〉「目送歸鴻，手揮五弦」句，也旁及〈西洲曲〉「仰首望飛鴻」之語典。「嘯歌倚高樹」句則出自劉孝綽〈林下映月詩〉：「明明三五月，垂影當高樹。……茲林有夜坐，嘯歌無與晤。」如此清雅之姿，不僅狀述查氏，也含有游氏對自我形象的塑造。後文進而描寫自己好古樂道，縱然貧乏飢寒，卻自得其樂。如此生活固然頗有古風，但筆者以為點睛之筆，正在尾聯「微恨山妻憊，柴立持門戶」，可謂翻出新意。古代夫為妻綱，陶淵明、陳季常們志在歸隱，其妻只有默默接受之分。而現代社會兩性平權，一個家庭的進退，有賴夫妻協商。游國恩此詩並未言及「三遷」過程中，其妻抱著怎樣的態度。但在渲染幽人為友、安貧樂道之後，語意一轉，道及妻子因為辛勤持

家而顯得疲憊，並對此表達歉疚。如此一來，無疑呈現了妻子以奉獻自我的方式，表達對丈夫生活方式的支持、認可乃至欣賞。而前文所描寫的種種幽情古懷，至終篇時竟都成為烘托之語，化作尾聯的註腳了。由此可見游氏煉意之新穎。

2023.12.08.

繁華一夢總闌珊。
入畫園林說大觀。
何物去來非鑑影，
太虛境在有無間。

　豐子愷（1898-1975），浙江石門人，文學家、美術家、翻譯家與教育家，係將漫畫概念引進中國之第一人。師從弘一法師李叔同及夏丏尊，以漫畫及散文而馳名於世。1918年，首度發表詩詞。次年自浙江第一師範畢業，前往東京短期留學。1925年起，鄭振鐸主編之《文學周報》開始連續刊載豐氏的畫作。1948年底，在廈門作《護生畫集》。1960年，上海市中國畫院成立，擔任首任院長。1961年起，以五年時間翻譯《源氏物語》。十年浩劫中，頗受衝擊。1975年於上海逝世，享年七十六。豐氏翻譯《源氏物語》，據說動機是因為「發現這部著作很像中國的《紅樓夢》，裡面不僅人物眾多，而且故事情節也非常離奇，讀起來令人愛不釋手」。於是發奮學習日文，現實願望。由此也可見豐氏對於《紅樓夢》之喜愛。

　1970年，豐子愷臥病半年，創作了組詩〈紅樓雜詠〉，包

括三首〈調笑轉踏〉及三十一首七言絕句,分詠紅樓人物。其創作動機,或因排遣抑鬱,或因觀世有悟,然無疑反映出豐氏對《紅樓夢》一書的理解。三首〈調笑轉踏〉依次吟詠寶玉、黛玉、寶釵三位主角,而其餘三十一首絕句則分別吟詠一位人物。三十四首詩作中,除七絕其三十一標有「石獅」字樣,其餘各首皆無題目,然熟悉《紅樓》者並不難猜出所詠何人。

一部小說中,情節與人物的關係極為密切,《紅樓夢》也不例外。因此〈調笑轉踏〉三首雖然只以吟詠寶玉、黛玉、寶釵三位人物為旨,卻也透露了豐氏對《紅樓夢》之主題及主線之認知。三首之中,又以其一吟詠寶玉者至為重要:

> 温柔鄉裡獻殷勤。唇上胭脂醉殺人。
> 怕見荼蘼花事了,芳年十九謝紅塵。
> 前塵影事知多少。應有深情忘不了。
> 青春少婦守紅房,悵望王孫憐芳草。
> 芳草,王孫杳。應有深情忘不了。
> 怡紅院裡春光好。個個花容月貌。
> 青峰埂下關山道。歸去來兮趁早。

所謂「温柔鄉裡獻殷勤」,即寶玉在大觀園中與一眾姊妹共同生活之狀。「唇上胭脂醉殺人」,指寶玉「愛紅」的毛病。但寶玉對這些姊妹,大抵都是發自內心的愛惜與尊重,所謂「閨閣中本自歷歷有人」也。而大觀園只是一座暫時座落在人間的「太虛幻境」,姊妹們最終風流雲散、大觀園歸於冷落寂寥是必然之事。寶玉十九歲時出家,固為悟道之舉;而其悟道的契機,正因姐妹星散、尤其是對其一往情深之黛玉的殞逝。故此,即使家族安排他迎娶了寶釵,他也依然置之不理,一心出家。而篇末「青峰埂下關山道,歸去來兮趁早」兩句,正呼應著末回賈政之語:

「我心裡便有些詫異，只道寶玉果真有造化，高僧仙道來護佑他的。豈知寶玉是下凡歷劫的，竟哄了老太太十九年！」寶玉毅然出家，不耽戀嬌妻美妾，從人物摹畫來說，益能證成冷子興所斷言「色鬼無疑」之謬。進一步說，這也點出了豐子愷是如何認知《紅樓夢》一書之主旨的：豐氏受業於弘一法師，精熟佛法，對於這層「緣起性空」之理有深刻領悟，故而強調寶玉「歷劫」之重要性，足見其不周容於時人的治學精神。

吟詠黛玉和寶釵的後兩首〈調笑轉踏〉，則可視為其一的延伸與補充。無論是嗟嘆黛玉之「如花美眷歸黃土，似水流年空度」，還是感慨寶釵之「恩愛夫妻冬不到，枉教金玉配姻緣」，皆可蔽之以「燕燕鶯鶯留不住」一語，與其一之「荼蘼花事了」相呼應。且眾生平等，黛玉、寶釵何嘗不是暫寄凡塵歷劫，最終歸宿仍在太虛幻境？自俞平伯首倡後，紅學界向有「釵黛合一」之論。查脂硯齋於四十二回批語道：「釵玉名雖兩個，人卻一身，此幻筆也。今書至三十八回時已過三分之一有餘，故寫是回使二人合而為一。請看黛玉逝後寶釵之文字便知余言不謬矣。」復觀紅樓夢判詞、〈十二曲〉之〈終身誤〉、〈枉凝眉〉亦復如是。尤其是〈終身誤〉中「山中高士晶瑩雪」、「世外仙姝寂寞林」兩句，足見原作者對於寶釵乃是與黛玉等量齊觀，並無貶責之意。參〈調笑轉踏〉其三，謂寶釵「舉止端詳氣宇寬」等語，終無惡詞。蓋豐氏亦受「釵黛合一論」之影響乎！

至於三十一首七言絕句，每首分詠一位人物，但諸人物的取捨原則、排列次序則不易看出規律。筆者竊思此為豐氏隨興寫成，尚未進一步考慮取捨與排序問題，然對於個別人物之屬意，仍可窺測其寫作動機於一斑。各首七絕就人物情節的論述往往具有新見，對冷門人物也甚為關注。以惜春為例，一般讀者對她的印象是喜繪畫，豐子愷正以這一點入詩。但豐氏顯然看到，惜春能以抽離的方式來觀照賈府的一切，因此她的畫也

別具意味：

> 纖纖玉手善丹青。敷粉調朱點染勤。
> 只恐繁華隨逝水，擬將彩筆駐穠春。

賈母雖讓惜春畫一幅「大觀園行樂圖」，但惜春的畫具其實遠
不及寶釵的多樣，畫藝恐怕也不如寶釵，只是隨興消遣而已。
但正如劉心武所論，賈母此舉應有一種內心需求：她深知家族
已經進入黃昏期，因此要把「夕陽無限好」通過孫女惜春的畫
筆永駐自己和家族心中。然而在前八十回中，這幅畫一直沒
有畫成。先則因為季節不對，後則總有姊妹離開，不得不一遍
遍重畫。不斷重畫的舉動，恰如藏地僧人之砂畫藝術，精心構
造，畫畢卻隨即掃去，以示萬法皆空。即使親身經歷的繁華穠
春，也只能留在記憶中，無法形諸惜春的筆墨。這對於有慧根
的惜春而言，正是一種悟道的過程。可以說在〈紅樓雜詠〉中，
這首七絕是最具有概括力的一首作品。

　　民初胡適在《紅樓夢考證》中斷言後四十回是高鶚續作，此
說後來得到其弟子俞平伯、周汝昌的繼承，至今仍極具影響力，
今人對於續書的藝術價值也頗有批評。然白先勇認為《紅樓夢》
後四十回「因為寶玉出家、黛玉之死這兩則關鍵章節寫得遼闊
蒼茫，哀婉悽愴，雙峰並起，把整本小說提高昇華，感動了世
世代代的讀者」，所以「程偉元與高鶚對中國文學、中國文化，
做出了莫大的貢獻，功不可沒」。觀乎〈紅樓雜詠〉，有關續書
內容也經常涉及。最值得注意的是豐子愷對於賈政的吟詠：

> 為官清正也抄家。教子嚴明未足誇。
> 腸斷荒江停泊處，潸潸別淚灑江花。

此詩尾聯所寫正是一百二十回的大結局。當時賈政扶送賈母的

靈柩到金陵安葬，然後返回京城，行到毗陵驛地方時在雪中遇見出家的寶玉。白先勇稱譽這段「意境之高，其意象之美，是中國抒情文學的極品」。豐子愷採用先抑後揚之法，先譏諷賈政無能，卻隨而肯定他對寶玉的親情。如此不僅表達了對賈政這個人物的看法，也呈現出他對續書的整體態度。

　　儘管豐子愷創作〈紅樓雜詠〉時身處患難與疾病，卻仍然保持著幽默的心境。如其三十一詠石獅一首，雖看似戲作，但豐氏卻十分注重，甚至一再修改。他在 1970 年 7 月 16 日、7 月 27 日的兩封家書中已有兩種版本，至《詩詞》所收，文字又有所不同。茲表列以比對之：

7 月 16 日函	7 月 27 日函	《子愷詩詞》
滿園春色不關門， 木石心腸也動情。 誰道我輩乾淨物， 近來也想配婚姻。	朝朝相守對朱門， 木石心腸也動情。 誰道我輩乾淨體， 近來也想配婚姻。	雙雙對坐守園門， 木石心腸也動情。 誰道我輩清白甚， 近來也想配婚姻。

比對三個版本，第二、四句皆相同，而第一、三句有所修改。首句於 7 月 16 日函之原本作「滿園春色不關門」，出自南宋葉紹翁〈遊園不值〉：「春色滿園關不住，一枝紅杏出牆來。」後用來比喻女子不守婦道。豐詩謂賈府（尤其是寧府）多有桃色醜聞，聲揚於外，乃至冥頑之體的石獅也深受濡染而動情。如此造意固然慧巧，但次句「也動情」已點出箇中端倪，因而首句似毋須更費唇舌，否則語氣失之輕佻，且出現不必要的歧義之感。再者，「不關門」一語自然是因韻腳而為，與「關不住」相比卻略顯滯拙。至 7 月 27 日函改作「朝朝相守對朱門」，不僅一洗輕佻歧義之感，且資訊更為豐富。首先，「相守」謂一對石獅不僅守護寧府，且有兩兩廝守之意。「朝朝」謂時間之

菩薩畫師豐子愷

延綿，暗示賈府風氣逐漸影響石獅，以致石獅之間日久生情。如是一來，此句的深層涵義就更堪咀嚼了。至《詩詞》的定本，改「朝朝」為「雙雙」，點出了石獅數目的事實；改「相守」為「對坐」，點出了石獅的姿態。但筆者仍以為不及「朝朝」與「相守」為妙：石獅配置必為雌雄一對，傳統之造型設計一般都是一戲球、一攜子，正乃雌雄相配之狀。且後文「動情」、「配婚姻」等語，更於讀者有所提示。石獅形態為坐姿亦屬常識，且坐為休息的姿勢，配合上下文閱讀，似乎削減了殷切期盼之情。再者，一旦將「朝朝」、「相守」改為「雙雙」、「對坐」，不僅費詞，還抹去了時間之延綿感與一對石獅「相望不相親」的情態，甚為可惜。縱然定本後文尚有「守園門」之語，但此一「守」字已難以展現原來的「相守」之意。筆者以為，若將此句調整為「朝朝相守對園門」，或許可以兩全其美。

至於改「朱門」為「園門」，不僅適宜，更可謂神來之筆。在一般讀者看來，所謂「園」自然是指大觀園了。但柳湘蓮口中的石獅原是寧府大門所見，豐氏此處卻移置大觀園門口，其意安在？筆者以為，園門石獅濡染的既是寶黛之自由精神，也可視作寶黛之化身。石獅自稱「不清白」，不僅是自嘲，似乎更隱然有控訴禮教誤人之意。見縫插針地羅織罪名、加以構陷，甚至石獅對坐也難以倖免，令人啼笑皆非。如此一來，這首七絕作為〈紅樓雜詠〉的壓軸之作，兼有針對性與概括性，並具嚴肅性與幽默性，其意義不待多言。豐氏特別看重這首，除因歸納組詩的功能，大約還為了緩和悲劇氣氛。悲欣交集，何如以不解解之？這也許正是豐氏在笑聲背後想要傳遞給讀者的訊息吧！

2021.11.11. 第一稿
2023.12.15. 第二稿

「草莽豪傑」蕭軍

日月相齊爛漫光。
其晴其雨費思量。
膠州夢好終難醒，
兒女英雄意甍長。

　　成長於五四前後的新文學作家，少時多半接受過傳統教育，對舊詩創作並不陌生，甚至頗為在行。如葉聖陶、茅盾、朱自清、老舍、沈從文、臧克家等皆有舊體詩集傳世。其中終身不斷創作、且作品數量甚多者，非蕭軍（1907-1988）莫屬。據今人楊永磊統計，其作品可分為前後兩期，前期創作從 1926 年到 1976 年，總題為《五十年故詩餘存錄》，共八百多首。（〈蕭軍舊體詩的價值及其地位〉）

　　蕭軍原名劉鴻霖，筆名有蕭軍、田軍、三郎等，遼寧錦州人。幼年喪母，十歲時隨父遷居長春，開始接受正規教育。1925 年參軍入伍，在部隊裡學習古詩文創作。 1929 年考入東北陸軍講武堂第九期，開始用白話文寫作。 1931 年九一八事變爆發，參與組織抗日義勇軍，次年因消息敗露逃往哈爾濱，結識蕭紅。 1933 年與蕭紅同居，出版小說散文合集《跋涉》。

1934 年與蕭紅前往青島，完成成名作《八月的鄉村》。同年 11 月到上海，師從魯迅，參加《海燕》、《作家》等雜誌之編輯工作。1937 年抗戰爆發，積極投入抗戰工作。次年初，同蕭紅、艾青、田間、聶紺弩去山西臨汾民族革命大學任教，因與「民大」校長閻錫山矛盾而離職。隨後前往西安，途經延安時受到毛、周等中共要員接見。不久與蕭紅分袂。1940 年再度前往延安，在文藝抗敵協會工作。1942 年 10 月，因公開為王實味辯護，遭到批判。1946 年重返哈爾濱，後因《文化報》與《生活報》論爭事件被排斥出文藝界。1951 年，調至北京市文物組擔任文物研究員，筆耕不輟，先後完成《五月的礦山》、《吳越春秋史話》等書。十年浩劫中受到迫害。「四人幫」粉碎後重返文壇，1988 年在北京逝世。

蕭軍追憶與舊詩的淵源道：「由於我在私塾和學校中有了一些舊文學閱讀的基礎，再加上讀了一些『詩話』、『詩集』和背誦了一部《幼學瓊林》，對於某些歷史上的『典故』知道得更多些，如今學起做舊體詩來是比較容易的，只要是明白了各種詩體，背熟了一些韻腳，懂得了一個字的四聲、平仄，就可以試作一下。」（〈學習與思想〉）他自言「十九歲初學為詩」，而第一首舊體詩是在軍中所作，名為〈立秋〉：

> 刹那光陰又到秋。天光雲影望中收。
> 最能滌我胸襟處，醉飲松江第一樓。

蕭軍晚年自註此詩云：「『松江第一樓』，係吉林省城松花江北岸一所臨江的酒家。此處風景頗佳，余少年時殊嗜酒，於此把酒憑江，江山入眼如畫。」此詩措詞、情調由沿襲傳統風格，新意不多；然初次啼聲，亦可謂四平八穩。且詩中稱「醉飲」可滌盪胸襟，則誠然可見蕭軍其人之性格氣質。

學習揣摩後，蕭軍初步懂得如何欣賞、批判古詩的標準，以及鑑別各家風格、古詩發展過程、特徵、源流派系等。正因如此，蕭軍「在生活上也就模擬起某些詩人們那種飲酒、發狂、自負不凡、懷才不遇……等等一些不健康的『惡習』來」，「完全生活在脫離了現實的真空似的夢境中，只有『詩』是一切」。不過這種舊才子式的作派很快有所改變，而契機源自其戰友方未艾（1906-2003）。方氏有次收到蕭軍來信後，覆函批評他「封建遺老、遺少」的寫信方法，應當跟上時代，用白話文。蕭軍一怒之下，積極閱讀新的小說、雜誌，開始練習白話文，從此走向新文學道路。由此可見，蕭軍的文學創作是從舊體文學起步的。其轉向白話文學創作固有方未艾的針砭這個契機，但他思想逐漸左傾，而熟習舊詩後日益了解其創作侷限，恐怕更是要因。雖然如此，蕭軍並未放棄舊詩創作，而是新舊並進。如 1930 年春，他即將瀋陽講武堂畢業，卻因代同學丁國英抱打不平，毆打隊長朱世勤，不僅被審判坐「重禁閉」，還在畢業考試前夕被開除離校。作於此際的〈言志〉七絕，可謂傳誦一時：

> 讀書擊劍兩無成。空把韶華誤請纓。
> 但得能為天下雨，白雲原自一身輕。

首聯兩句，顯然是指自己遭到開除，未能畢業之意。尾聯更是警句，楊永磊認為是「詩人矢志報國、為了國家的前途和民族的命運不惜獻出自己一切的豪邁宣言，不能不使人深深震撼並引為座右銘。」觀李歐梵謂蕭軍的小說中，「字裡行間自有一股強悍霸氣」，具有「草莽英雄色彩」，似乎和他的「東北出身有關〈讀《延安日記》憶蕭軍〉，此論放諸其舊詩亦然。可以說，蕭軍此後數十年的詩作，皆貫徹了這種豪俠之氣。而他最

後的墓園照壁上，也展示著這一首〈言志〉。

　　蕭軍畢生投入舊詩寫作，可見他對此道的喜愛。尤其是身處政治漩渦、無法透過新文學作品來獲得同情與共鳴時，舊詩更是尋求慰藉、自我療癒的主要途徑了。正如李遇春所言，蕭軍在 1950-70 年代所創作舊詩中呈現出或隱含著多重自我身分及其修辭意圖。這主要表現為隱士、國士和傳道者三種自我身分。（〈蕭軍 1950-1970 年代舊體詩中的自我修辭〉）這個時期，蕭軍依然勤於寫作，有《五月的礦山》、《過去的年代》等長篇小說問世，但這些著作往往不獲出版或發行。不過在他看來，詩，尤其是舊體詩，更是個人心靈史的紀錄。其妻王德芬在《我和蕭軍五十年》一書中指出：

　　　　蕭軍雖然是個小說作家，其實更是個詩人，他說：「小說是給別人看的，只有詩是給我自己看的。」無論是在順境還是逆境，他總忍不住要作詩抒發自己的思想感情，留下一些印記。

故此，當蕭軍失去了發表小說的資格，新文學作品無法再「給別人看」，「給自己看」的舊詩反而應和了他「個人英雄主義」的激憤與傷感情緒。

　　早在 1940 年代末期，蕭軍就因「《文化報》事件」而緘口三十載。浩劫開始，受到的衝擊可想而知。王德芬回憶 1966 年 8 月 23 日，蕭軍及老舍、駱賓基、端木蕻良、荀慧生等二十九位文化人在北京文廟遭到批鬥。當日下午，文化局造反派找來了十幾個十四五歲的女紅衛兵，將蕭軍按倒在地又踢又打，又給蕭軍掛上幾塊大牌子，上面寫著「老牌反革命分子蕭軍」、「反動文人蕭軍」等。蕭軍的頭髮也被剪得參差錯落成了「陰陽頭」，吃飯上廁所都有人押著，失去了自由。而蕭軍在十

多年後追憶道：

> 　　我的激怒難耐了！幾次欲奮起而回擊之，但終於被自
> 己的理智克制住了：第一我如回擊，肯定會擊斃某些人，
> 眾寡不敵，最終我也會斃命。同時共難二十七人或將無噍
> 類矣！我死後之，就要無有了一百一十元錢，由誰來養活
> 孩子們？於是只能咬緊牙齒隨他等「打」下去罷！

由此可見，如此境況倒迫使蕭軍冷靜地考慮到難友、家人的安
危，不復逞草莽英雄式的一時之快。他此時的舊詩也不再停
留於以旁觀者的角度揭露民困的層次，而是透過對自身的切膚
之痛的書寫來叩問：「余自維平生以來無負於祖國，無負於人
民，無負於無產階級革命事業……天耶？人歟？妻孥亦何罪何
辜，亦罹此凌虐！孰令致之？孰令為之？百思而不可解焉！」
對於這次文廟事件，他稍後又作詩記錄道：

> 天下君臨我做囚！隴頭一水各分流。
> 攀龍久謝朝廊器，屠狗情甘守故丘。
> 身免未能終縲絏，家抄幾度破灘舟！
> 餘生留待投荒日，拋卻春光換白頭。

長期以來，蕭軍都自視為民眾喉舌。而在文廟批鬥事件中，
那些造反派、紅衛兵都成了人民的代表，自己搖身變為人民公
敵。一句「天下君臨我做囚」，憤慨之情，不言而喻。既然身
辱家破，進無法兼濟天下、退無法獨善其身，只有做好心理準
備，流放終身。然而尾聯兩句，並無衰颯之意，反有著屈原式
的慷慨激越。對於自己筆耕半生、政治立場不變，卻換來如此

對待，蕭軍自然忿忿不平，並在詩中不止一次地表達了這種情緒。

　　十年浩劫過後，蕭軍持續創作舊詩，這個時期的詩作反映其晚年生活。如其老友張覲文失聯十多年，多方探詢都無消息，卻於 1979 年 1 月來函。蕭軍讀後且悲且喜，作〈贈覲文〉七絕八首。如其三曰：

> 為報平安兩字書。十年一別近何如？
> 頑軀喜得堅於昔，雪暴風狂態自舒。

對於自身目前的生活，則在其六有所描述：

> 兒女當前笑語和。興來擊節自高歌。
> 朱顏白髮誇年少，鐵樹開花春正多。

鐵樹指蘇鐵，平時鮮有開花，因而「鐵樹開花」比喻事情非常罕見或極難實現。蕭軍自比為鐵樹，顯然是自謂頑軀如鐵，不僅度過了漫長浩劫，還迎來了珍貴的花期。百感交集之意，自在言外。

　　1978 年起，蕭軍開始整理、註釋與蕭紅的通信，對每一封信都詳細地寫出當時的情形。與此同時又遊歷國內外各地，多有詩篇。1986 年夏，蕭軍來到青島，表示：「每次來青島都有感觸，前幾次都是流亡客，唯有這次感觸最深，心情也最好。」他重訪當年與蕭紅同居的觀象一路一號，還打算創作小說《青島之歌》三部曲。雖然小說沒有寫成，蕭軍此行畢竟留下了〈青島懷蹤錄〉的兩首七律。其一云：

> 雲影天光碧海濱。一番追憶一愴神！

蟬聲日永聽殘夢，鷗影孤帆送遠人。

夜氣如磐懷故壘，青燈坐時細論文。

似真似幻余何有？殘簡依稀認未真。

一如今人文中俊所言：「前塵往事，平平道出，娓娓動聽，有如美人蓬頭粗服，不掩其妍。讀來如見其人，如聞其聲。」(〈蕭軍舊體詩評〉) 唯此詩「愴」字失律，頷、頸聯有屬對不工處。但畢竟出於真情，可不計矣。

　　2011 年，《為了愛的緣故：蕭紅書簡輯存注釋錄》在大陸出版，收錄了蕭紅致蕭軍的 42 封書信手稿。2021 年，魏時煜推出紀錄片《蕭軍六記》。作為「『蕭紅丈夫』以外的知識分子蕭軍」(黃念欣語)，世人畢竟較為陌生。也許從他的舊詩中，我們反而能看到一個不同的蕭軍──因為「只有詩是給我自己看的」。

2023.12.22.

「草莽豪傑」蕭軍

滑稽自偉聶紺弩

悲劇如狼喜劇狗。

惟才是用吾何有。

心靈圖像在詞章，

堪繼史公牛馬走。

聶紺弩（1903-1986）原名聶國棪，號干如，筆名耳耶、紺弩、蕭今度、澹臺滅闇等，湖北京山人，光緒廿九年（1903）生。少年先後入讀私塾及縣立高小。1920年，經塾師孫鐵人安排，入讀上海高等英文學校。次年到福建泉州，在國軍東路討賊軍前敵總指揮部秘書處擔任錄事，加入國民黨。1922年起，先後在馬來亞、緬甸從事文教工作。1924年，考入廣州中央陸軍軍官學校第二期，次年參加第一次東征。1927年至南京，成為中央黨務學校正式輔導員，次年起調任調任中央通訊社。九一八事變後，因發表宣傳抗日的文章而遭到通緝，棄職赴日。在日結識胡風，參加左聯。1933年，被日本政府驅逐返滬，繼續從事編輯工作。1934年起開始發表文學作品，並加入中國共產黨，同年結識魯迅。1935年，參與主編《海燕》。1938年8月起，供職於皖南雲嶺新四軍軍部。此後先後

在浙江金華、廣西桂林等處擔任刊物主編。1945 年至重慶，任西南學院教授、並繼續編輯工作。

1946 年，因刊載揭露兵痞惡行的文章遭到清算，逃往香港。1949 年回到北平。1951 年回到北京，出任人民文學出版社副總編輯、作協理事等職。1955 年，因受「胡風事件」牽連而遭到留黨察看和撤職處分。1957 年被劃為右派，開除黨籍。1958 年，送北大荒的黑龍江省密山農墾局 850 農場勞動。1961 年回到北京，然其寫作及言論多次被蒐羅摘編，報送上級。1967 年，因「現行反革命」罪遭逮捕，旋轉押到山西省某看守所羈押五年，判處無期徒刑。至 1976 年獲釋。1986 年，在北京病逝。

聶紺弩早年以雜文家著稱，晚年自謂幼時學過一點舊詩的格律、如對仗、聲韻之類，不過不曾正式做過，又曾說：「我未學詩，並無師承，對別人的詩也看不懂（不知什麼是好，好到什麼程度。又什麼是不好，又到什麼程度）。做做詩。不過因為已經做過幾首了，隨便做得玩玩。」（〈散宜生詩自序〉）此說顯然不能盡信。他在早年就寫過諷刺詩，1945 年的「〈沁園春〉詞大戰」中，曾步韻毛詞，與易君左和詞針鋒相對。1948 年在香港憑弔故友蕭紅之墓，寫過一首〈浣溪沙〉：

> 淺水灣頭浪未平。禿柯樹上鳥嚶鳴。
> 海涯時有縷雲生。
> ◎欲織繁花為錦繡，已傷凍雨過清明。
> 琴臺曲老不堪聽。

觀其此時的詩詞中驅馳典故、混融文白、莊諧並陳而無跡，若毫無詩學根柢，自不可能。

不過眾所周知，聶紺弩大量創作舊體詩主要始於 1958 年

下放北大荒之後。

1959 年，農場上級忽然指示每人都要做詩。勞動現場的一切在聶氏看來都是陌生的新事物。於是他當夜寫了一首 128 句的古風，此後隔幾天便作一首七古。後來又「覺得對對子很好玩，且有低回詠嘆之致」，於是改作律詩。這個時期，難友陳邇冬、鍾敬文經常為聶氏之作提意見，使其詩藝更為精進。可惜這些作品全部散失。回京後的一二年中，重做了 45 首七律，題為《北大荒吟草》。此後，聶氏又刪去 16 首、補寫 23 首，原來保留的 29 首也做出或大或小的修改，才形成今日所見《北荒草》。其後所作，則結集為《贈答草》和《南山草》。1980 年代，先後在香港、內地出版過《三草》、《紺弩詩集》、《散宜生集》等。1992 年，香港文人羅孚等編註《聶紺弩詩全編》，在上海學林出版社付梓。2009 年，山西人民出版社出版了侯井天所註《聶紺弩舊體詩全編》三冊，是目前蒐羅聶詩最為全面的一個版本。由於聶紺弩對於舊詩不厭修改，故同一首詩往往內文頗有出入。侯註不僅廣羅異文，且註解詳細，縱或失之蕪雜，然便利學者，允稱大功。

1970 年代，聶紺弩獄中〈思想改造過程〉的自述中有這樣的段落：

> 我是個破落封建家庭出身，帶著濃厚的封建殘餘的影響，具有許多資產階級、小資產階級的壞思想壞習慣，既沒有做過實際革命工作，又沒有學過、至少是沒有認真學習過馬列主義毛澤東思想，驕傲自大，目中無人，畏難苟安，不求上進，一腦子自由主義、個人主義、虛無主義思想，不相信權威，不關心政治，不服從組織紀律，既不能令，又不受命，獨來獨往，狂言任性的罪犯。

從這段一氣呵成、關漢卿〈不伏老〉式的文字中，我們看到的與其說是一個唯諾認罪的囚犯，毋寧說是一個高自期許者。正如寓真所說，聶紺弩雖也有敷衍應付的意思，但他說的又都是大實話；雖然也是在做檢討，但他未必就認為那些「壞思想壞習慣」真的壞到哪裡，說自己「目中無人」、「自由主義」恐怕還帶有一點以此為榮的意思：我老聶天生就是如此嘛！又指出：作為一份「交代材料」，當然是一種不得已而為之的寫作，不可能有袒露多少真實思想，文筆也很難避開當時語境下一些通用的語彙。而聶紺弩畢竟是雜文大家，這份〈思想改造過程〉並非隨意應景之作。他心中仍然守著一個思想原則和人格底線，是不會輕易棄天背本的。「應景之作」已如此，其發自內心而寫的舊詩，更是可想而知。（《聶紺弩刑事檔案》）夏中義指出其「歌頌」與「非歌頌」兼具的「複式結構」的特徵，讀者宜用兩隻眼睛來讀聶詩：當左眼看出「何處皆（有）可歌頌者」這一面時，右眼千萬不忘「其另一面何處皆有不可歌頌者」。（〈「紫色俳諧」與知識界精神之困──聶紺弩舊體詩論〉）這一似寓真所言，與聶氏長期從事雜文創作的經歷有關。因此，聶紺弩雖與蕭軍一樣，將人生中的悲劇素材提煉成詩料，其方式卻非直接以鏗鏘鏜鎝的聲調寫成沉鬱頓挫的作品，而是以普羅大眾喜聞樂見的白話為載體，將之轉化為精雕細琢而不無諧趣的七律，驟爾觀之不失政治正確性，具有「鼓吹休明」的表層意義，但仔細玩味其深層意義，卻又似在一定程度上解構了原來的表層意義，對生活的不幸、人世的荒誕加以調侃，並將之消融在讀者的笑聲之中。

1974 年 5 月 8 日，北京市中級人民法院以「現行反革命罪」，一審判處他無期徒刑，判決書認定他的罪名之一是「大量書寫反動詩詞」。根據寓真統計，收入檔案的這方面的「罪證」，包括聶氏手稿、告密人抄錄件及辦案機觀報告中引用的

篇什，共有詩詞二百餘首。公安部門有關局領導曾批示：「這些詩要找一些有文學修養的人，或者讓取得此詩的好好解一下，弄明白真正的意思，若干典故也要查一查。」聶紺弩在被捕前也知道作詩賈禍，因此在 1965 年初有一次焚詩之舉。他在與友人聚會時說：「真不想再做詩了，這東西越做越好，越好就越成問題。我細算了一下，這幾年做的詩、寫給別人看、別人贈詩做了答詩或者有贈而別人不答的，總共有五十多人，這樣傳開去就不得了，所以就決定不寫。」然而，縱然焚去一己所藏，其詩作依然廣為流傳，也讓有心人士輕而易舉地加以蒐集並羅織罪名。如〈看駒口號〉一首，原收於《北大荒吟草》，至編輯《北荒草》時卻已剔除，僅見於刑事檔案：

> 牛馬走為太史公。此銜於我馬牛風。
> 九方牝牡驪黃外，一笠斜陽短笛中。
> 舊是牛倌居四等，新來馬號守三龍。
> 呼牛呼馬從君好，只此微勞歎貌窮。

方印中論此詩云：「幽默中又帶苦澀，具有聶詩特色。表達的意思曲折，但不隱晦。」寓真所發現的告密者解讀則云：

> 從前司馬遷自稱為「太史公牛馬走」，這個頭銜於我有什麼相干呢？可是我今天確實在為牛馬奔走。現在那些自稱能識拔人才的人物（善相馬的九方皋），賞識的都在牝牡驪黃（一般皮相）之外，於是我便「一笠斜陽」當個看駒的了……古人說：呼我為牛便為牛，呼我為馬便為馬。算了吧，隨便你們把我的命運怎樣安排，我都莫可奈何。我這樣渺小的人物，只能有這點看駒的微勞。

此詩幽默之處，正是將「牛馬走」、「馬牛其風」、「九方皋」、「呼牛呼馬」等典故毫無痕跡地縮合一處，襯托出自己卑微的身分，形成一種喜劇的張力。然而，即便是聶氏自嘲，也難逃告密者的指爪。聶氏將此詩從《北荒草》剔除，也不為無因矣。

此外，聶紺弩也能從危險經歷中萃取妙趣。如〈遇狼〉一詩：

> 送飯途逢野犬黃。獰牙巨口向人張。
> 哮天勢似來楊戩，搏虎威疑嚇卞莊。
> 我盒中豈無爾份，吾刀首肯畀君嘗。
> 見余揮杖倉皇遁，旋有人呼趕打狼。

此詩蓋謂送飯途中遇見一野犬，來勢洶洶，攔路爭飯，於是以卞莊搏虎的勇氣將之斥走，並持刀杖相嚇。野犬遁走後，聽見有人呼叫打狼，才知道剛才對峙的是狼而非犬。陳明強評曰：「遇狼而誤以為是狗，對險情估計不足，但孤身相峙時，也多了一分勇氣與信心，甚至有幽默感。如此稀里糊塗地嚇跑了狼，確是一段佳話，一個詩材。」全詩前三聯就人犬對峙作鋪墊，著意描寫驅犬的英雄氣格，尾聯卻急轉直下，對自己不辨犬狼的書生見識不如自嘲，諧趣陡生，不如此不能蓄積足夠的喜劇意識。

又如〈球鞋〉一首則呈現出詩人的童真：

> 不知吾足果何緣。一著球鞋便欲仙。
> 山徑羊腸平似砥，掌心雞眼軟如綿。
> 老頭能有年輕腳，天下當無不種田。
> 得意還愁人未覺，頻來故往眾人前。

党沛家回憶此事道：「我去供銷社買鞋，他（聶）要我也給他捎一雙，我便買回兩雙球鞋。他一試之後便興高采烈起來，說從未穿過，還不停地走來走去，邊走邊誇，比小孩子過年還要高興。大家收工回來，他興猶未盡，又當眾表演起來，那模樣才叫好看！」聶氏在北大荒多有勞役，球鞋能減輕足部的苦楚，自然如獲至寶。此詩頷聯「羊腸」、「雞眼」亦為無情對，前者造語雅緻，後者則頗俚俗，兩者詞性對得工整，而意境卻不相及。可是，打油詩的性質不僅消解了這個矛盾，更令人忍俊不禁。頷聯對句既是壯語，亦是童語。有童語者必有童心，故尾聯老頑童式的舉動，便顯得自然而毫不造作了。

2023.12.29.

百年妙筆筆如鐵：
掌故文學著作《芝蘭室隨筆》讀後

《芝蘭室隨筆》作者伍百年（1896-1974），本名朝柱，以字行，可歸為「清末一代」詩人。伍氏原籍廣東新會，出生書香門第，少年師事梁啟超，後畢業於廣東政法專門學堂，在國內法律界、政界工作。足見伍氏早年求學與仕履，實為「清末一代」之典型。大陸易幟後，伍氏赴港，懸壺濟世。除《芝蘭室隨筆》外，還著有《客途秋恨》、《逸廬詩文集》、《內分泌與糖尿病》、《傷寒撮微》等書。《芝蘭室隨筆》所收諸篇，原係應友人之邀，為香港《自然日報》所作專欄文字，後由其孫婿兼門人方滿錦博士輯錄成書，1998 年於臺灣天工書局出版。伍氏自序云：「茹苦訓兒，望王師之北定；抱殘結侶，守吾道以南行。不遇知音，寧安緘默？如斯心境，本無意於操觚；舊雨忽來，竟促余以握管。」[1]可見伍氏奉國府為正朔，居港後無法繼續留在政法界，雖改行中醫以保證家人之溫飽，然心中之苦悶不言而喻。因此，《芝蘭室隨筆》之作雖因友人所請，卻也未嘗非出

---

[1] 伍百年：〈自序〉，《芝蘭室隨筆》（臺北：萬卷樓圖書股份有限公司，2019 年），頁 1。

於以文消憂之動機。正如方滿錦氏所言：「本書屬於掌故類隨筆文學，內容廣泛，題材涉及文史哲醫、古今山川人物、時人時事，文筆具新文體餘韻，極富吸引力。」[1] 此書共隨筆 86 則，體裁固然源自前代史部筆記類及體兼說部之詩話類，卻也有博采眾長之姿。尤其值得注意者，諸篇往往以詩詞聯語點睛，或為前人舊製，或為伍氏己作，珠聯璧合，好古者固能由此增長見聞，好文者亦可由此玩味辭章。縱然隨筆篇幅區區，既可存史，又可存詩，與近期出版江譽鏐（南海十三郎，1910-1984）之《小蘭齋剏記》性質略似，蓋亦一時之風氣也。

茲先以含有伍氏自作詩歌之篇目為例。如〈我與章士釗一段話〉談及戰後上海，伍氏與章士釗（1881-1973）都是執業律師，係「研究詩文與政治法律問題的朋友」。一日兩人閒談，章氏云：「政府不澄清，人民對政府觀感日壞，恐怕蔣先生北伐抗日的光榮，孫先生艱苦革命的締造，被這批貪污份子，一下攪光了！您瞧，共產黨的苦幹廉潔的精神，真可以與國民黨對照，前途誰勝誰敗，可以預料，毋待蓍龜了。」伍氏則回以共產黨雖能苦幹，惟受蘇聯所操縱，若在中國實施蘇聯那套，前途成疑。兩人話題遂轉入詩文。章氏稱許伍氏詩宗唐而文繼桐城，並贈以一詩：

> 一代文光光映雪。百年妙筆筆如鐵！
> 聲搖五嶽作龍吟，力掃千軍夷虎穴。
> 書法董狐正不阿，詞宗司馬何曾別？
> 雄奇抗手李青蓮，雅逸前身陶靖節。

後來伍氏「拜讀過他的近作」（蓋有支持中共之內容，參〈章士

---

[1]　方滿錦：〈再版題跋〉，《芝蘭室隨筆》，頁319。

從王土到共和——「清末一代」古典詩人淺談

剑的矛盾心情〉一篇），遂回贈一詩，尾聯曰：

烈士壯心知未已，蒼生誰為挽狂瀾？

且云：「我的詩，無非欲鼓勵他『從正義匡扶民族』。」[1]這則文字不僅讓吾人近一步了解章士釗投向中共的心態轉變細節，也可知伍氏如何透過吟詠來繼承諷諫的傳統。又如〈與李濟深談話回憶〉、〈代陳少白先生題〈東南遊記・序〉〉、〈代唐紹儀擬聯輓徐紹禎〉、〈詩勉湯恩伯將軍守土之憶述〉等，皆可見伍氏如何以詩文與當時人物互動。

前人及時人的罕見詩作，也往往賴此書得以保存。如〈美人圖十詠〉乃某女史所作，伍氏稱其「韶秀淡雅」而全數錄入。〈與梁任公有關之乩詩〉記載了一位號為「玉蓮仙侶」的乩仙所作兩首七律，在梁父面前預言梁啟超未來前程，竟「於後事全驗」。[2]〈王仲瞿否定紅拂私奔故事〉錄有王曇（1760-1817）〈金鍾山題李王廟并書夫人寢碑〉詩二首。王氏詩集《煙霞萬古樓詩選》流傳不廣，賴此可令後人略窺鱗爪。復如〈紀曉嵐之試帖體律詩〉、〈桐城派文豪姚姬傳之詩〉、〈畢秋帆狀元與王文治探花之詩〉、〈清代滿人兩良相之詩〉等，亦皆可發潛德幽光。伍氏雖以清正見稱，然於幽默文學也有所措意。如〈紀曉嵐以打油詩闖禍〉、〈名士諧聯〉、〈戲擬某市長代攤官招賭鬼文告〉、〈以打油詩再答客

---

[1] 伍百年：《芝蘭室隨筆》，頁 11-13。

[2] 伍百年：《芝蘭室隨筆》，頁 3-6。

問〉等，甚乃涉及粵語文學，皆足使人解頤。他如〈醫學上之陰陽釋義〉、〈江寧縣婚變復合之奇案〉等，於詩關涉較少，卻體現出伍氏的醫學知識、法律經驗，茲不一一。

《芝蘭室隨筆》一書可讀性甚高，然亦偶有值得商榷之處。如〈唐季珊與阮玲玉生死兩情深〉一篇，謂「阮死，唐如喪考妣，哀毀逾恆，在滬為阮營喪，大得市民同情。……至抗戰勝利後，唐對阮仍念念不忘，托江西景德鎮某瓷商為阮製瓷相，請筆者為之題詩作序。」[1]其詩云：

> 此身原是九華仙。為了人間未了緣。
> 甘露栽成連理樹，罡風吹散並頭蓮。
> 玲瓏美玉埋幽塚，縹渺芳魂返洞天。
> 環佩不曾歸月夜，空教季子惹情牽。[2]

今人看來，阮玲玉（1910-1935）與唐季珊（1896-1967）成婚後，前夫縱仍苦苦相逼，而唐季珊新鮮勁一過，對阮玲玉也轉趨冷淡，甚至在公開場合戲談自己與阮玲玉的過往；唐季珊的冷漠乃促使阮玲玉自戕的重要一擊。阮玲玉去世後，唐氏「哀毀逾恆」，大約是出於悔恨，卻已無補於事。伍氏所言如此，蓋於詳情未諳之故，然其詩洵可為死者張目，緩解唐氏之悔意。就全書價值而言，可謂瑕不掩瑜。

2018歲杪自臺返港，方滿錦博士以1998年版《芝蘭室隨筆》相贈，且謂新版正在校對。拜讀一過，愛不釋手。今新版業已上市，故拉雜而成此文，以誌因緣與淺見，並以當日所謅七律收結曰：

從王土到共和——「清末一代」古典詩人淺談

---

[1] 伍百年：《芝蘭室隨筆》，頁9。
[2] 伍百年：《芝蘭室隨筆》，頁10。

從來無賴是秋心。暫返尤知客思侵。

傷世幸餘皆玉屑，傳家堪嘆此金針。

舊遊總為芝蘭惜，新槧應留墨黛深。

莫道人間不相識，希聲畢竟海潮音。

2020.02.11.

* 本文原刊於香港公開大學《田家炳中華文化中心通訊》第 5 期
（2020.03），頁 4-6。

詩箋讀罷轉忘情：
序《逸廬詩詞文集鈔註釋》

2007 年 8 月杪，香港中文大學中文系主辦為期兩日之「第二屆香港舊體文學國際研討會」，來自世界各地的與會學者達 70 人之多。我當時執教臺島，然亦有幸藉暑假返港探親之機緣，在會上敬陪末座，與睽違數年的師友相聚，並聆聽先進高

論。當此之際，我對於近現代舊體詩雖偶或寓目，卻談不上研究；在潘美月老師的建議下，選擇了臺大已故教授鄭騫（因百，1906-1991）的〈讀詞絕句三十首〉為論題，拋磚引玉。自茲以還，興趣日增。會議上，不少論文令我耳目一新，視野得以開拓，方滿錦博士（也是退休校長、著名中醫）所宣讀關於令太岳丈伍百年先生（1895-1974）詩作的論文便是其一。然彼時行色匆忙，無法向方醫師請益。所幸翌年，會議負責人黃坤堯教授編成《香港舊體文學論集》，方醫師大作赫然在內，遂能較為仔細地研讀觀摩。方醫師謂伍先生「其詩憂國傷時，情同杜甫、陸游；其詞豪放雄渾，有如辛稼軒；其文得新民體之精髓，不脫梁任公本色，甚或可以亂真」。如其回贈章士釗之

七律云：

> 夢回聽徹玉笙寒。閒臥滄江強自寬。
> 漱玉醉花詞綴藻，鬱金香草氣如蘭。
> 琴樽北海容多士，絲竹東山薄一官。
> 烈士壯心知未已，蒼生誰為挽狂瀾。

沉鬱頓挫而不失冷麗。又如譏諷汪精衛投敵之〈王三娘子失節被棄〉：

> 國色如何不自珍。那堪回首錦江春。
> 心傷桃李曾僵代，貌似楊花亦美新。
> 午夜夢殘恩欲絕，東風力薄露難均。
> 根寒枝老飄零甚，恨比冤禽總未伸。

王三娘子即《珍珠衫》主角王三巧，既作比喻，「王三」又射「汪」字，極為巧妙。可惜的是論文限於篇幅，仍令人難以一窺全豹。

　　2014 年，我自臺返港工作已數易春秋。系上獲得一筆捐款成立基金，鑒於黃坤堯教授業已退休，希望我協助其高足程中山師弟重新組織舊體文學研討會，唯關注範圍則由香港擴展至整個華語世界。於是，我們將會議名稱定為「風雅傳承：民初以來舊體文學國際學術研討會」，預計於 2015 年 6 月初舉辦。在草擬邀請名單時，我曾考慮過兩位學者，一是成功大學中文系張高評教授，二是方醫師。如此考慮的原因在於：高評老師不僅精研唐宋詩，又對歷代韻文深具獨見；而伍百年先生的詩集未見問世，故期待方醫師能與我們分享最新研究成果。可惜的是高評老師因榮休在即而不克參加，方醫師的聯絡方法

一直無法覓得，只得作罷。

　　「風雅傳承」會議舉辦前不久，成大文學院長王偉勇老師告知，將為高評老師舉辦一次榮休研討會，希望我能參加。一看日期，恰在「風雅傳承」結束後兩日，故而欣然允諾，同時更為了解高評老師不克來港的原因。成大會後，高評老師笑言：「這趟無法去香港，沒關係，我暑假過後就會到樹仁大學履新，到時我們多聯繫！」這真是個意外驚喜。不過高評老師來港就任後，還是一如既往地忙碌。2016 年夏，我與師妹徐瑋教授舉辦首屆「滄海觀瀾：古典文學體式與研究方法學術研討會」，乃特意邀請他擔任開幕主講嘉賓。此後第二、三屆會議，高評老師皆有蒞臨。遺憾的是除卻學術交流活動，我與高評老師縱然想找機會聚餐，最常採用的聯絡方法仍是電話。2018 年春夏之際，我們打算在 9 月舉辦第二屆「風雅傳承」會議，於是再度邀請老師與會。老師說：「過完這個學期，我就要離港回臺，恐怕等不到 9 月的會議啦。」對於我來說，這不啻又一個意外。電話中，高評老師繼續說：「在香港這三年，我們都沒有好好一聚。我有一位好友方滿錦，既是中國文學博士，又是著名中醫師。我這幾年在香港有什麼病痛，都是請他醫治。方醫師古道熱腸，打算在 6 月 23 日晚上設宴餞別，你有空不妨一起來，多結識些朋友吧！」於是我與師弟潘銘基教授一起參加了這場宴會，終於拜識方醫師真面目。

　　席上，我向方醫師詢及伍百年先生詩集的情況，以及是否有興趣參加第二屆「風雅傳承」會議。方醫師謂當下正在整理伍先生的幾種著作，無暇撰構新文，手邊只有一篇關於元好問論詩絕句的論文。我說：「沒關係，我們明年夏天會舉辦第四屆『滄海觀瀾』會議，到時再邀請您蒞臨！不過我今年 9 月就要前往中研院展開一年的研修假期，明夏的會務要偏勞銘基兄，大家保持聯絡吧！」

剛到臺灣，高評老師就打來一通電話：「伍百年先生有一本《客途秋恨》，方醫師馬上要交付萬卷樓再版，我替他寫了一小段推薦語，出版時會印在封底。現在伍先生另一本著作《芝蘭室隨筆》也要再版，你和銘基也各寫一段推薦語吧！萬卷樓的副總編張晏瑞是你老友，你方便時可向他要一份清樣，先讀一讀。」第二天，我就到萬卷樓向晏瑞兄取一份清樣，仔細拜讀，順便幫忙做了一通校對，且撰成推薦語云：

> 《芝蘭室隨筆》重刊，實乃發潛德之幽光。斯德斯光，非僅來自著者伍百年先生之精心撰構、輯者方滿錦博士之耐心蒐羅，也來自書中所載故老前修之軼聞佳話。尤其值得注意的是，各篇往往以詩詞聯語點睛，或為前人舊製，或為伍氏己作，珠聯璧合，好古者固能由此增長見聞，好文者亦可由此玩味辭章，誠不可多得之佳構也。

寫完之後，深覺意猶未盡。不久，香港公開大學《田家炳中華文化中心通訊》邀我寫一篇關於香港文學的短文，於是又草就〈百年妙筆筆如鐵：掌故文學著作《芝蘭室隨筆》讀後〉，聊作介紹。為時一年的研修假期中，我經常返港參加活動。至2019 年 6 月，第四屆「滄海觀瀾」會議順利召開，方醫師如約蒞臨。會後，方醫師一如既往，慷慨邀請開幕演講嘉賓武漢大學王慶元教授伉儷、姜劍雲教授、銘基夫婦和我在旺角歡宴，教人感佩。

2015 年首屆「風雅傳承」會議上，我宣讀了一篇關於北洋元首段祺瑞詩文的拙著。在學界友朋的鼓勵下，我邀請了一批來自兩岸四地的青年學者為段集作註。然因庶務猥雜，我最後的統合工作竟延宕了三數年之久。所幸在臺一年，終將書稿收

拾完畢，交給晏瑞兄付梓，至 2019 年底收到《段祺瑞正道居詩文註解》的樣書。2020 年元旦過後，我登門拜訪方醫師，奉贈段集一冊，倒觸發了他新的想法。原來方醫師不僅已請人將伍先生的詩文集輸入為電子檔，更已一校完畢，本要向萬卷樓交稿。但翻閱拙編段集後，卻決定獨力為伍集作註釋、賞析，以利廣大讀者。我聞言後既驚且敬：方醫師年過古稀，白天如常看診，又無助理在側，要挪用公餘時間黽勉從事，此與拙編段集誠不可同日而語！然而方醫師十分樂觀：「我平常每天下午六點休診，凌晨兩點就寢。如果把每晚休息的時間挪出來做註解，一定沒問題！」見我還欲勸阻，又說：「伍先生生前從未提及詩文創作的事，直到過世後，我才從他的遺物中找到這些手稿。由我來負責整理，應該是冥冥中的天意吧！」身為伍先生孫女的師母站在一側抿嘴笑了：「方 Sir 找到新的精神寄託了，很好！」我於是點頭答道：「有師母精心照料，我就放心啦。」此後，每次造訪方醫師，我們都會就詩句的解讀、注音乃至魯魚亥豕加以討論，毫無倦意。

　　2021 年 11 月初，方醫師寄來《逸廬詩詞文集鈔註釋》全書電子檔，計有《逸廬吟草》三百餘篇，《逸廬文存》三十餘篇，註釋詳盡，《吟草》諸篇詩詞更有賞析文字，深入淺出。兩年以來孜孜不倦的精神，真可激勵後進，置以為像。而今付梓在即，受命為序。拜讀狄寶心、姜劍雲二位教授的弁言，於伍先生之作品析論甚詳。珠玉在前，未敢效顰，遂僅將自身與方醫師其人、伍先生其書之因緣，觀縷如上，聊備來者考徵。可嘆過去兩年，「風雅傳承」、「滄海觀瀾」會議皆已暫停舉辦。寄望疫情過後，《伍百年先生詩文集》面世之日，能重邀方醫師、高評老師、慶元老師、劍雲教授及各位天各一方的師友們歡聚一堂，暢論詩文！諝小令〈浣溪紗〉以收結云：

憐取心魂一片冰。

詩箋讀罷轉忘情。

珠璣猶在也堪驚。

◎鰲海從新賒月色，

草山依舊號陽明。

夢中何處計歸程。

2021.12.11.

*　本文曾載於「橙新聞・文化本事」之「伯爵茶跡」專欄
　（2022.06.10）。

詩箋讀罷轉忘情：序《逸廬詩詞文集鈔註釋》

慷慨一歌淚如瀉：
《艤舟集·周棄子渡海前詩文百篇》讀後

　　五四以後的中國大陸，古典詩寫作僅被視為文人小圈子的文字遊戲，長期處於「妾身未明」的狀態。直到二十一世紀網路發達，古典詩社如雨後春筍，對於民初以來古典詩的相關研究才逐漸興起。臺灣方面，日治五十年間的「皇民化」政策令漢文教育頗受衝擊，但民間古典詩社依舊繁榮，儼然繼承著中國傳統文化血脈。其中不少詩人如張李

德和、賴和、吳濁流、張達修、陳逢源、黃金川等，創作生命更延續到國府遷臺之後。2001 年，在施懿琳教授主持下，多位學者開始協力編纂《全臺詩》，目標在匯集明鄭、清領及日治時期文人在臺所寫作的古典詩。與此同時，臺灣各大學紛紛設立臺文所、臺文系，諸系所師生對臺灣二十世紀古典詩的關注也超越了「新與舊」的畛域。

　　不過兩岸分治數十年間，渡海詩人漸次老去，埋骨海疆。文獻難徵，加上本土意識興起，學界對於這些外省籍詩人的關注仍然不足。[1] 舉例而言，外交官王家鴻（1896-1997）晚年編定的《劬廬詩集》，收錄了作品八百餘首，從少年求學武漢至晚年定居臺灣，時間跨度達大半個世紀；其於數度出使外國之經

---

[1]　月前在恆生大學參加「中國傳統的創造性轉化：中國文學國際研討會」，袁國華教授所見亦同。

歷，以及抗戰、內戰、大陸易幟等事件，皆有題詠。然王氏之名，今日早已默默無聞。[1] 又如文人陳定山（1897-1987）的詩集，《臺灣先賢文獻彙刊》僅有《蕭齋詩存》一種，至於其早年在大陸刊印的《醉靈軒詩集》等，則未有收錄。如果詩人並未將作品自行編集，對研究者當然會造成不小障礙。由是觀之，香港浸會大學朱少璋博士新輯《艤舟集・周棄子渡海前詩文百篇》，便是一件嘉惠讀者的美事。

周棄子（1912-1984），原名學藩，以字行，湖北大冶人。幼年穎悟，後畢業於湖北省立國學專修學校。歷任四川、貴州省政府參議，國民黨軍事委員會少將編譯、委員，總統府參議等職。周氏工詩，法脈上承同光體閩派。高陽曾謂其「多年以來，被公認為臺灣的首席詩人……海外詩人固猶多老輩，但亦未見詩有勝於棄子先生者」。[2] 其說雖未必定論，然周氏詩名之大，於斯可窺。據傳周棄子赴臺後，創作詩詞數千首，然隨寫隨棄，大都散佚。至 1988 年，許著先編輯《周棄子先生集》；2009 年，汪茂榮又在許編的基礎上重新點校出版。然而正如少璋師兄所言：「以上兩種作品集，主體內容相同，均以周氏渡海後的作品為主，至於渡海前的作品，在周集中為數不多，加上周集的作品均沒編年，讀者要辨別哪些是『渡海前』的作品，亦殊不容易。」因此，師兄翻查了上世紀五十年代前的多種報章刊物，嘗試鉤沉周氏渡海前的作品，初步搜得百餘篇詩文，釐為四卷，統一以時序編排，誠可視為其在創作上的階段總結。[3] 而導言〈欸乃一聲：周棄子渡海前諸作〉、凡例及後記

---

[1] 2017-18 年度，筆者指導陸晨婕同學完成畢業論文〈外交文人王家鴻舊體詩作的守成和趨新〉，後發表於中文大學中國語言及文學系主辦「風雅傳承：第二屆民初以來舊體文學國際學術研討會」。

[2] 見高陽：《高陽雜文・棄子先生詩話之什》（臺北：遠景出版事業公司，1998 年）。

[3] 朱少璋：〈欸乃一聲：周棄子渡海前諸作〉，載周棄子著、朱少璋編：《艤舟集・周棄子渡海前詩文百篇》（香港：中華書局，2018 年）。

〈期約匆匆〉，更可讓讀者簡單扼要地掌握周棄子渡海前詩文的全貌，並了解此書編纂的情況。如編者所言，這輯詩文不僅印證了周氏之早慧，更有幾項較為顯著的特色，包括喜用集句、長篇歌行好用「曲」名、習為新詩、散文清俊流暢等，此皆與渡海後之作品頗異其趣。筆者僅就閱讀所及，略陳淺見，望勿貽續貂之譏。

翻閱全帙，最令人印象深刻的作品莫過於〈蔣黑兒曲〉。導言謂此詩：「寫得洋洋灑灑，全詩凡四十八韻九十六句，大有與〈琵琶行〉相頡頏之勢；作者以歌妓蔣黑兒的生平遭遇旁涉並貫以時局動盪之實況、人民流離顛沛等時事，寫來極具『史詩』的深度與規模，堪稱是年輕詩人的大手筆。」[1] 周氏詩序謂這位在洛陽旅次偶遇的蔣黑兒：「曾侍某公巾櫛，親見東北盛時事，某公既歿，復遭國難，今流落至此。」此公乃張作霖無疑。可是，與〈琵琶行〉中長安倡女「門前冷落鞍馬稀，老大嫁作商人婦」的遭遇不同，詩人是這樣敘述蔣黑兒的悲劇：

九月十八鉅變生。百十七城一宵陷。
山河猶是輿圖改，義勇僅餘數人在。
紅顏未可事讎仇，且辦飄流向湖海。
隨身絃索入榆關，願死他鄉誓不還。

蔣黑兒委身張作霖，自有美人愛英雄之意。但皇姑屯事件發生，一代英雄不得令終。九一八事變隨即爆發，當局下令官兵不抵抗。蔣黑兒區區一歌妓，卻更勝鬚眉：她寧可逃往關內流浪，也不事敵寇，風塵俠義，令人肅然。一闋〈蔣黑兒曲〉，真可謂古典版本的〈松花江上〉，亦壯亦麗、克柔克剛，使讀者迴腸盪氣。又如發表於 1939 年的〈感舊〉七首，分詠南京、鎮江、蘇州、嘉

---

[1]　同前註。

定、淮安等處，真實記錄了當日淪陷區的景況。如其一：

> 龍蟠虎踞古名區。鐵鎖樓船備不虞。
> 十載經營輕一擲，幾人流涕議遷都。

不僅痛惜南京的淪日，同時也對國府遷往重慶後方之舉，頗不以為然。但整體而言，筆觸依然不失含蓄敦厚，意在言外。當然，周氏彼時尚在青春，作品中也時見綺懷豔想。如〈鷓鴣天〉：

> 擬託微波一致辭。綠衣人去未移時。
> 倘成佳話原非福，但抱孤愁或是癡。
> ◎楊柳老，鷓鴣稀。少年誰不善相思。
> 湖州萬樹垂垂影，惱煞尋春杜牧之。

一句「少年誰不善相思」，不由使人想起郭沫若所譯歌德（Johann Wolfgang von Goethe）的詩句：「青年男子誰個不善鍾情？妙齡女人誰個不善懷春？這是我們人性中的至性至純；啊，怎麼從此中有慘痛飛？」若成佳話並非福祉，若事不諧又孤苦難安。一首小詞，把少年情場進退失據的悵惘描摹曲盡。

如龔鵬程所言，現代詩家因重視美學問題，而逐漸走離現代主義，重新接合中國古典詩歌之審美意識、表達方法，以及中國古代的天人合一世界觀，由漢字、文言文、唐詩、老莊、禪等處去探尋現代詩的新方向。以致原先昌言「乃橫的移植，而非縱的繼承」的現代詩，最終成為「尋找傳統中國性」的運動。但反過來看，古典詩由於自身體式風格的侷限，似乎不易與時俱進地吸納新詞彙、採用新題材、營構新情調。周棄子在古典詩中運用新詞彙，卻能如少璋師兄所言，「令讀者感到自然妥貼，安章宅句，處處履險如夷」。進而言之，如寒山拾得的佛

理詩雖多用白話，卻始終拂不去那種詼諧之感。高雅即嚴肅，通俗每可笑，不僅傳統中國如此，西哲亞里士多德將悲劇的地位列於喜劇之上，可謂殊途同歸。然而，周棄子採用新詞彙，卻能不落插科打諢之窠臼。如〈今行路難擬梅村八章〉其一：

> 醉君以蒲萄香檳之美酒，
> 飲君以咖啡酪乳之苦茶。
> 娛君以狐步探戈之妙舞，
> 媚君以袒胸裎股之淫娃。
> 賭球賭狗復賭馬。丈夫行樂須粗野。
> 君不見塵世悠悠行路難，慷慨一歌淚如瀉。

甜暢淋漓，一片神行，深得鮑照三昧，卻又能自出機杼。正是香檳、咖啡、狐步、探戈等新詞彙，令此詩與新感覺派的小說、乃至白光那些煙視媚行的時代曲遙相呼應，於穠麗浮華的質感中同時含藏著針砭之意，如此豈庸手所能為！

自港赴臺訪學前夕，拜收師兄新輯《艤舟集．周棄子渡海前詩文百篇》，機上即粗讀一過，高論中的，勤搜無遺，令人敬佩，並謅七律一首以謝。小樺師妹見此，遂命我撰書評一篇。延宕至今，方才拉雜成文。茲迻錄當日所謅，以為附驥：

> 恰值梯航渡海時。相隨獲此百篇詩。
> 大成無缺蒼天璧，小寐猶耽紅豆辭。
> 騁目風窗來落日，寄身雲幨覺寒衣。
> 欲吟蔣黑魂先斷，回首長安事已非。

2018.12.01.

* 本文原刊於「虛詞文學網」（2018.12.29）。

後記

　　這本小書是我關於「清末一代」研究的一種副產品。千禧年代以還，我開始關注這個生於清末二十年（1890-1911）之社會世代的詩詞創作，並於閒暇中撰寫論文（稱為「閒暇」，是因為自己一直將這個研究範疇視為興趣而非專業）。時至今日，發表論文已有三十餘篇，而結集出版者包括《古典詩的現代面孔：「清末一代」舊體詩人的記憶、想像與認同》（2021）、《漢藏之間：倉央嘉措舊體譯述研究》（2023）等書。

　　竊以為「清末一代」眾多人物的掌故詩文皆堪稱道，誠然可通過講座、散文等形式來介紹。恰好上海師範大學石立善教授邀我主持「中國古典學微信群・古典名家專場線上語音講座第二場」（2016年2月18日晚），我因而以〈生於王土，走向共和：清末一代舊體詩人及詩作管窺〉為講題，首度提出「清末一代」的概念。次年應邀為某報撰文，試著寫了兩篇，分別以袁世凱第五子袁克權、倉央嘉措情歌譯者曾緘為主角，每篇二千字左右，可惜稍後因故未有發表。2019年，杭州師範大學潘建偉教授相邀，參加2020年5月在浙江舉行的「第四屆豐子愷研究國際學術會議」。彼時我正在翻閱豐子愷詩集，發現其中〈紅樓雜詠〉三十五首頗為有趣而乏人關注，於是撰寫了一篇相關論文，以求引玉。不料隨著疫情起伏，會議一再延期。但於我而言，這正好是不斷修訂拙文的良機。2021年秋，人民大學李若暉教授為《光明日報》邀稿，命我寫一篇關於《紅樓夢》的短文。徵得建偉兄同意後，我將關於豐子愷的論文撮寫成不到三千字〈太虛境在有無間：豐子愷《紅樓雜詠》漫談〉，於當年12月16日正式發表。諸位友人創造的此等善緣，皆為後來完成本書奠下了基礎。

話分兩頭。2020 年 10 月起，承乏「伯爵茶跡」網上專欄開始了「古詩講略」系列，從《詩經》、《楚辭》寫至明清詩。輪到「清末一代」時，我將「古典學微信群」的講稿分拆改寫，稍後又覺得這些現代舊體詩人可以多談，因而從頭規劃，選定了四十位主角（女性詩人共十二位），人各一篇，每篇三四千字的長度。這些詩人中，有二十位曾在論文中談過，如溥心畬、溥傑、袁克權、張伯駒、蘇雪林、韋瀚章、王家鴻、錢穆、黃佩佳等，恰好佔了一半。其餘二十位，平日雖有措意而尚未正式開展研究，故藉此契機聊為熱身。至於以前的幾篇塗鴉中，袁克權、曾緘兩文的篇幅頗有擴充；豐子愷一文，也因豐氏家書新近面世而得以修訂。這輯文字依然仿效張伯駒《紅氍紀夢詩》、易君左《百美人圖詠》等前賢著作的形式（拙著《上海・香港・時代曲紀夢詩》亦復如是），每篇以七絕一首開端，與散文部分相互照應，散文部分甚或視為詩註也無妨。（不久前，敝系為慶祝六十週年系慶，打算編纂《歲華二集》收錄系上教師之藝文著作。我乃將本書四十首絕句輯成〈「清末一代」論詩詩〉，聊表支持之意。）以上是本書正編的內容。

　　附錄部分收入了三篇文字，依次為伍佰年（1895-1974）《芝蘭室隨筆》讀後、伍氏《逸廬詩詞文集鈔》序文及《艤舟集・周棄子渡海前詩文百篇》讀後。伍佰年先生為詩壇前輩方滿錦醫生之先師及太岳丈，著作頗豐卻鮮為人知。多年來，方醫生在公餘致力於伍先生遺著之整理出版，我也因此有緣先睹為快。《艤舟集》為浸會大學朱少璋博士整理，我在 2018 年應「虛詞」文學網之請而撰成讀後一篇。周棄子生於 1912 年，適值民國成立，嚴格來說未必能算入「清末一代」。然而，社會世代之劃分本不應一刀切斷，加上周氏友人中屬於「清末一代」者為數甚夥，與周氏之間互動多而影響深，故而這篇拙文附於本書，容或有一定的意義。

本書正編諸文，皆曾登載於「伯爵茶跡」專欄，2022 年 8 月 12 發表之〈末代王孫溥儒的詩作〉為第一篇。每週一文，理論上不到一年即可連載完畢。只是這個專欄總會有不少「插播」，因此日就月將，到 2023 年 12 月 29 日才能登完最後一篇，比原來預計晚了足足半年。不過如此也好，我便有更多時間吸納讀者的回饋。這些回饋中不乏鼓勵支持，也有就內容提出磋商的聲音，都十分值得珍重。可是由於各種原因，某些意見無法透過修訂拙文來回應。例如我在〈江右商儒何敬群〉一文中提出「中文大學中文系（包括其前身的新亞、聯合、崇基三所書院）是兩岸四地罕有的依然將格律詩創作設為必修科目的學系」，有網友就此回覆云某校某校同樣開設了這門課。然而據我有限的了解，不少高校的「詩選及習作」課中，「詩選」及「習作」兩部分的授課比例全然繫乎任課老師；有的老師甚或只專注於「詩選」，而對「習作」一筆帶過。如此一來，舊詩創作的傳統也就斷續無常了。不過要培養一位舊詩人，僅憑一門三學分的課程是絕對不夠的。因此，不少高校皆有詩社，透過定期聚會切磋來精進詩藝。可以說，詩社與課程乃是輔車相依的。——可惜的是，以上拙見如果納入文中，無乃過於冗贅。而拙文使用「罕有」（而非「僅有」）字面，就是為了留下一些彈性空間。

　　拙稿完成後，有幸邀得李學銘教授、張灼祥校長賜序。學銘師伯覽畢後，特意來電，溫言勉勵，並就書中某些瑕疵與我磋商，俾能求精。張校長則將序文連載於《星島日報》專欄，又轉載於「灼見名家」網站，以收宣揚之效。二位前輩之厚愛，令人銘感無已。次者，「伯爵茶跡」專欄每發一文，往往頗有細節修訂；編輯張豔玲女士不厭其煩，代為更動，令人感佩。而初文出版社同仁一向以來的親力親為，也教我銘記於心。12 月 5 日上午，終於擠出一晌撰寫本書之後記，恰好收到香港藝術發展局批准贊助的文件，乃口占詩鐘一聯。茲再拓為七律，以終拙文：

索求上下失金針。吾僕懷悲吾馬喑。

正以人生乏正業，偏於民國最偏心。

城頭漫學胡兒曲，歲晚徒聞梁父吟。

似此黃花都昨日，傲霜孰可辨窮陰。

2023 年 12 月 11 日

　　2024 年元月底，漢傑社長傳來本書的三種封面設計圖，希望讀者票選，我也在臉書分享了此帖。承蒙各位師友提供寶貴意見，也多謝設計人員細心聆聽，又為拙著封面起草了三個方案，竊以為編號 1-7 的方案最符大多數朋友的思考，也切合我的看法，於是選擇了這一案。

　　順帶一提，封面上的明信片和郵票是真的，但郵戳卻是做真──依據晚清郵戳的形式來設計的。郵戳上的日期為 1 Jan 1912，正是民國元年元旦，隱喻「生於王土，走向共和」之意。而地點 Hankow（漢口）乃是辛亥革命首義之地（漢口與武昌後來皆併入武漢市）。但是，如此組合也有兩個時間錯位：

　　第一，清朝郵票加蓋「中華民國」字樣，乃是 1912 年 2 月 1 日袁世凱就任第二任臨時大總統之後。當月下旬，駐上海郵政供應處才將庫存的清朝郵票，加蓋正式國名「中華民國」。這比拙著封面郵戳顯示的日期晚了近兩個月。

　　第二，明信片中的江漢關，乃是晚清民國時期的漢口海關，於 1861 年啟用。但直到 1922 年、江漢關成立 60 週年時，才決定重建海關大樓，並舉行奠基典禮，1924 年 1 月落成（也就是明信片所顯示之建築）。因此 1912 年初，距離大樓竣工還有十二年之久。

　　但我當初提議選取這幾種素材的原因，並非為了重現歷史（且如新史學家所言，歷史真相並不存在，吾輩所見唯有前人之各種敘述而已）。江漢關大樓至今巋然猶存，知者較多；使用其

影像，大抵可展現出一種時空的延續性罷。

　　從前看電視劇，往往喜歡挑硬傷。如：《金粉世家》以北洋時期（1912-1928）為背景，劇中酒吧卻播放 1941 年的歌曲〈玫瑰玫瑰我愛你〉。《神探狄仁傑》動輒云「不合邏輯」，不知「邏輯」為近世外來語。《雍正王朝》中有「大行皇帝愛新覺羅・玄燁之靈位」，不知「玄燁」二字必須避諱，「愛新覺羅」乃國姓，不言而喻，而新式標點「・」更不知從何而來。韓劇中，隋煬帝身後的屏風上竟有毛澤東的〈沁園春〉詞……然而再讀唐代敦煌變文《舜子變》，講到夏朝立國前夕的虞舜受父母苛待後，依然苦學如故，「先念論語孝經，後讀毛詩禮記」，不禁嘆為觀止。

　　當然，這種 anachronism 在西方也不時可見。如奧地利電影《茜茜公主》（Sissi），片中年輕的奧皇 Franz Josef 與茜茜在婚禮上共舞，樂隊演奏的音樂為史特勞斯的〈春之聲圓舞曲〉（Frühlingsstimmen）。實際上，這場婚禮早於史特勞斯創作〈春之聲〉二十八年。但是，〈春之聲〉那種活潑靈動溫馨美好，又的確很契合這場婚禮，可謂「藝術真實」。試想如果導演當初把音樂置換成任何一首符合「歷史真實」的小步舞曲（minuet），感覺就截然不同了。

　　由此可見，拙著的封面設計，多少還來得更有理據一點。因此，我便無妨如克羅齊（Croce）所云那般「古為今用」一下罷。即興七律打油曰：

> 不須聚訟更齗齗。錯位時空亦可親。
> 狄相案中邏輯學，隋皇屏上沁園春。
> 北洋酒館歌玫瑰，紫禁靈牌書愛新。
> 論語孝經皆得誦，吾何人爾舜何人。

陳煒舜

2024 年 3 月 13 日補記

初文叢刊 05

從王土到共和——「清末一代」古典詩人淺談

作　　者：陳煒舜
策劃編輯：黎漢傑
責任編輯：麥芷琦
封面題字：林翼勳
封面設計：Amanda Woo
內文排版：D. L.
法律顧問：陳煦堂 律師

出　　版：初文出版社有限公司
　　　　　電郵：manuscriptpublish@gmail.com

印　　刷：陽光印刷製本廠

發　　行：香港聯合書刊物流有限公司
　　　　　香港新界荃灣德士古道 220-248 號
　　　　　荃灣工業中心 16 樓
　　　　　電話 (852) 2150-2100 傳真 (852) 2407-3062

海外總經銷：貿騰發賣股份有限公司
　　　　　　電話：886-2-82275988 傳真：886-2-82275989
　　　　　　網址：www.namode.com

版　　次：2024 年 5 月初版
國際書號：978-988-70341-2-4
定　　價：港幣 118 元 新臺幣 440 元

Published and printed in Hong Kong